ULRICH THIELMANN

Der Brief aus Wisconsin

**Ein Fliegerroman über Begegnungen zwischen
Amerika und Europa**

Bibliografische Information der Deutschen Nationalbibliothek:
Die Deutsche Nationalbibliothek verzeichnet diese Publikation
in der Deutschen Nationalbibliografie; detaillierte bibliografische Daten sind im Internet über *http://dnb.dnb.de* abrufbar.

© 2019 Ulrich Thielmann
Lektorat: H. Doetsch
Grafik: André Höller
Satz: Martin Thielmann @ BigMT photography & design

Herstellung und Verlag: BoD – Books on Demand, Norderstedt
ISBN: 978-3-7504-1063-3

Meiner Familie und meinen
amerikanischen Freunden gewidmet

Prolog

Einsatzflugplatz South-Newbridge, England, 9. März 1945

Die Einsatzbesprechung am frühen Morgen war beendet. Die zehnköpfige Besatzung, die Crew einer B-17G Flying Fortress, wurde in aller Eile mit einem Mannschaftstransportwagen zum Abstellplatz ihres Flugzeuges gebracht. Angespannt kletterten die Männer an Bord ihres viermotorigen Flugzeuges, das den Spitznamen *Midsummer Beauty* trug, und machten sich bereit für den bevorstehenden Start. Wenige Minuten vor sechs Uhr morgens rollte der schwere Bomber an den Rollhaltepunkt der Startbahn 21 des Flugplatzes South-Newbridge in der Grafschaft Norfolk und wartete auf den Befehl zum Start. Der Flugplatz, kurz RAF-Newbridge genannt, war im Sommer 1943 fertiggestellt und im Spätherbst des gleichen Jahres der US-Air-Force zur Verfügung gestellt worden. Die Amerikaner hatten damals keine Zeit verloren und umgehend damit begonnen, erste Einheiten auf dem Flugplatz zu stationieren. Im Frühjahr 1944 war die 973. Bombergruppe der 8. Luftflotte der US-Air-Force auf dem Flugplatz stationiert worden und hatte nach und nach weitere Bomber und frische Crews bekommen. Der zweite Weltkrieg wütete und seinerzeit war ganz England so etwas wie ein gigantisch großer Flugzeugträger. Die britische Royal-Air-Force, die RAF, flog mit ihren Bombern zumeist Nachtangriffe auf deutsche Ziele, während sich die 8. Luftflotte der Amerikaner auf Tagangriffe spezialisierte. Wie alle Klasse-A-Einsatzflugplätze in England, die während des Kriegs gebaut worden waren, hatte RAF-Newbridge drei Pisten für Starts und Landungen, die dreiecksförmig angeordnet waren. Die in Kompassrichtung dreißig Grad und Gegenrichtung zweihundertzehn Grad angelegte *Main-Runway*, mit der Bezeichnung 03/21, war mit 1800 Metern die längste der Pisten. Die beiden anderen Pisten hatten eine Länge von je 1300 Metern und waren in Kompassrichtung 08/26 und 15/33 angelegt worden. Einige der Bomber waren in schützenden Hangars an der östlichen Grenze des Flugplatzes untergebracht. Die meisten standen jedoch im Freien auf betonierten Abstellflächen rund um den Flugplatz und waren dürftig mit Tarnnetzen getarnt, die vor dem Start vom Bodenpersonal entfernt wurden. Betonierte Rollwege verbanden die drei Pisten, die Abstellflächen und die Hangars miteinander, so dass die Bomber bei einem Einsatz schnell zur jeweils in Betrieb befindlichen Piste rollen und gegen den Wind starten konnten. Rollwege, Pisten und andere Bereiche des Flugplatzes wurden bei Nachteinsätzen beleuchtet. Für viele unbeteiligte Menschen, die in der Nähe des Flugplatzes lebten, ein geheimnisvoller und furchterregender Anblick. Hinzu kam, dass der infernalische Lärm startender und landender Bomber den Menschen nachts den Schlaf raubte. Das Personal des Flugplatzes bestand aus insgesamt zweitausendfünfhundert Menschen – Soldaten und Offiziere der US-Air-Force und der RAF sowie ziviles Personal.

Auch Frauen waren im Einsatz. Sie leisteten ihren Dienst nicht nur in der Küche und in der Wäscherei, sondern unter anderem auch in der Verwaltung, im Wetterbüro, in der Logistik, als Spezialistinnen im Nachrichtendienst, als Ärztinnen oder Krankenschwestern in der Krankenstation, oder als Fahrerinnen.

Die Männer gehörten entweder dem fliegenden Personal an oder waren im Bodendienst beschäftigt. Sie arbeiteten als Mechaniker, als Meteorologen, als Einsatzplaner, als Nachrichtenoffiziere, als Militärpolizisten, als Feuerwehrleute, als Soldaten im Flugabwehrdienst, als Ärzte, oder hatten andere Aufgaben. Bomber-Besatzungen und Bodenpersonal hausten überwiegend in ungemütlichen Wellblech-Hütten, die sich am nördlichen Rand des weit ausgedehnten Flugplatzgeländes befanden. Ganz in der Nähe dort waren in aller Eile und mit viel Beton mehrere befestigte Gebäude erbaut worden, welche die Krankenstation, die Büros der höheren Offiziere, die Briefing-Räume, die Büros des Wetterdienstes und des Nachrichtendienstes sowie ein Materiallager beherbergten. Außerdem waren die Küche, die Unteroffiziers- und Mannschafts-Kantine, die Offiziersmesse und ein Mehrzwecksaal, der für Festivitäten und als Kino genutzt wurde, in diesen Gebäuden untergebracht. Auf einem weiteren Gebäude, nicht weit entfernt vom nördlichen Rollweg, war ein Kontrollturm für die Flugleitung errichtet worden. Gleich nebenan befanden sich die Garage und die Wachräume der Flugplatzfeuerwehr. An der südlichen Grenze des Flugplatzes waren mehrere Bunker angelegt worden, in denen die Munition für die Waffen, die Bomben und die Treibstoffe für die Bomber gelagert und streng bewacht wurden.

Am Abend vor dem Einsatz hatten die Crewmitglieder der *Midsummer Beauty* im Pub des nahegelegenen Dorfes Newbridge, gemeinsam mit Besatzungen anderer Bomber und englischen Piloten, den Geburtstag des Copiloten der *Midsummer Beauty* gefeiert und ein paar Pint Bier getrunken. Das geschah heimlich, denn die Crew stand auf der Einsatzliste und hätte den militärischen Bereich des Flugplatzes eigentlich nicht ohne Erlaubnis verlassen dürfen. Aber das Pub war nicht weit von den Unterkünften der Crew entfernt und durch einen löchrigen Stacheldrahtzaun war es kein Problem, unauffällig für ein paar Stunden zu verschwinden. Einige der vorgesetzten Offiziere wussten jedoch von den abendlichen Ausflügen ihrer Besatzungen und tolerierten das stillschweigend. Nur hin und wieder, wenn Crewmitglieder zu viel tranken oder sich in Schlägereien verwickeln ließen, wurden harte Disziplinarstrafen verhängt.

Das Pub trug den Namen *Old Crow*. Ein über der niedrigen Eingangstür des Fachwerkhauses angebrachtes Schild zeigte eine schwarze Rabenkrähe mit großen Kulleraugen. Lästerer behaupteten spöttisch, *Old Crow* stünde für die schon etwas in die Jahre gekommene, dickliche Frau des Pub-Besitzers, einem schwerfälligen, schwarzhaarigen Iren aus Belfast, dem seit der Schlacht um Dünkirchen ein Auge fehlte. Die Wunde verbarg er mit einer Augenbinde, so dass er aussah wie ein Pirat oder ein Strandräuber. Offensichtlich hatte seine Frau das Sagen, vor allem im Pub, aber das störte ihn nicht, solange er seine Ruhe hatte. Eine 43-jährige Engländerin mit harten Gesichtszügen und fülligen, dunkelroten Haaren, die sich Lady Deborah nannte, sang bekannte Melodien. Der Verlobte der niedlichen, aber durchsetzungsfähigen Kellnerin des Pubs, ein Engländer aus Newcastle upon Tyne, der als Offizier der RAF gerade ein paar Tage Urlaub hatte, begleitete Lady Deborah auf einem leicht verstimmten Klavier. Wenn Lady Deborah nicht sang, spielte der Offizier Folk-Musik auf seiner Geige und sorgte so für ausgelassene Stimmung. Lady Deborah war eigentlich keine richtige Lady, aber sie sah gut aus und kleidete sich immer sehr elegant, so dass viele glaubten, sie sei tatsächlich aus höheren englischen Gesellschaftsschichten. In Wirklichkeit war sie die verarmte Witwe eines Gutsverwalters und ging eigentlich nur ins Pub, um sich nebenbei etwas Geld zu verdienen und vielleicht einen Amerikaner zu finden, der sich in sie verliebte und ihr half, dem englischen Mief und der Grausamkeit des Kriegsalltags zu entfliehen. In letzter Zeit kam es häufiger vor, dass sie sich betrank und sich von wesentlich jüngeren Amerikanern nach Hause bringen ließ. Als die Feier ihren Höhepunkt erreichte und der junge Captain der *Midsummer Beauty* seine Crew ermahnte, ins Camp zurückzukehren, sang Lady Deborah einen langsamen Jazz-Walzer, den sie mit ihrer etwas rauchigen Mezzo-Sopran-Stimme passend interpretierte. Der Text des Songs handelte von einem Mädchen, das sehnsüchtig hoffte, ihren Geliebten, einen Piloten, nach dem Krieg wiederzusehen. Eine berührende Darbietung, unterlegt mit Zigarettenqualm, Bier- und Whiskey-Geruch. Der 24-jährige Pilot und Captain der *Midsummer Beauty* hatte dabei intensiv und etwas sehnsüchtig an seine junge Frau in den USA denken müssen. Würde er sie in diesem verrückten Leben jemals wiedersehen? Sie hatten kurz vor seiner Abreise nach England in aller Eile geheiratet. Nicht nur der Captain war bei diesem Lied nachdenklich geworden. Er blickte sich im Pub um. Man sah es den Männern an, wenn man in ihre Augen blickte. Man sah die Angst vor dem Krieg, die Angst vor dem nächsten Einsatz, die Angst vor Jagdfliegerangriffen, die Angst vor schlimmen Verletzungen und die Angst vor dem Fliegertod. Doch kaum jemand der Besatzungen und Piloten im Pub gab sich die Blöße und redete über Gefühle oder gar über seine Angst. Lieber spielten sie die harten Jungs, die Whiskey und Bier tranken, englische Mädchen verführten und am anderen Morgen tapfer einen Bomber über Feindesland flogen. Insgeheim wussten sie alle, dass dieser Krieg nur mit viel Glück überlebbar war. Gerade Bomberbesatzungen hatten keine großen Überlebenschancen. Die Einsatz-Statistiken lieferten eindeutige Zahlen und so musste man jeden Tag des Lebens auf irgendeine Weise genießen.

Die B-17G *Midsummer Beauty* war im Juni 1944 im Boeing-Werk in Seattle fertiggestellt worden. Der Überführungsflug quer über Nordamerika, über den Nord-Atlantik, Island, Irland und schließlich nach England, erfolgte im Juli 1944 mit einer Ferry-Crew. Kurz danach war das Flugzeug von der heutigen Crew, die im August 1944 mit vielen anderen Crews und Soldaten per Schiff nach England angereist war, auf dem Flugplatz South-Newbridge übernommen worden. Nach einigen Übungsflügen über England und über der Nordsee hatte die *Midsummer Beauty* inzwischen viele Einsätze über Deutschland hinter sich. Vor wenigen Tagen, bei einem Angriff auf ein weit entferntes Ziel, einem Long-Distance-Raid nach Stuttgart, hatte sie einige Flak-Treffer am Höhenruder erhalten und kurz vor Erreichen der Nordsee gab es noch Jäger-Beschuss an der rechten Tragfläche. Aber die bereits routinierte Besatzung hatte sich erfolgreich mit den Bordwaffen wehren können und das Flugzeug noch zurück nach England fliegen können. Die B-17G galt in der US-Army-Air-Force als ein Flugzeug, das auch mit schweren Beschädigungen noch flugfähig war. Die Mechaniker hatten nicht lange gebraucht, um die *Midsummer Beauty* zu reparieren und wieder in die Luft zu bekommen.

Der Spitzname *Midsummer Beauty* war eine Erfindung des Copiloten Michael (Mike) McSweeney, dessen Urgroßeltern im vergangenen Jahrhundert aus Irland in die USA emigriert waren. Mike stammte aus Chicago und lebte bis zum Eintritt in die US-Army-Air-Force als Autoverkäufer in Arlington Heights, nordwestlich von Chicago. Er hatte sich vor seiner Abreise nach England mit einer hübschen jungen Frau aus Chicago verlobt. Ihr nachempfunden war ein auf der linken Flugzeugnase schräg unterhalb des Cockpits aufgemaltes Bild, ein Pin-up-Girl. Das Bild zeigte eine junge Blondine mit schulterlangem Haar, die lediglich ein hauchdünnes Negligé trug und sich auf einem blauen Stuhl räkelte. Durch das nahezu durchsichtige Negligé konnte man andeutungsweise ihre üppigen Brüste erkennen. Unter dem Pin-up fanden sich nicht nur der Schriftzug *Midsummer Beauty*, sondern auch viele Striche und Punkte. Das waren die Morsezeichen für *Secret Love* – heimliche Liebe. Eine Idee des Funkers Chris Olsson, der sich in ein amerikanisches Mädchen namens Lotta verliebt hatte, das, wie er, schwedische Vorfahren hatte. Olsson hatte sich bisher allerdings nicht getraut, Lotta seine Gefühle zu gestehen, obwohl er ihr jede Woche einen Brief schrieb. Auf der rechten Flugzeugnase waren unterhalb des Flugzeugcockpits mehrere kleine Bomben aufgemalt, deren Menge der Anzahl der Einsätze entsprach, die das Flugzeug erfolgreich hinter sich hatte. *Midsummer Beauty* stand aber nicht nur für McSweeneys Verlobte, die genau am Mittsommertag, am 21. Juni, Geburtstag hatte. Die Crew fand, dass der Spitzname schon deshalb für ihre

B-17G passend sei, weil das Flugzeug im Sommer 1944 erstmals geflogen war. Und in der sexy aussehenden, hübschen Blondine sah jedes Besatzungsmitglied ohnehin ein anderes Mädchen. Die *Nose-Art* genannten Bilder, wie das auf der Flugzeugnase der *Midsummer Beauty*, sah man damals auf vielen Flugzeugen der 8. US-Luftflotte. Die oft hochwertigen Bilder waren von gut bezahlten, professionellen Künstlern und manchmal auch von talentierten Soldaten gemalt worden. Die Taufe eines Flugzeugs auf einen Mädchennamen und das hübsche Pin-up-Girl auf der Flugzeugnase der B-17G würde zu einer engeren Bindung der Besatzung an das Flugzeug führen - fand McSweeney. Er war ein sehr abergläubischer Copilot.

Um Punkt sechs Uhr am Morgen erhielten sie den Startbefehl und ließen den schweren Bomber auf die Startbahn rollen. McSweeney schob die vier Gashebel der *Midsummer Beauty* behutsam und gleichmäßig nach vorne, während der Captain die Steuerung übernahm und sich mit Händen und Füßen sowie mit allen Sinnen auf den Start konzentrierte. Eine falsche Steuerbewegung und der schwere Bomber würde unkontrollierbar ausbrechen und von der Startbahn abkommen. Die Motoren heulten auf und entwickelten einen ohrenbetäubenden Lärm. Der Start verlief glatt. Die *Midsummer Beauty* beschleunigte schnell und hob gegen den Wind ab. Das Wetter war schlecht. Eine nahezu stationär über Ostengland liegende Kaltfront sorgte für starken Regen und die Wolkenuntergrenze betrug nur 1500 Fuß, so dass die B-17 nach dem Start schnell in den Wolken verschwand. Südöstlich von South-Newbridge, über der Nordsee, war das Wetter etwas besser. In etwa 6000 Metern Höhe, der Höhenmesser der *Midsummer Beauty* zeigte jetzt 20.000 Fuß an, sammelten sich hier die für den Einsatz vorgesehenen einhundertfünfzehn Bomber, die auf verschiedenen Flugplätzen in England gestartet waren, nahmen die befohlene Formation ein und flogen den vorgeschriebenen Kurs. Der Einsatzbefehl lautete: *Zerstörung eines*

deutschen Einsatz-Flugplatzes bei Nürnberg. Durch Aufklärungs-
flüge der RAF war entdeckt worden, dass auf diesem Flugplatz
Düsenjäger vom Typ Me 262 stationiert waren. Und nicht nur
das. Man vermutete, dass dieser Flugplatz auch als Testbasis für
den neuen Düsenjäger der deutschen Luftwaffe diente. Dieses
schnelle Flugzeug war allem was flog überlegen und insbesondere bei den Bombereinheiten sehr gefürchtet, wenn es zu Luft-
kämpfen kam. Das heutige Angriffsziel lag tief in Feindesland,
es sollte also wieder ein anstrengender und gefährlicher *Long-
Distance-Raid* werden. Alle Besatzungsmitglieder der *Midsummer
Beauty* waren auf ihren Plätzen und trugen Sauerstoffmasken.
Die B-17G flog in der Bomberformation in der unteren linken
Flying Box. Das war eine verwundbare Stelle. Den Männern war
mulmig zumute. Nur Funker Chris Olsson blieb gelassen. Eine
junge Frau hatte ihm im Pub erzählt, dass sehr viele Menschen
in England für die Besatzungen beteten. Noch verlief der Flug
ereignislos und nach Plan. Die eisige Kälte war trotz der dicken
Bekleidung kaum zu ertragen. Die Sauerstoffmasken schmerz-
ten im Gesicht und in den Kopfhörern hörte die Crew hin und
wieder nervige Störgeräusche, die von deutschen Störsendern
gesendet wurden. Die Bomber zogen lange Kondensstreifen
hinter sich her und nicht nur hierdurch, sondern auch durch
die hochentwickelten deutschen Radargeräte waren die Bomber schon entdeckt worden. Noch bevor der Bomberverband
die Frontlinie überflog griffen fünf Höhenjäger vom Typ Bf 109
G-14/AS die Formation von oben kommend an und verwundeten
mehrere Bomber. Einer B-17 fehlte plötzlich das halbe Leitwerk
und der Heckschütze hing tot in seiner engen, zerfetzten Kan-
zel. Trotzdem flog der Bomber noch, der Pilot ließ das Flugzeug
allerdings abdrehen und machte sich unverrichteter Dinge auf
den Heimweg. Dann tauchten die amerikanischen Begleitjäger
mit ihren Mustang P-51 auf und griffen die deutschen Jäger, die
einmal das Dach Deutschlands sein wollten und heute nur noch

über wenige flugfähige Maschinen verfügten, an, so dass diese den Kampf aufnehmen und die Bomberformation in Ruhe lassen mussten. Der Heckschütze der *Midsummer Beauty* schoss mit seinem Browning-M2-Zwillings-MG auf einen der feindlichen Jäger, traf aber nicht.

Die Flak zielte schlecht und die *Midsummer Beauty* flog unbeirrt weiter. Doch über dem Taunus geschah es dann doch. Mehrere Flaktreffer! Der rechte innere Motor stotterte und fiel schließlich ganz aus. Unter dem Cockpit, im Bugraum, brach ein Feuer aus. Lloyd Hayes, der Heckschütze, war am Kopf verletzt worden und blutete stark. Wayne Coleman, der Kugelturmschütze, musste von seinen Kameraden, den Rumpfschützen, aus dem Kugelturm an der Unterseite des Rumpfes herausgezogen werden, weil er sich aufgrund einer blutenden Verletzung am Arm und mit halb erfrorenen Händen nicht mehr selbst befreien konnte. Zur gleichen Zeit verließ Bordingenieur Brent Muller seinen Platz und kroch in den Bugraum, um dem hier untergebrachten, leicht verletzten Navigator und Kinnturmschützen zu helfen, das Feuer zu löschen. Er musste hierfür seine Sauerstoffmaske abnehmen, was die Sache erschwerte. Gott sei Dank gelang es ihm, das Feuer nach kurzer Zeit zu löschen. Dann stellte einer der Rumpfschützen erschrocken fest, dass die beiden Fünfhundert-Pfund Bomben sowie die vierzig Einhundert-Pfund-Bomben klemmten und nicht mehr per Notabwurf abgeworfen werden konnten. Aus dem Bugraum zurück entdeckte der Bordingenieur schließlich noch ein Leck in der Sauerstoffanlage. Dann fing ein weiterer Motor an unruhig zu laufen und brachte nicht mehr die volle Leistung.

Über Funk rief der Captain seinen Wing Commander, 1st Lieutenant Colonel Linney, der in einer B-17 versetzt über der *Midsummer Beauty* flog. Er teilte ihm mit, dass er zwei Verletzte habe, die Bomben klemmten und er aufgrund des Motorausfalls und eines Sauerstofflecks aus der Formation ausbrechen müsste. Der Wing

Commander nannte dem Captain einen Steuerkurs in Richtung eines Notlandefelds hinter den feindlichen Linien, etwa zweihundert Meilen entfernt. Doch dieses war mit der verwundeten *Midsummer Beauty* nicht mehr erreichbar. Der Bomber verlor stark an Höhe. Der Captain befahl den beiden Rumpfschützen die Sicherungssplinte in die Bomben wieder einzustecken. Dann nahm er Kurs auf das Notlandefeld. Er war sich darüber im Klaren, dass er nicht den Befehl zum Absprung geben konnte, denn dann hätte er die beiden verletzten Kameraden ihrem Schicksal überlassen müssen. Und es gab noch einen anderen Grund. Auf ihrem Einsatz-Flugplatz war in den letzten Tagen immer wieder das Gerücht umgegangen, dass die Deutschen auf amerikanische Besatzungen geschossen hätten, die wehrlos am Fallschirm hingen, oder Zivilisten sie mit Mistgabeln erschlagen hätten, sobald sie mit den Fallschirmen gelandet waren. Angst ging um in dem Flugzeug. Eine Notlandung war ein hohes Risiko, weil sie die Bomben nicht abwerfen konnten. Der Captain sah den Copiloten fragend an und beide waren sich sofort einig, dass eine Notlandung dennoch die bessere Option war.

»Prepare for Emergency-Landing!«, befahl der Captain der Crew, die daraufhin ihre Plätze für die Notlandung einnahm. Die Schützen hielten sich in der mittleren Rumpfsektion auf. Der Funker Chris Olsson blieb in seiner Kabine und der Bordingenieur kauerte auf seinem Platz hinter dem Cockpit.

Während sich die B-17G weiter im Gleitflug befand und immer schneller an Höhe verlor, entdeckte Copilot Mike McSweeney halbrechts vor ihnen einen kleinen Feldflugplatz, auf dem zwei stark beschädigte deutsche Jagdflugzeuge vom Typ Bf 109 zu sehen waren.

»Kriegst du sie da gelandet?«, fragte der Copilot den Captain.

»Nein, zu weit weg«, war die knappe Antwort. »Wir landen quer an dem Hang, der da vor uns liegt!«

»Captain an Navigator: Wo sind wir?«

»Ich weiß es nicht genau. Der Fluss Rhein liegt nach meinen letzten Berechnungen ungefähr 30 Meilen westlich!«

»Stehen unsere Truppen nicht gerade am Westufer dieses Flusses und kämpfen um eine noch intakte Brücke? Kann nicht weit weg sein von hier!«

Die kurze Unterredung wurde unterbrochen, denn nun schoss die Flugplatz-Flak auf den landenden Bomber. Doch wie ein Wunder hörte der Beschuss plötzlich auf.

Ezra Goldman, der Navigator und Kinnturmschütze, schaffte es gerade noch, aus dem Bugraum heraus nach oben in den Rumpf zu klettern und sich hier zu den anderen Kameraden zu kauern.

Es krachte fürchterlich als der Bomber mit hoher Geschwindigkeit hart auf einer an einem Hang verlaufenden Wiese aufsetzte. Die Bauchlandung wäre glimpflich verlaufen, hätte die auf der Wiese entlang rutschende B-17G nicht mit der rechten Tragfläche einen größeren Basaltbrocken und ein Gebüsch gestreift. Dadurch wurde der Bomber herumgerissen, wobei der Rumpf in der Mitte auseinanderbrach.

Nach South-Newbridge zurückgekehrt, erstellte Wing Commander Linney beim De-Briefing einen Missing-Air-Crew-Report, der unter der Nummer MACR 1210947 archiviert wurde. Es war nicht der einzige Missing-Air-Crew-Report, der an diesem Tag erstellt werden musste.

1. Kapitel

Flugplätze Thalfeld/Westerwald und Koblenz-Moselhöhe,
12. Juli 2009

Mit einer Reisegeschwindigkeit von nahezu zweihundertdreißig Stundenkilometern ließ Justus Sessenroth das Segelflugzeug im Geradeausflug gleiten und hielt Kurs auf den zweiten Wendepunkt seines Dreiecks-Streckenfluges, den Flugplatz Thalfeld im hessischen Teil des hohen Westerwaldes. Justus Sessenroth genoss den Gleitflug. Nur hin und wieder musste er in böigen Luftmassen die Fluglage des Flugzeuges mit dem Steuerknüppel und den Seitenruderpedalen korrigieren, um auf Kurs zu bleiben.

Die hohe Geschwindigkeit, die man mit diesem Segelflugzeug fliegen konnte, um von einer Aufwindzone zur nächsten zu gelangen, berauschte den Piloten. Bisher hatte er die Flugstrecke, die selbst gesetzte fliegerische Aufgabe für den heutigen Tag, ohne größere Schwierigkeiten abfliegen können. Insgesamt war er allerdings nur langsam vorangekommen. Er schaute auf die Fliegeruhr im Instrumentenbrett seiner ASW 20 BL. Es war bereits fünfzehn Uhr dreißig am Nachmittag. Justus Sessenroth befand sich etwa zehn Kilometer südlich der Stadt Herborn und hatte das kleine Dorf Thalfeld und den langen Schornstein der dort ansässigen Schamotte-Fabrik schon in Sicht. In ein paar Minuten würde er den Flugplatz seiner ursprünglichen Heimat erreichen. Vorher würde er noch eine Wolke vor dem Thalfelder Flugplatz anfliegen müssen, um in deren Aufwind genügend Höhe für den Weiterflug zu gewinnen. Der Höhenmesser zeigte eine Höhe von 1200 Metern über Main Sea Level an, was aktuell einer Höhe von rund 900 Metern über Grund entsprach. Höhenmesser in deutschen Segelflugzeugen waren in der Regel noch auf Meter geeicht, während sie in Motorflugzeugen, Militär- und Verkehrsflugzeugen, gemäß einer internationalen Regelung, die Höhe in Fuß anzeigten. 1000 Fuß entsprachen dabei einer Höhe von etwa 300 Metern.

Schon am frühen Morgen hatte der 49-jährige Journalist Justus Sessenroth den Segelflugwetterbericht auf einer kostenpflichtigen Internetseite des Wetterdienstes abgerufen. Die Meteorologen hatten aufgelockerte Cumulusbewölkung mit mäßiger bis starker Thermik im Vorhersagegebiet vorausgesagt, die allerdings am späten Nachmittag durch die Vorboten einer im Westen aufziehenden Warmfront gestört würde. Justus Sessenroth hatte in dieser Wetterprognose kein Hindernis für seinen heutigen Streckenflug gesehen. Er musste einfach rechtzeitig zurück sein oder notfalls auf einem an der Strecke gelegenen Flugplatz landen. Gegen acht Uhr morgens war er zum Flugplatz Moselhöhe bei Koblenz gefahren, in dessen Nähe er nach der Scheidung von seiner Frau, Frauke, eine kleine Mansarden-Wohnung gemietet und sich darin auch ein kleines Büro eingerichtet hatte. Im Vereinsheim des ortsansässigen Luftsportvereins hatte er zunächst weitere Flugvorbereitungen erledigt. Dazu gehörte eine genaue Planung der heutigen Dreiecks-Flugstrecke mit Startort Flugplatz Koblenz-Moselhöhe, erstem Wendepunkt Flugplatz Wasserkuppe in der Rhön, zweitem und letztem Wendepunkt Flugplatz Thalfeld im Westerwald und dem letzten Strecken-Schenkel des Dreiecks, zurück zum Startflugplatz. Mit Hilfe einer entsprechenden Software auf seinem Laptop hatte Justus Sessenroth die GPS-Koordinaten des heutigen Streckenflugs für das GPS-Navigationssystem im Flugzeug vorprogrammiert. Das GPS-Navigationssystem in der ASW 20 BL erleichterte ihm die Orientierung während des Fluges sehr, indem es ihm ständig die aktuelle Position, den Kurs und die Entfernung zum nächsten Wendepunkt anzeigte. Ein im Navigationssystem integrierter Endanflugrechner zeigte dabei die jeweils notwendige Höhe an, die er durch Ausnutzung von Aufwinden erreichen musste, um im Gleitflug zum nächsten Wegpunkt auf der Stecke fliegen zu können. Außerdem wurde die jeweils günstigste Gleitfluggeschwindigkeit, die so genannte Sollfahrt, angezeigt. Darüber hinaus verfügte das System über eine Loggerfunktion, das heißt, es schrieb während des Fluges alle Daten über die geflogene Strecke, erreichte Wendepunkte, Flughöhen sowie die Flugzeiten mit. Diese Daten konnte der Pilot nach dem Flug mit dem Laptop aus dem System auslesen und sie über das Internet an die Meldestelle des Segelflug-Online-Contests übermitteln. Erfasst und bewertet wurden dort nicht nur die geflogenen Streckenflugkilometer, sondern auch die benötigte Gesamtflugzeit und die durchschnittlich geflogene Geschwindigkeit. In diesem dezentralen Wettbewerb flog man sozusagen ein Rennen gegen bekannte und unbekannte Konkurrenten. Auch Mannschaftswettbewerbe gab es, bis hin zu einer Bundesliga.

Der internationale Luftsportverband, die Federation Aeronautique International, teilt die verschiedenen Segelflugzeugmuster in Wettbewerbsklassen ein: Clubklasse, Standardklasse, 15-Meter-Klasse, 18-Meter-Klasse, Offene Klasse sowie Doppelsitzer-Klasse. Über einen Index werden die unterschiedlichen Flugleistungen der einzelnen Flugzeugmuster innerhalb ihrer Wettbewerbsklasse vergleichbar gemacht.

Die ASW 20 BL hatte Justus Sessenroth vor wenigen Jahren als Gebrauchtflugzeug mitsamt Ausrüstung, Instrumentierung und Transport-Anhänger gekauft. Das von vielen Piloten noch immer geschätzte Segelflugzeug war im Jahr 1984 von einer alteingesessenen, hochinnovativen und weltweit erfolgreichen Firma in einem Ort nahe der Wasserkuppe gebaut worden und befand sich in einem sehr guten Zustand. Ein Alter von fünfundzwanzig Jahren war bei Segelflugzeugen überhaupt kein Problem. Das Flugzeug war aus Faserverbundwerkstoffen gefertigt worden, genauer gesagt aus Glas- Kohle- und Aramidfasern. Rost gab es nicht, Materialermüdung kam äußerst selten vor. Wenn man die Wartung vorschriftsmäßig durchführte und das Flugzeug im Anhänger oder in einem Hangar abstellte, konnte man es durchaus vierzig oder mehr Jahre fliegen. Weltweit besaßen die wenigen deutschen Segelflugzeughersteller einen sehr hohen Marktanteil, was auch kein Wunder war, denn der Segelflug hatte in Deutschland einst seinen Ursprung gehabt. Der Marktanteil der deutschen Segelflugzeughersteller lag weltweit im hohen zweistelligen Bereich. Es gab keinen internationalen Wettbewerb ohne deutsche Segelflugzeuge. Wettbewerbe wurden von den Herstellern oft auch als Testplattform für Neuentwicklungen genutzt.

Die ASW 20 BL galt noch immer als ein ausgereiftes Segelflugzeug, wenngleich sie in ihren Leistungen durch weiterentwickelte Hochleistungssegelflugzeuge inzwischen weit überboten wurde. Der Vorbesitzer der ASW 20, ein Schweizer Pilot, hatte das Flugzeug gehegt und gepflegt, aber wenig geflogen. Justus hatte das Flugzeug damals zu einem fairen Preis bekommen, so dass sein Budget gerade noch ausreichte, um ein modernes GPS-basiertes Navigationssystem zu kaufen und einzubauen. Zusätzlich hatte er ein elektronisches Kollisionswarngerät installiert, das ihm anzeigte, ob sich ein anderes Flugzeug gefährlich annäherte und wo es sich gerade befand. Allerdings musste das andere Flugzeug ebenfalls mit einem solchen Kollisionswarngerät ausgerüstet sein. Das System war für ihn ein zusätzlicher Sicherheitsfaktor, doch die Piloten mussten weiterhin auf der Hut sein und während des Fluges den Luftraum genau beobachten, insbesondere beim Kreisen mit mehreren Segelflugzeugen in einem Aufwind.

Die Spannweite von Justus' ASW 20 BL betrug fünfzehn Meter. Die äußeren Tragflächenenden wurden durch so genannte Winglets abgeschlossen, die durch einen der Natur abgeschauten aerodynamischen Trick eine Verbesserung der Gleitzahl des Flugzeuges bewirkten. Die Gleitzahl war schon immer ein wichtiges Maß hinsichtlich der Flugeigenschaften des Segelflugzeugs. Bei der einsitzigen ASW 20 BL betrug sie maximal 46, was bedeutete, dass das Segelflugzeug aus einer Höhe von 1000 Metern und bei einer bestimmten Geschwindigkeit eine Gleitstrecke von 46 Kilometern zurücklegen konnte, vorausgesetzt es bewegte sich in einer neutralen Luftmasse ohne Auf- oder Abwinde und ohne Beeinflussung durch den Wind. Das Leergewicht des Flugzeuges betrug 265 Kilogramm, wobei die maximale Abflugmasse bis zu 380 Kilogramm betragen durfte. Zusätzlich zum Gewicht des Piloten und seinem Rettungsfallschirm konnte das Flugzeug einen Wasserballast in den Tragflächen von maximal 100 Kilogramm aufnehmen. Mit dem Wasserballast ließ sich die Gleitgeschwindigkeit im Reiseflug steigern. Wenn die thermischen Aufwinde stark genug waren, brachte das zusätzliche Gewicht des Wassers beim Auskreisen von Aufwinden zum Höhengewinn kaum Nachteile. Dafür kam man im freien Gleitflug schneller ans Ziel. Bei Flügen in schwacher Thermik musste man natürlich auf die Mitnahme von zusätzlichem Wasserballast verzichten. Durch zwei ansteckbare Tragflächenmodule am äußeren Ende der Tragflächen konnte die Spannweite der Tragflächen auf 16,6 Meter verlängert werden, was die Gleiteigenschaften nochmals verbesserte, aber die Flugeigenschaften im Kurvenflug leicht beeinträchtigte. Die ASW 20 BL hatte neben den Querrudern zusätzlich Wölbklappen an den Tragflächenhinterkanten, mit denen das Tragflächenprofil während des Fluges durch Hebelbetätigung verändert werden konnte. Wölbklappen in Positivstellung nach unten ausgefahren sorgten für gute Langsamflug- und Landeeigenschaften. Wölbklappen in Negativstellung nach oben sorgten für schnelles Gleiten.

Nach den Flugvorbereitungen am Morgen hatte Justus Sessenroth zunächst den Rumpf der ASW 20 BL aus dem Anhänger gezogen und die über Nacht aufgeladenen Akkus für die Stromversorgung eingebaut. Anschließend hatte er die vorprogrammierten Navigations-Daten seines Streckenflugvorhabens mit dem Laptop in das GPS-Navigationssystem der ASW 20 BL übertragen, das sich im Instrumentenpanel zwischen Höhenmesser und Variometer befand. Bereits zuhause hatte Justus die Strecke auf seiner Luftfahrerkarte eingezeichnet, die er trotz der elektronischen Hilfsmittel immer an Bord mitführen musste. Im Gegensatz zu den Motorfliegern konnten Segelflieger ihre Strecken nicht immer genau entlang der Kurslinie fliegen, die sie sich auf ihren Karten einzeichneten und in die GPS-Navigations-Systeme ihrer Flugzeuge einprogrammierten. Es kam darauf an, den thermisch günstigsten Weg auf der Strecke in der Nähe der jeweiligen Kurslinie zu finden. Schon deshalb waren genaue Flugwettervorhersagen für die Piloten unverzichtbar, wobei das Abrufen des aktuellen Flugwetters für alle Piloten ohnehin eine gesetzliche Verpflichtung darstellte. Für die Segelflieger war es insbesondere wichtig zu wissen, welche Windrichtung und Windstärke vorherrschte, wo und wann sich Thermik in welcher Stärke entwickeln würde, wie hoch die Wolkenuntergrenze sein würde und ob sich möglicherweise aufwindträchtige, so genannte Wolkenstraßen aus eng beieinander befindlichen Cumuluswolken bilden würden. Erfahrene Piloten konnten anhand der aktuellen Wetterinformationen und ihrer Wetterkenntnisse abschätzen, welche Gebiete für ihren jeweiligen Flug am günstigsten waren. Plante man seine Flugstrecke entsprechend, konnte man im Aufwind unter den Wolkenstraßen mit hoher Geschwindigkeit im schnellen Gleitflug Streckenkilometer gutmachen – nahezu ohne Höhenverlust. Oft erreichte man einen sehr großen Zeitgewinn, indem man von der eigentlichen Strecke etwas abwich, um entlang einer Wolkenstraße zu fliegen. Bildeten sich keine Wolkenstraßen, nutzte man die Aufwinde unter den einzelnen, verteilten Cumuluswolken. Bei Wetterlagen ohne Cumulusbewölkung entwickelte sich oft auch die so genannte Blauthermik, die ebenfalls Aufwinde lieferte. Die Piloten mussten die Wetterentwicklung während des Fluges genauestens beobachten, um die thermischen Bedingungen auf ihrer Strecke richtig einschätzen zu können. Streckenflüge mit Segelflugzeugen dauerten in der Regel mehrere Stunden, deshalb war es wichtig, ausreichend Proviant und Getränke im Segelflugzeug zu deponieren.

Justus Sessenroth war ein erfahrener Pilot. Seinen ersten Alleinflug auf einem Segelflugzeug hatte er bereits im Alter von vierzehn Jahren absolviert. Schon damals war für ihn klar, dass die Fliegerei sein Ding werden würde.

Nachdem das Cockpit für den Flug entsprechend vorbereitet worden war, hatte Justus das Segelflugzeug mit Hilfe zweier Vereinskollegen aufgerüstet. Genauer gesagt, gemeinsam mit den Kollegen waren die Tragflächen vorsichtig nacheinander aus dem Anhänger gezogen und in die vorgesehenen Anschlussöffnungen am Rumpf der ASW 20 BL eingeschoben worden. Während die Kameraden die beiden eingeschobenen Tragflächen an den Tragflächenenden noch mit Kraftaufwand stützen mussten, hatte Justus die Tragflächenholme in Rumpfmitte hinter dem Cockpit mit zwei starken Hauptbolzen verriegelt und diese mit einem Splint gesichert. Erst danach bildeten die Tragflächen mit dem Rumpf eine stabile Einheit. Nach dem Einschieben der beiden Tragflächenhälften in den Rumpf waren noch die Steuerstangen für die Querruder, für die Bremsklappen und für die Wölbklappen mit den im Rumpf befindlichen Steuerstangen verbunden worden. Zum Schluss war nur noch das Höhenruder am Heck montiert und ebenfalls angeschlossen und gesichert worden. Der ganze Vorgang hatte keine zwanzig Minuten gedauert. Anschließend hatte der Außen-Check, inklusive der Check der Ruder und Klappen, begonnen. Die Checkliste musste sorgfältig abgearbeitet werden. Nachlässigkeit durfte sich hierbei nicht einschleichen. Fliegen bedeutete Sorgfalt und Präzision und Justus wusste das. Er nahm sich noch immer den Spruch seines alten Thalfelder Fluglehrers zu Herzen: »Die Luft verzeiht dir keine Fehler, niemals!« So hatte Justus auch an diesem Morgen den Check gewissenhaft und ohne Hektik durchgeführt. Nach dieser ausgiebigen Prüfung war das Flugzeug mit zwei Helfern an einen Platz in der unmittelbaren Nähe der Startstelle des Flugplatzes geschoben worden. Später, beim Einsetzen der Thermik, hatte Justus dort seinen Fallschirm angelegt, war in das Cockpit geklettert und hatte sich angeschnallt. Bevor er die Haube schloss, hatte er noch den Check der Instrumente durchgeführt, den Höhenmesser eingestellt, die Freigängigkeit der Ruder und Klappen geprüft und das Funkgerät, das Navigationssystem, das elektronische Variometer sowie das Kollissionswarngerät aktiviert. Anschließend war das Schleppseil eingeklinkt worden und danach konnte er sich über Funk abflugbereit melden.

Wer Segelfliegen wollte, schloss sich am besten einem der unzähligen Luftsportvereine an, die es überall in Deutschland gab. Bei einigen gewerblichen Flugschulen war zwar auch das Chartern von Segelflugzeugen sowie eine fliegerische Ausbildung möglich, doch viele solcher Betriebe gab es nicht und überdies waren ihre Angebote zwar fair, aber zwangsläufig teurer als die Kosten in einem Verein. Um am Segelflugbetrieb eines Vereins teilnehmen zu können, bedurfte es allerdings eines hohen Maßes an Idealismus und persönlichem Einsatz. Segelflug war ein Teamsport, egal, ob man ein eigenes Flugzeug besaß, oder vereinseigene Flugzeuge flog. Ein einzelner Pilot kam niemals ohne freiwillige Helfer in die Luft. Der Flugbetrieb wurde durch einen Startleiter geregelt, die Flugschüler durch einen Fluglehrer ausgebildet und betreut. Darüber hinaus benötigte man Starthelfer für den Startvorgang und weitere Helfer, die die Flugzeuge nach der Landung mit einem Auto zur Startstelle zurückzogen oder zu Fuß zurückschoben. Piloten, die Streckenflüge planten, mussten sich schon vor ihrem Abflug mit ihren Rückholern verabreden, für den Fall, dass sie wegen nachlassender Thermik auf einem Acker außenlanden mussten. In solchen Fällen wurde das Flugzeug vom Pilot und den Rückholern abgerüstet und in einem speziellen Anhänger nach Hause transportiert. Einer der wichtigsten Kameraden im Team war der Windenfahrer, der die 350 PS starke Seilwinde bediente, mit der die Segelflugzeuge geschleppt und wie ein Drachen gegen den Wind auf Höhe gezogen wurden. An vielen Flugplätzen konnte man sich auch mit einem Motorflugzeug schleppen lassen. Hierfür war keine große Mannschaft notwendig, aber die Kosten für den so genannten F-Schlepp waren gegenüber der Windenschleppmethode deutlich höher, weshalb die Ausbildung von Flugschülern in der Regel an der Winde durchgeführt wurde. Seit einigen Jahren gab es auch eigenstartfähige Segelflugzeuge mit einem Propellerantrieb, der mechanisch nach hinten in den Rumpf eingeklappt werden konnte, wenn er nicht benötigt wurde. Piloten, die ein solches Flugzeug flogen, waren etwas unabhängiger vom Vereinsbetrieb, weil sie, wenn ihre Flugzeuge aufgerüstet waren, mit nur einem Starthelfer auskamen und bei nachlassender Thermik mit Hilfe des Klapptriebwerks nach Hause fliegen konnten, ohne eine Außenlandung auf einem Acker oder einer abgemähten Wiese riskieren zu müssen. Doch diese eigenstartfähigen Segelflugzeuge waren für einen mittelständischen Privatpiloten wie Justus Sessenroth und auch für die meisten Vereine zu teuer. Das Fliegen im Verein war ein geselliger aber auch sehr zeitintensiver Sport. Justus Sessenroth war dem auf dem Flugplatz Koblenz-Moselhöhe ansässigen Verein nach seinem Umzug von Thalfeld an den Rhein beigetreten. Das Fliegen war für Justus gleichzeitig Berufung und Leidenschaft. Inzwischen war er nicht nur Privatpilot sondern auch Fluglehrer. Seine Freizeit verbrachte er meistens auf irgendeinem Flugplatz und natürlich in der Luft. Wenn das Wetter nicht zum Segelfliegen taugte, oder an Wochentagen, wenn kein Segelflugbetrieb stattfand, flog er Ultraleicht- oder Motorflugzeuge. Das motorisierte Fliegen erforderte weniger Zeitaufwand als das Segelfliegen und hatte den Vorteil, dass man schnell einmal zum Kaffeetrinken oder zu einem anderen Zweck auf einem entfernten Flugplatz landen und später wieder nach Hause fliegen konnte. Manchmal flog Justus zur Entspannung nach einem harten Arbeitstag mal eben für eine Weile über die Eifel, umrundete den Laacher See, anschließend im Westen den Nürburgring und landete wieder auf dem Flugplatz Moselhöhe. Auch Flüge zu den Nordseeinseln, um dort ein paar Tage Urlaub oder wenigstens ein Wochenende zu verbringen, liebte er. Die Nordseeinseln waren vom Flugplatz Moselhöhe aus mit schnellen Motorflugzeugen in Flugzeiten von weniger als zwei Stunden erreichbar. Es war immer ein sehr schönes Erlebnis, wenn auch die Vorbereitung und die Flugdurchführung wegen der komplexen Luftraumstruktur auf der Strecke nicht ganz einfach waren. Der Motorflug war insbesondere aufgrund der Treibstoffkosten allerdings kostenintensiv. Die leistungsschwächeren Motoren der zweisitzigen Ultraleichtflugzeuge verbrauchten weniger Sprit, aber Ultraleichtflugzeuge boten sehr wenig Zuladungskapazität, so dass man neben Sprit und einem Passagier höchstens etwas Handgepäck mitnehmen konnte.

Justus Sessenroth blickte auf eine Flugerfahrung von rund zweitausendfünfhundert Flugstunden zurück, darin enthalten etwa eintausendvierhundert Segelflugstunden. Das war vergleichsweise wenig für einen Privatpiloten, der schon so lange flog, neuerdings hin und wieder auch beruflich. Andere, jüngere, hatten ihn bereits überholt, flogen größere Strecken, nahmen an nationalen Wettbewerben teil und konnten so bereits mehr Flugstunden und Streckenkilometer in ihren Flugbüchern notieren. Wenigstens hatte Justus aber eine hohe Anzahl an Starts- und Landungen absolviert, ein Resultat seiner Tätigkeit als Fluglehrer. Die Zeiten, die Justus insgesamt auf Flugplätzen verbracht hatte, zur Teilnahme am Flugbetrieb, zur Werkstattarbeit im Winter, für den Theorieunterricht, oder einfach nur, um auf dem

Flugplatz unter Gleichgesinnten zu sein, konnte er nicht mehr zählen. Seine Ehe war neben der Fliegerei und dem Beruf, der ihn immer mehr forderte, viel zu kurz gekommen. Vor zwei Jahren hatte seine Frau ihm den Laufpass gegeben. Trotz der Suche nach Kompromissen ließ sich die Trennung irgendwann nicht mehr vermeiden. Justus Sessenroth hatte sich immer eine Frau erträumt, die mit ihm flog. Eine Frau, die seine Flugsehnsucht teilte, die, in Jeans und Fliegerlederjacke bekleidet, als seine Copilotin in ein Flugzeug einstieg und ihr blondes Haar mit einem blauen Stirnband fixierte. Sie musste nicht selbst fliegen können, aber sie sollte, wie er, das Fliegen genießen können. Er hatte sich eine Frau erhofft, die ihm half, sein Segelflugzeug startklar zu machen, früh am Morgen, wenn das frisch gemähte Gras des Flugplatzes noch taubedeckt war und duftete. Eine Frau, die ihn mit einem leidenschaftlichen Kuss empfing, wenn er von einem langen Streckenflug zurückkehrte und er sich ermüdet aber glücklich aus dem Cockpit der ASW 20 schälte. Justus hatte sich schon zu einem frühen Zeitpunkt seiner Ehe damit abfinden müssen, dass dieser Traum nicht Wirklichkeit werden konnte. Und dennoch hatte er seine Ex-Frau sehr geliebt. Die Liebe beruhte auf Gegenseitigkeit und seine Frau hatte alles getan, damit es ihm gut ging und er glücklich werden konnte. Seine fliegerische Leidenschaft teilte sie nie, doch sie hatte die Fliegerei toleriert, solange sie mit Justus zusammen war. Seit der Geburt ihres ersten Kindes hatte sie Angstgefühle beim Mitfliegen als Passagierin entwickelt. Schon als sie Justus kennenlernte, lebte sie in ständiger Angst, Justus könne eines Tages von einem Flug nicht mehr nach Hause kommen. Bis zur Trennung saß Justus immer zwischen den Stühlen. Einerseits wollte er Zeit mit seiner Frau und seinen Kindern, die er über alles liebte, verbringen. Andererseits liebte er die Fliegerei und die Freiheit, die er verspürte, wenn er mit einem Segelflugzeug lautlos unter einer Wolke kreiste. Justus hatte sich zeitlebens schwergetan mit Gefühlen.

Aber hier oben, am Himmel, hier fühlte er sich glücklich. Nur hier, unter der Weite des Himmels, verspürte er den Frieden, den es am Erdboden nicht gab. Hier oben konnte er seine Depressionen, die ihn seit einigen Jahren immer wieder einmal quälten, verdrängen und dem Stress des Alltags entfliehen. Wenn auch nur für ein paar Flugstunden. Den Fallschirm auf dem Rücken, den Körper fest im Cockpit angeschnallt, die rechte Hand am Steuerknüppel, die Füße in den Seitenruderpedalen, den Blick auf die Instrumente und in den Luftraum, den er beflog, gerichtet - so bildete er mit dem Flugzeug eine symbiotische Einheit. Manchmal fühlte er sich dabei wie ein Raubvogel. Insbesondere Mäusebussarde und Milane begegneten ihm immer wieder beim Kreisen in Aufwinden, auch in sehr großen Höhen. Justus Sessenroth war davon überzeugt, dass diese Tiere ebenfalls Spaß am Fliegen haben mussten. Was suchten sie sonst in großen Höhen.

Segelfliegen war ein sehr naturverbundener Sport. Streckenoder Dauerflüge gelangen nur durch Sonnenenergie oder durch Hang-Aufwind. Die Sonne heizte den Erdboden je nach Beschaffenheit unterschiedlich stark auf, die darüber liegende Luftmasse erwärmte sich und wurde so thermisch zum Aufsteigen gezwungen. Thermik war der stille Motor der Segelflieger. Kräftiger Wind, vor allem im Herbst, erzeugte mechanische Aufwinde an Berghängen, die man zum Hangsegelflug ausnutzen konnte. Als Segelflieger befand man sich immer im Einklang mit der Natur. Schon frühmorgens, noch vor Beginn des Flugbetriebes, wenn man die Segelflugzeuge für den Flugbetrieb vorbereitete, zur Startstelle schob und darauf wartete, dass die Seilwinde zum Schleppen bereit war, der erste Mäusebussard aufsteigen und den Beginn der Thermik anzeigen würde, war den Piloten dies bewusst. Segelfliegen war ein stilles Erlebnis. Während des Fluges hörte man nur die Fahrtgeräusche des Flugzeuges und den Piepton des elektronischen Variometers. Segelfliegen war manchmal auch ein sehr einsames Erlebnis, wenn man nicht gerade zu zweit in einem Doppelsitzer flog.

Justus Sessenroth bezog sein ganzes Selbstvertrauen aus der Fliegerei. Nur wer ein komplexes Fluggerät vollständig beherrschte und in Grenzsituationen den Überblick behielt, nur wer die Kräfte der Natur richtig deutete, erfühlen und fliegerisch ausnutzen konnte, war aus seiner Sicht ein guter und erfolgreicher Segelflieger. Ohne eine Spur von Selbstüberschätzung konnte Justus Sessenroth von sich behaupten, ein guter Pilot zu sein. Durch häufige Übungsflüge und ständiges Auffrischen seines theoretischen Wissens hielt er sich fit. Das verlieh ihm ein Gefühl der Sicherheit. Bis auf wenige Ausnahmen in seiner Jugend hatte er immer darauf geachtet, dass er das jeweilige Flugzeug innerhalb der im Flughandbuch vorgegebenen Toleranzen flog. Ein alter Fliegerspruch besagte, dass es junge, leichtsinnige Piloten gab, aber keine leichtsinnigen alten Piloten. Justus Sessenroth hatte schon manche kritische Situation gemeistert, aber noch nie ein Flugzeug ernsthaft beschädigt oder gar einen Unfall gehabt. Darauf war er stolz. Aber seine Ehe hatte unter der Fliegerei gelitten. Irgendwann hatte Frauke nicht mehr mitgemacht. Die Trennung war sozusagen eine logische Folge seiner Flugsehnsucht, die er immer wieder ausleben musste. Justus hatte sich damals große Vorwürfe gemacht. Nicht nur Frauke, sondern auch seine beiden Töchter im Alter von vierzehn und achtzehn Jahren, waren viel zu kurz gekommen. Als die Mädchen noch Kinder waren, hatte Justus sie oft mit zum Flugplatz genommen. So waren sie wenigstens in seiner Nähe. Später hatten die Mädchen kein Interesse mehr am Flugplatz gehabt. Sie entwickelten keinerlei Ambitionen, in die Fußstapfen ihres Vaters zu treten. Das Leben und insbesondere die Scheidung hatten Justus mittlerweile verändert. Obwohl er ein geselliger Mensch war und obwohl sein Engagement im Verein geschätzt wurde, zog er sich immer mehr aus dem Vereinsleben zurück. Er beabsichtigte, in diesem Jahr noch so viele Streckenflüge wie möglich zu absolvieren, bevor er die ASW 20 BL im Herbst verkaufen musste. Die Scheidung forderte ihren Tribut.

Justus Sessenroth war an diesem Morgen per Flugzeugschlepp gestartet. Als gegen halb elf Uhr die Thermik einsetzte hatte er sich von einem Freund mit dem vereinseigenen Schleppflugzeug auf 700 Meter Höhe schleppen lassen. Nach dem Ausklinken hatte er bald einen thermischen Aufwind, oder wie die Flieger sagten, einen *Bart* gefunden. In kurzer Zeit war die ASW 20 BL langsam kreisend auf 1600 Meter über Grund gestiegen. Diese Höhe war ausreihend für den Gleitflug nach Osten über den Rhein, bis zur nächsten Aufwindzone.

Den ersten Wendepunkt des Fluges, die 950 Meter über dem Meeresspiegel gelegene Wasserkuppe in der Rhön, hatte Justus gegen ein Uhr dreißig erreicht. Die Thermikverhältnisse auf der Strecke waren nicht ganz so gut wie vorhergesagt. Beinahe hätte Justus auf einem kleinen Flugplatz bei Fulda landen müssen, doch in letzter Minute sah er ein Segelflugzeug, das in der Nähe des Flugplatzes kreiste. Ein nahezu sicheres Zeichen dafür, dass sich dort ein Aufwind befand. Justus Sessenroth hatte Kurs auf die unsichtbare Aufwindzone genommen und bald zeigten ihm sein Hintern und das Variometer ein schwaches Steigen an. Er hatte sofort den Steuerknüppel nach hinten gezogen, um die Geschwindigkeit zu reduzieren. Dann hatte er den Wölbklappenhebel auf Stellung vier gezogen und begonnen, in der Steigzone mit geringer Geschwindigkeit und zunächst flacher Querneigung zu kreisen. Nach oben hin hatte sich der Bart zu einem starken Aufwind entwickelt, so dass Justus Sessenroth engere, steilere Kreise fliegen und schnell genügend Höhe für den Weiterflug zur Wasserkuppe gewinnen konnte. Die Umrisse des höchsten Berges der Rhön hatte er schon in der Ferne an dem markanten Radom erkannt.

Die Umrundung des zweiten Wendepunktes, dem Flugplatz der Fliegerschule Wasserkuppe, gelang ihm ohne großen Höhenverlust. Dann hatte er den Weiterflug nach Thalfeld angetreten.

Jetzt hing er unter einer kräftig entwickelten Cumuluswolke bei Herborn und kreiste in deren Sog. Er nahm einen Schluck aus der Wasserflasche und schaute angestrengt nach Westen. Dort waren in der Höhe schon dünne Cirruswolken zu sehen, weiße Schleierwolken aus Eiskristallen. Später würden Stratuswolken folgen, bevor die Warmfront das Land mit Regen überzog.
Um den in diesem Luftraum vorgeschriebenen, vertikalen Abstand zur Wolkenbasis einzuhalten, leitete Justus den Kreisflug rechtzeitig aus, beendete so das Steigen und ging auf Kurs in Richtung Flugplatz Thalfeld. Er wusste, dass manche Piloten es mit dieser Vorschrift nicht so genau nahmen, wenn sie jeden Meter Höhe benötigten, um ihre Strecke zu bewältigen. Ein Segelflugzeug ohne Transponder war auf dem Radar der Flugsicherung nahezu unsichtbar. Aber gerade das barg Gefahren, wenn man direkt unterhalb der Wolkenbasis flog oder sich sogar in die Wolken hineinziehen ließ. Er wusste, dass der Luftraum, in dem er sich aktuell befand, nicht von Verkehrsflugzeugen beflogen wurde und dass Motorflugzeuge eher niedriger flogen. Es wäre kein großes Risiko gewesen, bis zur Wolkenbasis zu steigen. Aber ein weißes Segelflugzeug unter einer weißen Wolke war für alle anderen Piloten, egal ob Segelflieger oder Motorflieger, nur schwer auszumachen, auch, wenn sie mit einem Kollissionswarngerät ausgerüstet waren. Justus musste seinen Schülern ein Vorbild sein. Er brachte ihnen die luftrechtlichen Vorschriften bei und pochte auf deren Einhaltung. Alles andere barg Risiken.

Justus Sessenroth blickte erneut auf die Uhr und rechnete. Er würde es vielleicht noch schaffen bis Flugplatz Moselhöhe, gegen den Wind und bevor die im Westen aufziehende Abschirmung der Thermik ein Ende setzte. Allerdings war ihm klar, dass er seinen persönlichen Geschwindigkeitsrekord auf dieser Strecke heute nicht würde überbieten können. Vielleicht hätte er besser doch eine kleinere oder eine andere Strecke fliegen sollen, aber die heute geflogene Strecke schloss den Wendepunkt Flugplatz Thalfeld ein und hier war er einst zu Hause gewesen. Er hing an dem Flugplatz und an dem kleinen Dorf, das nordöstlich unterhalb des auf einer Hochebene gelegenen Flugplatzes lag.

Justus Sessenroth betätigte den Frequenzwählschalter am Funkgerät und rastete die Funkfrequenz von Thalfeld, um den Funkverkehr des Flugplatzes, den er gleich zur Dokumentation des erreichten Wendepunktes umfliegen musste, mitzuhören.

»Thalfeld-Info, Delta-Alpha-Bravo, Springer in drei Minuten«, dröhnte es aus dem Lautsprecher.

»Alpha-Bravo, Thalfeld-Info, Verstanden. Break! An alle Flugzeuge über Thalfeld: Bitte die Sprungzone meiden, Springer in drei Minuten!«

Der Flugleiter des Flugplatzes Thalfeld war gerade in Funkkontakt mit dem Piloten einer Fallschirmspringermaschine und informierte alle Piloten der in der Nähe befindlichen Luftfahrzeuge über den bevorstehenden Absprung von Fallschirmspringern. Das erforderte allerdings die Hörbereitschaft der Piloten auf der Funkfrequenz des Thalfelder Flugplatzes.

»Gut zu wissen«, dachte Justus Sessenroth.

Die Fallschirmspringer würden aus großer Höhe im Flugplatzbereich abspringen. Justus musste also die Augen offenhalten und konnte erst dann Kreise am Flugplatz fliegen, wenn der letzte Springer am Boden angekommen war, oder sich zumindest unterhalb seiner Flughöhe befand.

Justus rückte sich das Schwanenhalsmikrofon zurecht und betätigte die Sprechtaste am Steuerknüppel:

»Thalfeld Info, Delta-Vier-Null-Acht-Null.« Justus meldete sich

über Funk mit dem Kennzeichen seines Segelflugzeuges, D-4080.
»Acht-Null, Thalfeld Info, Hallo Justus, schön mal wieder etwas von dir zu hören«, antwortete der Flugleiter des Flugplatzes ohne wirklich auf die Einhaltung der vorgeschriebenen Funkdisziplin zu achten.

»Hallo Gerhard, die Acht-Null östlich des Flugplatzes über der Tongrube, außerhalb der Sprungzone in eintausend Metern über Grund. Wenn die Springer am Boden sind, umfliege ich den Flugplatz als Wendepunkt, dann geht's weiter nach Hause.«

»Okay, guten Flug. Und lass dich hier bald einmal wieder blicken.« Der Flugleiter lachte, betätigte nochmals die Sendetaste seines Funkgerätes in der Flugleitung und fügte ironisch hinzu: »Und grüß mir die Koblenzer, falls du es noch bis dahin schaffst.«

»Danke, mach ich«, antwortete Justus knapp.

Die Erwärmung der Tongrube erzeugte einen starken Aufwind, der weiter oben und horizontal versetzt eine kräftige Cumuluswolke speiste. Justus Sessenroth kannte die thermischen Verhältnisse hier am Flugplatz Thalfeld sehr gut. Hier war er aufgewachsen. Auf diesem Flugplatz hatte er Fliegen gelernt und einen Großteil seiner Jugend verbracht.

Der Hausbart der Thalfelder Segelflieger über der Tongrube hatte ihn auch heute nicht im Stich gelassen. Im Kreisflug beobachtete er den Betrieb am Boden des alten Flugplatzes, der kurz vor dem zweiten Weltkrieg von der Wehrmacht als getarnter Einsatz-Flughafen angelegt worden war.

Dann fiel sein Blick auf die evangelische Kirche des Dorfes und den dahinter liegenden Friedhof. Die Kirche war von einer alten Mauer aus Bruchsteinen umgeben, die einst auch den ehemaligen Friedhof mit umschloss. Innerhalb der Bruchsteinmauer standen zu seiner Kinderzeit hohe Fichten, die man kürzlich aus Sicherheitsgründen gefällt und durch Laubbäume ersetzt hatte. Nur wenige Meter hinter der Kirche lag der neue Friedhof. Die hier wachsenden Gebüsche und Bäume gaben nur hier und da einen Blick auf die aus der Vogelperspektive winzig erscheinenden Gräber frei. Der frühe Tod seiner ersten Jugendliebe, Ellen, kam Justus ins Gedächtnis. Sie waren damals beide sechzehn und Segelflugschüler auf dem Flugplatz Thalfeld gewesen. Zwischen ihnen hatte sich eine enge freundschaftliche Beziehung entwickelt, zunächst eine eher naive Liebelei, noch ohne sexuelle Aktivitäten, aber es hätte mehr daraus werden können. Nur einmal waren sie sich nähergekommen, als Justus das Mädchen mit seinem Moped vom Flugplatz nach einer Fete nach Hause brachte. Es war für beide der erste Kuss ihres Lebens gewesen. Ellen war die Tochter eines Segelfluglehrers und hatte nie ein wirkliches Interesse an der Fliegerei entwickelt. Doch ihr Vater wünschte ausdrücklich, dass sie Fliegen lernte und so hatte sie ihre Segelflugausbildung im Verein im Alter von vierzehn Jahren begonnen. Im Verein engagierte sie sich freudig und übernahm ehrgeizig kleinere Projekte. Um ihrem stets drängelnden Vater gerecht zu werden, hatte sie es kurz nach ihrem fünfzehnten Geburtstag, nach fünfundneunzig Starts- und Landungen, bis zum ersten Alleinflug und später zur Umschulung auf einen Übungseinsitzer geschafft. Den Übungseinsitzer durften Flugschüler noch ohne Lizenz mit einem mündlichen Flugauftrag vom diensthabenden Fluglehrer in Flugplatznähe fliegen. Obwohl es sich um ein unkompliziertes Flugzeug handelte, hatte Ellen Angst vor Flügen mit dem Übungseinsitzer. Als er davon erfuhr, versuchte Justus damals immer wieder, sie davon zu überzeugen, ihre fliegerische Ausbildung abzubrechen.

Ellen hatte ein schmales Gesicht und tiefblaue Augen. Ihre blonden Haare, die sie entweder mit viel Aufwand in eine wellige Form brachte oder zu einem Zopf band, reichten etwa bis zur Mitte ihres Rückens. Sie hatte kleine Brüste und einen wohlgeformten Po, der sich in ihren engen Jeans abzeichnete. Ellen gab sich meistens keck und hatte immer einen lustigen Spruch auf den Lippen. Damals, im Sommer 1976, bei einem Start an der

Winde, kam es zu einem tödlichen Unfall. Das Schleppseil riss in etwa sechzig Metern Höhe. Ellen hatte entgegen den Vorschriften bereits beim Abheben des Flugzeuges viel zu stark am Steuerknüppel gezogen, so dass sich der Übungseinsitzer zu einem so genannten Kavalierstart aufbäumte. Durch den steilen Anstellwinkel des Flugzeuges und den plötzlichen Geschwindigkeitsverlust beim Seilriss kam es zu einem Strömungsabriss, auch, weil Ellen viel zu spät reagierte. Das Flugzeug kippte mit dem noch am Flugzeug hängenden, restlichen Seil über die linke Tragfläche ab und schlug nach einer Trudelbewegung mit großer Wucht am Boden auf. Dabei brach die linke Tragfläche durch und das Cockpit wurde eingedrückt. Ellen war sofort tot.

Seilrisse kamen immer wieder einmal vor, insbesondere damals, als man noch Stahlseile für Windenschlepps verwendete. Deswegen wurde das richtige Verhalten bei einem Seilriss in der Schulung intensiv geübt. Es kam darauf an, das Segelflugzeug bis zur Erreichung einer Sicherheitshöhe von etwa fünfzig Metern flach steigen zu lassen. Wenn man richtig reagierte, war ein Seilriss in dieser Phase des Schlepps problemlos beherrschbar. Erst nach Erreichen der Sicherheitshöhe zog man den Steuerknüppel weiter nach hinten, um steiler zu steigen. Riss das Seil, musste man sofort den Steuerknüppel nachdrücken, damit die Flugzeugnase wieder nach unten zeigte und das Flugzeug den plötzlichen Geschwindigkeitsverlust aufholen konnte. Dann musste der am Flugzeug hängende Rest des Seils ausgeklinkt werden, und erst dann musste blitzschnell, abhängig von der erreichten Schlepphöhe, entschieden werden, wo man landen konnte. Bei geringer Schlepphöhe landete man einfach geradeaus. Hatte man bereits eine ausreichende Schlepphöhe erreicht, musste man eine verkürzte Platzrunde fliegen, um wieder am Anfang der Landebahn zu landen. Auch bei einem normalen Schlepp musste man beim Erreichen der Schlepphöhe zunächst nachdrücken, bevor das Schleppseil automatisch ausklinkte, oder man das Seil durch Betätigung des Ausklinkhebels selbst ausklinkte. Nur so konnte ein Windenschleppstart sicher und mit minimalem Risiko durchgeführt werden. »Fahrt ist das halbe Leben«, das prägten die Fluglehrer ihren Schülern ein. Und Fahrt, also Geschwindigkeit, erreichte ein Segelflugzeug, wenn es nicht gerade geschleppt wurde, nur im Gleitflug mit einer leicht nach unten zeigenden Flugzeugnase.

Ellen hatte in ihrer Unsicherheit alles falsch gemacht. Pilotenfehler aufgrund Ausbildungsmangel! So stand es später lapidar in der offiziellen Unfallakte. Vorher hatten sich Ellens Vater als diensthabender Fluglehrer, der Ausbildungsleiter des Vereins sowie der Windenfahrer monatelang durch Polizei, Staatsanwaltschaft und Flugunfalluntersuchungsstelle befragen lassen müssen. Ellens Vater bekam eine Anzeige und wurde später zu einer Bewährungsstrafe verurteilt. Er flog nie wieder. Der Windenfahrer entging nur knapp einer Anzeige. Man konnte ihm nicht nachweisen, dass er etwas zu schnell geschleppt und Ellen dadurch möglicherweise zu dem Kavalierstart verleitet hatte.

Justus hatte den Unfall nicht mit angesehen, weil er zur gleichen Zeit im Hangar half, einen alten VW-Käfer, der als Reserve-Seilrückhohlfahrzeug, als *Lepo*, diente, wieder zum Laufen zu bringen. Niemals würde Justus je das krachende Geräusch des Aufpralls und die Schreie der Zuschauer am Flugplatz vergessen, die ihn veranlassten, sofort in Richtung der Unfallstelle zu rennen. Ein älterer Fliegerkamerad hatte ihn mit viel Kraftaufwand zurückgehalten.

»Es ist Ellen«, hatte er ihm vorsichtig gesagt. »Bleib hier, du kannst nichts mehr für sie tun.«

Irritiert, geschockt und völlig kopflos war Justus damals vom Flugplatz nach Hause, ins nahegelegene Dorf gerannt. Später am Nachmittag hatte er einen Regenbogen wahrgenommen, der in kräftigen Farben vor einem Regenschauer schimmerte. Es war ein mystischer Augenblick für ihn gewesen, sein Abschied von

Ellen, den er für den Rest seines Lebens niemals vergessen konnte. Man hatte ihn wochenlang getröstet, aber das war ihm keine wirkliche Hilfe gewesen.

Justus fühlte, wie seine Augen feucht wurden. »Du hast es nie richtig verarbeitet«, dachte er für einen Augenblick, während er sich weiter auf die korrekte Fluglage der ASW 20, auf das Fahrtgeräusch und auf die Instrumente konzentrierte und mit Quer-, Höhen- und Seitenruder instinktiv den Kurvenflug korrigierte.

»Da unten auf dem Friedhof ist nicht nur Ellen begraben«, dachte er. »Dort liegen auch deine Vorfahren, deine Eltern, Großeltern und Urgroßeltern in ihren Gräbern. Eigentlich weißt du nicht viel von ihnen. Du weißt nur wenig über ihr Schicksal, du weißt nicht, wie sie gelebt haben, was sie zu erleiden hatten, oder ob sie Freude am Leben hatten. Du weißt nicht viel über deine eigene Herkunft, nichts über die Wurzeln deiner eigenen Identität. Es wird Zeit, dass du deine Tante einmal wieder besuchst. Sie hat dich großgezogen. Seit sie in diesem Heim lebt, hast du sie nur selten gesehen. Du musst ihr endlich ein paar Fragen stellen, bevor es zu spät ist.«

Ein weiterer Funkspruch ließ Justus mental schnell wieder in die Gegenwart, in sein enges Flugzeugcockpit zurückkehren:
»Thalfeld Info an alle auf dieser Frequenz: alle Springer am Boden!«
»Danke für den Service«, antwortete Justus Sessenroth.
Als das Segelflugzeug wieder auf Höhe gestiegen und erneut die für den heutigen Tag größtmögliche Höhe erreicht hatte, umflog Justus den Flugplatz Thalfeld im vorgeschriebenen Bereich. Noch vor ein paar Jahren hätte er zur Dokumentation des Wendepunktes Fotos mit einer vorher von einem Sportzeugen verplombten Kamera schießen müssen, doch heutzutage dokumentierte der im GPS-Navigationssystem integrierte Logger unbestechlich den gesamten Flugweg.

Mit einem letzten Blick auf den weitläufigen Wald am Rande des Flugplatzes drückte Justus Sessenroth den Steuerknüppel leicht nach vorne und stellte die Wölbklappen auf negativ, um das Segelflugzeug auf Reisefluggeschwindigkeit zu bringen. Mit einem Kompasskurs von 229 Grad flog er im Gleitflug mit hoher Geschwindigkeit weiter in Richtung Rhein.

»Mal sehen, ob's klappt«, dachte Justus. »Du brauchst noch einen Aufwind bei Westerburg, anschließend noch einen bei Montabaur und dann fliegst du unter der aufziehenden Wolkenabschirmung hindurch über den Rhein nach Hause.«

Justus liebte seine Heimat, das Dorf Thalfeld und den Westerwald mit seinen sanften Hügeln und Tälern und das oft raue Klima dort.

»Wo ist die Heimat deiner Kinder«, dachte er. »Gibt es heute noch so etwas wie eine Heimat?«

Trotz der Ereignisse in seiner Jugend war ihm Thalfeld so etwas wie eine Scholle gewesen, auf der er seine Jugend verbracht hatte.

»Thalfeld liegt nahe bei den Wolken«, hatte seine Tante ihm einst gesagt, als er noch ein Kind war.

»Die Wolken nähren das Land mit Wasser. Im Winter bringen sie Schnee, viel Schnee.«

Zumindest war das vor dem Klimawandel so. Thalfeld: Niemand hatte ihm je gesagt, warum das Dorf so hieß. Warum eigentlich Thalfeld? Es lag doch auf einer Höhe von 490 Metern über NN, nur wenige Höhenmeter tiefer als der Flugplatz. Ganz in der Nähe lag die Fuchskaute, mit 657 Metern die höchste Erhebung des Westerwalds.

Wie Thalfeld wohl früher ausgesehen haben musste, viel früher, zur Zeit seiner Urgroßeltern? Justus versuchte, eine Vorstellung davon zu bekommen. Die Straßen unbefestigt, die Dächer der Häuser und Scheunen mit Stroh bedeckt. Keine Autos, keine

Flugzeuge, keine Eisenbahn, kein Fernsehen, kein Telefon, kein Internet. Die Menschen gingen ihrer harten Arbeit nach. Als Bauern, als Handwerker, als Arbeiter in der Schamottefabrik, als selbständige Häfner oder als Bergleute im Braunkohlebergwerk. Abends, vor allem im Winter, musste es sehr ruhig gewesen sein im Dorf. Nur das stündliche Schlagen der kleinen Schulglocke und brüllende Kühe, die gemolken werden wollten, mussten die Stille unterbrochen haben. In der Morgendämmerung krähten die Hähne. Sonntags oder bei Beerdigungen läuteten die uralten Glocken der evangelischen Kirche. Und immer wieder zogen Wolken über das Land. Im Sommer und manchmal auch im Winter brachten sie oft heftige Gewitter und starke Niederschläge mit sich.

Justus Sessenroth blickte nach oben. Ein Aufwind, den er gerade unter einer Wolke durchflog, ließ das Flugzeug kurzzeitig steigen. Nun flog er wieder weg von seiner Heimat. Und doch flog er nach Hause, zurück nach Koblenz. Es würde knapp werden. Er rastete die Flugfunkfrequenz seines Heimatflugplatzes und beobachtete konzentriert das Variometer und die Sollfahrtanzeige am Endanflugrechner. Die dort angezeigte Geschwindigkeit musste er im Gleitflug präzise einhalten. Sobald das Variometer Steigen anzeigte, reduzierte er die Fahrt auf den vom Sollfahrtgeber angezeigten Wert und nutzte das Steigen im Langsamflug aus, um zusätzliche Höhe zu gewinnen. Durchflog er sinkende Luftmassen, musste er wiederum die vom Sollfahrtgeber errechnete, höhere Geschwindigkeit einhalten, um diese Luftmasse mit dem geringsten Höhenverlust zu durchfliegen. Die Stadt Montabaur erreichte er schnell, aber in einer Höhe von nur noch 800 Metern. Er fand auch hier noch einen Aufwind, den er kreisend ausnutzte, um wieder zu steigen. Schließlich nahm er wieder Kurs auf den Flugplatz Koblenz-Moselhöhe. Der Endanflugrechner zeigte ihm an, dass er es gerade so schaffen würde, ohne erneut einen Aufwind ausnutzen zu müssen. Im Westen war bereits die Abschirmung der aufziehenden Warmfront zu sehen. Unterwegs nahm Justus sicherheitshalber noch einen schwachen Aufwind mit, damit er ohne Außenlande-Risiko über den Rhein fliegen konnte.

Gegen siebzehn Uhr fünfundzwanzig erreichte er den Flugplatz Moselhöhe und baute übermütig oberhalb des Segelflugübungsraums mit mehreren engen Steilkreisen Höhe ab. Dann reduzierte er die Geschwindigkeit, fuhr die Bremsklappen aus und ließ das Flugzeug auf die Höhe des Gegenanflugs für Segelflugzeuge sinken. Im Gegenanflug zur Piste 28 fuhr er das Fahrwerk aus und funkte die obligatorische Landemeldung. Wenig später flog er mit einer Neunzig-Grad-Kurve in den Queranflug ein. Mit einem bewussten Blick auf den Flugplatz hatte er bereits im Gegenanflug festgestellt, dass unten auf der Graspiste ein vor ihm gelandetes Segelflugzeug von Helfern eilig an den Rand der Piste gezogen wurde, um Platz für seine landende ASW 20 zu machen. Auch die Asphaltpiste war frei und es befand sich kein weiteres Flugzeug im Anflug. Weiter sinkend flog Justus eine weitere Rechtskurve, um gegen den Wind in den Endanflug einzufliegen. Dann zog er den Wölbklappenhebel auf Landestellung, kontrollierte den Sinkflug mit den Bremsklappen und landete weich auf der Graspiste.

Nach dem Ausrollen, als das Flugzeug endgültig zum Stillstand gekommen und die linke Tragflächenspitze im weichen Gras abgelegt war, schaltete Justus den Hauptschalter aus und genoss für einen Moment die plötzliche Ruhe. Ein auf der Asphaltpiste links neben der Graspiste startendes Motorflugzeug mit lärmendem Motor störte ihn dabei nicht. Er öffnete die Haube, löste die Anschnallgurte und die Gurte des Fallschirms und stieg schwerfällig aus. Der lange Flug, besonders der letzte Teil des Streckenflugs, der Flug über den Westerwald, hatte ihn müde und nachdenklich gemacht. Sein Rücken schmerzte und seine Blase drückte. Seine Füße waren taub. Er lief mit eiligen Schritten zum Begrenzungszaun des Flugplatzes und entleerte seine Blase an einem Gebüsch, das den Zaun umwucherte. Langsam entwich die Anspannung des Fluges aus seinem Körper. Den Erfolg des schönen Fluges würde er dennoch erst am Abend genießen können. Seine Gedanken kreisten noch immer um die Vergangenheit seiner Familie, von der er so wenig wusste.

»Hallo Fluglehrer«, rief ihm eine Flugschülerin gut gelaunt zu, die inzwischen mit einem uralten Auto des Vereins zur Landestelle gekommen war, um die ASW 20 zurück zu schleppen. »Hast du deine Strecke geschafft?«

»Alle Wendepunkte erreicht«, antwortete Justus freundlich lächelnd, während sie gemeinsam das Flugzeug zur Seite zogen, um die Landebahn freizumachen.

»War aber keine Meisterleitung heute, ich hab viel zu lange gebraucht«, fügte Justus hinzu. »Bei dem geringen Geschwindigkeitsdurchschnitt sollte ich den Flug erst gar nicht beim OLC einreichen – ich mach's aber trotzdem.«

»Schade«, antwortete die 33-jährige Produktmanagerin.

Justus schaute sie bewundernd an. Ihre wohlgeformten, mittelgroßen Brüste, von einem schalenlosen BH gehalten, zeichneten sich deutlich im Ausschnitt ihrer blauen, kurzärmeligen-Shirt-Bluse ab, welche hübsch gemustert war und unterhalb der Gürtellinie ihrer Jeans mit einem Saum abschloss. Eine Haarsträhne fiel ihr ins Gesicht als sie sich bückte, um Justus das andere Ende des am Auto befestigten Seils anzureichen, damit er es in die Kupplung unten am Flugzeugrumpf einklinken konnte. Carola war die älteste Segelflugschülerin im Verein. Im Augenblick betreute der Verein zwölf Flugschüler, die meisten waren zwischen vierzehn und fünfundzwanzig Jahren alt. Carola hatte sich erst mit einunddreißig für das Segelfliegen entschieden. Dass sie älter war als ihre Mitschüler, störte sie nicht. Ihre Ausbildung durchlief sie sehr ehrgeizig und gewissenhaft. Sie orientierte sich dabei an ihren gleichaltrigen Kameradinnen und Kameraden, die bereits im Besitz der heißbegehrten Lizenz waren. Anfangs war das Fliegen eher eine Nebensache für Carola. Sie hatte einen neuen Freundeskreis gesucht und sie wollte endlich dem Mann ihrer Träume begegnen, den sie hier unter den Fliegern zu finden hoffte. Erst vor kurzem hatte sie begriffen, dass die Fliegerei viel mehr war, als eine reine Freizeitbeschäftigung. Allerdings entwickelte sie nur ein durchschnittliches Talent für das Fliegen. Sie schulte nun schon längere Zeit, aber die Fluglehrer waren sich einig, dass sie noch nicht reif für den ersten Alleinflug war. Sie hatte noch immer kein sicheres Gefühl für das Landen entwickelt, obwohl man ihr gebetsmühlenartig die richtige Landetechnik erklärte und bei Übungsflügen immer wieder praktisch zeigte. Carola wusste, dass sie möglicherweise noch einige Zeit brauchen würde, um das Landen sicher hinzukriegen. Sie würde jedoch auf keinen Fall vorzeitig aufgeben. Am liebsten schulte sie mit Justus, der sie bei Fehlern nicht aufgeregt anbrüllte, sondern ihr ruhig vom hinteren Sitz aus am Doppelsteuer zeigte, was sie besser machen musste. Auch am Boden war Justus zumeist freundlich und hilfsbereit. Nur manchmal schien er frustriert zu sein und machte einen viel zu ernsten Eindruck. Justus war nicht der Typ für einen Spaßvogel. Carola wusste das, aber es machte ihr nichts aus. Nach einem Jahr im Verein war ihr klar geworden, dass Justus ihr Neuer werden könnte. Sie hatte sich heimlich in ihn verliebt. Aber ihr war auch klar geworden, dass sie um ihn kämpfen musste.

»Auf jeden Fall hast du heute etwas verpasst, Justus«, sagte Carola. »Christian hat seinen ersten Alleinflug geschafft und Mike seinen ersten 50 Kilometer Streckenflug nach Sobernheim.«
»Dann gibt's ja heute Abend genügend Freibier«, antwortete Justus. Er rang sich ein Lächeln ab.
»Klar, wir wollen grillen. Kommst du auch?«, fragte sie.
»Weiß ich noch nicht, Carola«, antwortete Justus ausweichend.

»Eigentlich ist mir nicht danach. Und das Wetter wird euch einen Strich durch die Rechnung machen. Die Warmfront ist pünktlich, wie vorhergesagt. Bald wird's regnen.«

»Na dann verlegen wir die Party einfach ins Vereinsheim oder in den Hangar«, sagte sie fröhlich. »Wäre schön, wenn du dich einmal sehen lassen würdest. Die beiden sind schließlich auch deine Flugschüler.

»Mal sehen«, antwortete Justus ausweichend.

»Na los, gib deinem Herzen einen Ruck. In deiner Wohnung wartet eh niemand auf dich. Aber hier…« Sie stockte einen Moment, blickte ihm tief in die Augen und deutete mit ihrem rechten Zeigefinger auf sich selbst. »Hier warte ich auf dich. In meinem Wohnwagen ist genügend Platz – nach der Fete.«

»Danke«, stammelte Justus völlig überrascht. »Aber ich kann dein Angebot nicht annehmen. Ich bin zwar wieder ein freier Mann, aber mit Flugschülerinnen möchte ich mich nicht einlassen. Das gibt nur böses Geschwätz im Verein.«

»Seit wann schert dich der Klatsch?«, fragte sie leise. »Gefalle ich dir nicht? Deinen Blicken nach zu urteilen habe ich eher einen anderen Eindruck. Ich gehöre dir, wenn du magst«, sagte sie freimütig. »Ich habe mich in dich verliebt!«

»Natürlich, ja, du gefällst mir«, sagte Justus zögernd. Mit der Offenheit seiner Flugschülerin kam er nur schwer zurecht. Er erwiderte ihren Blick. »Mir ist längst aufgefallen, dass du eine liebenswerte und hübsche Frau bist. Eine verdammt hübsche.«

Carola lachte und schaute ihn auffordernd an. »Dann gib dir einen Ruck. Ich habe dir viel mehr zu bieten als meinen Körper und ein bisschen Sex.«

»Ich bin im Augenblick nicht in der Stimmung für eine neue Beziehung«, wiegelte Justus unsicher ab. »Meine Scheidung liegt erst ein paar Monate zurück und ich habe das Gefühl, auf der Strecke meines Lebens an einem Wendepunkt zu kreisen und nicht zu wissen, wie der Flug danach aussieht.«

»Ich könnte dir helfen, das herauszufinden«, antwortete sie und schaute ihn forsch an.

»Lieber nicht«, sagte er. »Lass uns bitte Fluglehrer und Flugschülerin bleiben, mehr geht leider nicht.«

Enttäuscht ging Carola zum Auto, nahm wortlos auf dem Fahrersitz Platz und betätigte den Anlasser. Der Dieselmotor des alten Autos sprang schwerfällig an und aus dem Auspuff drang starker Qualm. Carola musste grinsen, als sie mit einem Blick in den Spiegel feststellte, dass Justus Mühe hatte, dem Qualm zu entgehen.

Justus dachte nach, während er das linke Tragflächenende der ASW 20 BL waagerecht hielt, um das elegant wirkende Segelflugzeug hinter dem Auto zu führen, das Carola im Schritttempo am Rand des Landefeldes zurück zum Abstellplatz für die Segelflugzeuge steuerte. Ihm stand nicht der Sinn nach einer neuen Beziehung, obwohl ihm ein sexuelles Abenteuer mit Carola durchaus reizvoll erschien. Doch sein Job als Redakteur der neuen Zeitschrift „Der Flugplatz", die monatlich erschien und sich gegen andere Magazine behaupten musste, beanspruchte ihn sehr. Eine neue Beziehung wollte er nicht, noch nicht.

Nachdem Justus die während des Fluges vom GPS-Navigationssystem mitgeloggten Streckenflugdaten mit seinem Laptop aus dem Gerät ausgelesen hatte und die ASW 20 wieder abmontiert im Anhänger untergebracht war, machte er noch ein paar Schulungsflüge mit einem Flugschüler auf der alten doppelsitzigen ASK 13 des Vereins. Nach der letzten Landung am Abend wurden alle Flugzeuge gereinigt, danach begann das Einräumen der Flugzeuge in den Hangar. Das war kein einfaches Unterfangen, denn die Flugzeuge mussten jeweils auf einen Kuller gehoben und stark verschachtelt werden, um den geringen Platz in dem Hangar optimal auszunutzen.

Während die Kameraden noch fachsimpelten und ihre Flug-
bucheinträge vornahmen, begab sich Justus kurz nach Hause,
um sich frisch zu machen und um die Daten seines Streckenflugs über das Internet in das Segelflug-Onlineportal hochzula-
den. Anschließend, mit einer frischen Jeans und einem sauberen
T-Shirt bekleidet, fühlte er sich besser. Auf dem Campingplatz
neben dem Hangar brannte bereits ein Lagerfeuer.

»Hallo Justus«, rief ihm Friedrich zu, der dort saß und das Feuer
schürte.

»Komm setz dich zu mir und trink ein Bier mit mir.«

»Gerne«, antwortete Justus und klopfte dem alten Segelflieger
kameradschaftlich auf die Schulter. Ein Bier würde ihn auf andere Gedanken bringen.

»Wir haben lange kein Bier mehr miteinander getrunken«, sagte
Friedrich und strich seine schütteren grauen Haare nach hinten.
Der 78-jährige hatte ein hageres, faltiges Gesicht und wog nur
noch höchstens sechzig Kilo. Er war unrasiert und an seinen ge-
schundenen Händen konnte man erkennen, dass er sein Leben
lang hart gearbeitet hatte. Seine nikotingefärbten Finger waren
eine Folge seines übermäßigen Zigarrenkonsums. Friedrich
war ein Unikat, ein Urgestein des Vereins. Schon in den fünfziger Jahren hatte er mit dem Segelfliegen begonnen und sich
im neugegründeten Verein engagiert, unter anderem beim Bau
der ersten Winde. Er galt als ein Mann der ersten Stunde des
Vereins, ein alter Adler, wie die jüngeren Mitglieder ihn nannten. Als äußerst talentierter Handwerker hatte er über viele Jahre in einem alten Schuppen am Stadtrand, der ihm als private
Werkstatt diente, gute Arbeit geleistet. Die damals aus nur einer
Handvoll Mitgliedern bestehende Segelfliegergruppe des Vereins war froh, Friedrichs Werkstatt mitnutzen zu dürfen, der zu
dieser Zeit ohnehin auch als Werkstattleiter des Vereins fungier-
te. Anfang der siebziger Jahre hatte Friedrich sich in jahrelanger
Arbeit sogar ein eigenes Segelflugzeug gebaut. Die Konstruktion

einer akademischen Fliegergruppe war ein einsitziges Segelflugzeug in Holzbauweise, das im Vergleich zu anderen Flugzeugen der damaligen Zeit sehr gute Flugeigenschaften aufwies. Der Bau des Flugzeugs erforderte viel fachmännisches Wissen, viel handwerkliches Können und einen hohen zeitlichen Aufwand. Als Friedrich begann, besaß er nur die Bauzeichnungen und eine Baugenehmigung. Damals hatte er Mühe gehabt, die Finanzmittel für das benötigte Material und später für die Zulassung des Flugzeugs aufzubringen, denn er war kein reicher Mann. Als Schlosser in einer mittelständigen Firma verdiente er gerade genug, um den Lebensunterhalt seiner kleinen Familie bestreiten zu können. Wenn er an Geldmangel litt, und das war fast immer der Fall, half seine Frau als Bedienung im Flugplatzrestaurant aus, das von einem Pächterehepaar betrieben wurde. Friedrich hatte inzwischen längst seinen fliegerischen Abschied genommen. Er war seit Jahren Alkoholiker. Anfangs hatte er seine Sucht vor dem Fliegerarzt und dem Vereinsvorstand verbergen können. Er galt als sturer Eigenbrötler, dem man so leicht keine Vorschriften machen konnte, auch nicht, wenn sie sich an Gesetzen oder an der Vereinssatzung orientierten. Vom Vorstand ließ er sich nichts sagen und nicht ohne Grund hatte er damals sein Flugzeug auf den Namen *Dickschädel* getauft und diesen Namen unterhalb der Haube am Cockpit auflackiert. Mitte der achtziger Jahre, als Friedrich bei einer Landung viel zu tief und zu schnell anflog und um ein Haar die Bäume vor dem Flugplatz gestreift hätte, legte man ihm nahe, eine Entziehungskur zu machen. Jedem, der ihn damals näher kannte, war inzwischen bekannt, dass er zu viel trank. Vereinsvorstand und Flugleitung mussten handeln und ein sofortiges Startverbot aussprechen. An den Kosten der Entziehungskur wollte sich der Verein beteiligen. Doch Friedrich brachte es nicht fertig, eine Entziehungskur zu machen und dem Flugplatz für längere Zeit fernzubleiben. Der Flugplatz war seine Heimat. Er flog nicht mehr, verkaufte sein

Flugzeug, führte aber weiterhin Reparaturen und Pflegearbeiten an den Vereinsflugzeugen durch. Er glaubte, hier dringend gebraucht zu werden. Der Verein, der mittlerweile eine eigene Werkstatt besaß, war ihm dankbar für seine Arbeit, die er immer knurrend und cholerisch, aber durchaus akkurat verrichtete. Doch nach dem Tod seiner Frau wurde er auch in der Werkstatt bald zum Sicherheitsrisiko. Manchmal trank er so viel, dass er sich auf einer schmutzigen alten Matratze in einer Ecke der Werkstatt zum Schlafen hinlegen musste. Eines Tages vergaß er dabei, seine brennende Zigarre auszudrücken. Eine gefährliche Situation, denn in der Werkstatt lagerten leicht brennbare Flüssigkeiten, Behälter für Spannlack und Verdünnung. Außerdem lagerte hier Sperrholz für die Reparaturen der älteren, aus Holz- und Gemischtbauweise hergestellten Segelflugzeuge, die der Verein noch immer unterhielt. Durch einen Zufall entdeckte ihn damals ein Flugschüler, der ihm vorsichtig die Zigarre abnahm und sie ausdrückte, die Behälter verschloss und dem Werkstattleiter eine Decke anbot, damit er weiterschlafen konnte. Nach diesem Vorfall hatte der Vereinsvorstand handeln müssen und Friedrich das Mandat für Wartung- und Reparaturen entzogen. Nur wenige Monate später war Friedrich schwer krank geworden. Einige Jahre sah man ihn überhaupt nicht mehr auf dem Flugplatz, doch seit ein paar Monaten kam er hin und wieder vorbei, um den Kontakt zum Verein nicht komplett zu verlieren. Er trank immer noch, aber sein Alkoholkonsum hielt sich mittlerweile in Grenzen. Wenn er genug hatte, ließ er sich von einem Fliegerkameraden nach Hause fahren. In einem angrenzenden Ort bewohnte er eine kleine Wohnung mit einem Balkon, von dem aus er den Flugbetrieb in der Platzrunde des Flugplatzes beobachten konnte. Sein Wohnzimmer, das er seit dem Tod seiner Frau nicht mehr gründlich gereinigt hatte, war vollgestopft mit Flugzeugmodellen, Ersatzteilen und Bildern aus der Anfangszeit des Vereins. Friedrich hatte kurz nach dem Krieg, nach der

Wiedererlaubnis des Segelfluges 1951 durch die Alliierten, auf einem Hangsegelfluggelände in der Eifel seine ersten Gummiseilstarts auf einem einsitzigen Schulgleiter absolviert. Immer noch schwärmte er von der guten alten Zeit des Nachkriegssegelfluges und den fliegerischen Abenteuern, die man mit dem damaligen, vom Verein selbst gebauten Hochleistungssegelflugzeug, einem Grunau-Baby II, im Hangsegelflug und im Thermikflug erleben konnte. Immer wieder erzählte er von den guten alten Zeiten der Fliegerei, von damals, als man noch Erfindergeist brauchte und viel mehr persönliche Opfer bringen musste, für wenige Starts und wenig Flugzeit.

Justus hatte viel Verständnis für den alten Piloten. Er mochte ihn sehr, auch, weil er viel von ihm gelernt hatte. Dazu gehörten neben handwerklichen Fähigkeiten auch einige einfache Lebensweisheiten eines Fliegers. Ab und zu bot er Friedrich einen Platz im Doppelsitzer an, aber Friedrich lehnte regelmäßig ab. Er hatte große Angst davor, dass seine fliegerische Leidenschaft wieder aufflammen würde. Mit dem Fliegen hatte er abgeschlossen. Wohl oder übel und für immer und ewig.

»Es macht mir nichts mehr aus«, betonte er immer wieder. Alle wussten, dass er sich dabei selbst betrog.

»Prost, mein Junge«, sagte Friedrich, lächelte freundlich und reichte Justus eine geöffnete Flasche Bier.

»Hab schon gehört, du bist heute der Held des Tages.«

»Der Held des Tages?« Justus blickte Friedrich fragend an.

»Ja, du bist der einzige, der seine Dreiecks-Strecke heute geschafft hat. Die anderen beiden Herren Streckenflieger liegen mit der ASK 21 auf dem Acker, irgendwo bei Schleiden in der Eifel. Haben sich wohl zu viel vorgenommen«, sagte Friedrich breit grinsend und zog an seiner Zigarre, während er mit der linken Hand eine leere Flasche Bier in die vor ihm stehende Kiste zurückstellte.

»Na dann, Prost Friedrich«, antwortete Justus und trank einen kräftigen Schluck Bier. »Tu mir den Gefallen und trink nicht zu viel heute. Wer bringt dich nach der Fete nach Hause?«

»Keine Ahnung«, sagte Friedrich mit einem verstohlenen Blick auf Carola, die sich im Vereinsheim geduscht und umgezogen hatte und gerade hinzutrat. »Wenn sich keiner findet, der mich nach Hause fahren möchte, kann ich ja bei Carola im Wohnwagen übernachten«, witzelte er.

»Leider ist dieser Platz heute Nacht schon vergeben, du kommst zu spät«, sagte Carola spöttisch lachend. Justus schaute sie in voller Bewunderung an. Wieder fiel ihm auf, wie hübsch sie war. Sie hatte ein blaues Sommerkleid angezogen und trug keinen BH darunter. Offensichtlich war blau ihre Lieblingsfarbe. Für den Abend hatte sie eine schlichte, braune Lederjacke über ihren Campingstuhl gehängt. Ihre fülligen, schwarzen Haare, die ihr bis über die Schulter reichten, hatte sie mit einem Haarreif gebändigt. Wenn sie lächelte, zeigten sich kleine Grübchen in den Wangen ihres ovalen Gesichts. Ihre schmalen Lippen waren rot geschminkt und auf ihren Augenlidern hatte sie einen dezent bläulichen Lidschatten aufgetragen. Carola war nur etwa 1,65 Meter groß, nicht zu schlank und hatte eine reine, leicht bräunliche Haut. Ihre tiefliegenden dunklen Augen verbarg sie hinter einer modischen Sonnenbrille, wenn sie am Flugbetrieb teilnahm. Schon ihr frisch aufgetragenes Parfüm machte sie unwiderstehlich und ihre Aufmachung ließ eher auf einen Ausgehabend als auf einen Segelfliegerabend am Lagerfeuer schließen. Nach Justus' Meinung deutete schon Carolas Aussehen darauf hin, dass sie sich nicht besonders eignete zum Segelfliegen. Sie war keineswegs unsportlich, aber aus Justus Sicht war sie zu anmutig, zu zart zum Fliegen. Wenn er über Carola nachdachte, fiel Justus der Macho-Spruch seines alten Fluglehrers ein:

Frauen, die wirklich fliegen können, müssen sich meistens auch rasieren.

Eine diskriminierende, unpassende These, denn Frauen hatten sich längst ihre Positionen in der Fliegerei erobert. Carola wusste, was sie wollte. Sie würde so leicht nicht aufgeben. Eigentlich stand Justus eher auf blonde Frauen, aber nun musste er seine ganze Willenskraft aufbringen um nicht auf ihr Angebot einzugehen. In seinem Inneren kämpften zwei Seelen miteinander. Doch sein Verstand gebot ihm, bei seiner ablehnenden Haltung zu bleiben. Fast tat sie ihm leid.

»Läuft da etwas zwischen euch?«, fragte Friedrich neugierig, dem der Blickwechsel zwischen Carola und Justus nicht verborgen blieb.

»Leider noch nicht«, sagte Carola mit starker Betonung auf das Wort noch. Dabei blickte sie Justus fragend an.

»Ich werde heute Abend nicht lange bleiben«, antwortete Justus. Er verschränkte abwehrend seine Arme vor der Brust. »Der Flug hat mich müde gemacht.«

»Wie geht's deiner Frau«, fragte Friedrich. »Ich habe sie lange nicht mehr gesehen. »Sie war eine Schönheit. Wie konntest du sie so schlecht behandeln?«

Carola blickte den alten Mann grimmig an.

»Sie ist immer noch eine Schönheit. Und ja, ich habe sie schlecht behandelt«, sagte Justus hart. »Sie konnte mit meiner Fliegerei und dem Flugplatz nichts anfangen. Ich hab sie vernachlässigt und sie zu oft allein gelassen. Zuletzt haben wir uns nur noch gestritten. Es war die Hölle – für uns beide. Wir konnten nicht mehr zusammenbleiben. Unsere Ehe war kaputt, auch aus anderen Gründen. Und wir hätten sie auch nicht mehr reparieren können, selbst wenn ich die Fliegerei an den Nagel gehängt hätte.«

»Hat sie einen anderen?«

»Ich weiß es nicht wirklich. Ich sehe sie nur noch, wenn ich die Kinder abhole.«

»Schade«, sagte Friedrich. »Auch deine Kinder waren mir sehr ans Herz gewachsen.«

»Mir fehlen sie auch. Die Große hat gerade ihr Abitur gebaut und die Kleine ist auf der Realschule.«

»Bring sie doch einmal wieder mit«, schlug Friedrich vor. »Früher waren sie so oft hier. Deiner großen Tochter habe ich hier auf dem Vorfeld vor dem Hangar das Fahrradfahren beigebracht. Kann sie sich daran noch erinnern?«

»Na klar«, antwortete Justus. »Andrea und Biene. Der Flugplatz war ihre Heimat in Kindertagen, aber es hat nichts genutzt. Sie haben beide kein Interesse an der Fliegerei entwickelt. In ihren Adern fließt leider kein Fliegerblut.«

»Daran kann man nichts ändern. Vielleicht haben sie einfach nicht deine Gene geerbt.«

»Möglich«, antwortete Justus nachdenklich, ohne daran glauben zu können. Er wusste selbst nicht, welche Gene er geerbt hatte, die er hätte weitergeben können. Das war ihm heute klar geworden. Seine Kinder waren oft mit ihm auf dem Flugplatz gewesen. Anfangs kam manchmal auch seine Frau mit zum Flugplatz. Besonders zu größeren Feiern oder zu anderen Events. Aber irgendwann hatte sie niemanden mehr in ihrer Altersgruppe gefunden, mit dem sie sich über Themen außerhalb der Fliegerei hätte austauschen können. So hatte sie beschlossen, nicht mehr mitzufahren und auch ihr Engagement im Verein einzustellen.

»Biene«, dachte Justus. Seine jüngste Tochter kam ihm in den Sinn. Als kleines Mädchen hatte sie ihn fast immer begleitet, wenn er zum Flugplatz fuhr und etwas zu erledigen hatte. Wenn er flog, war das auch kein Problem. Irgendwer fand sich immer, der auf das Kind aufpasste. Als sie fünf Jahre alt war, hatte sie in der Weihnachtszeit mit Hilfe ihrer großen Schwester einen Brief an das Christkind geschrieben, der einen Wunschzettel beinhaltete. Sie hatte den Brief kunstvoll mit Christbäumen und Sternen bemalt und ihn Justus übergeben.

»Papa, kannst du den Brief bitte mit einem Flugzeug zum Christkind bringen? Das wohnt doch im Himmel.«

Justus war immer noch gerührt, wenn er sich an diese Szene erinnerte. Es war im Dezember, es war kalt und trocken, der Westerwald und die Eifel waren verschneit. Er hatte den Brief bei einem Flug mit einem Ultraleichtflugzeug mitgenommen. Gegenüber Biene hatte er später behauptet, er habe den Brief auf einer Wolke abgelegt, so dass das Christkind ihn sicher finden würde. Natürlich hatte der den Brief nicht weggeworfen. Er hatte Datum, Start- und Landezeit sowie das Flugzeugkennzeichen auf dem Briefumschlag vermerkt und mit *Papas Airmail* gekennzeichnet. Er würde den Brief seiner Tochter irgendwann bei einer schönen Gelegenheit übergeben, wenn sie erwachsen war.

Mit einem Blick über den Flugplatz trank Justus seine Flasche Bier aus und zündete sich eine Zigarette an. Gierig zog er den Rauch ein und verfolgte den Start einer Cessna 182. Carola nahm ihre Sonnenbrille ab, wandte sich ihm zu und sah ihm tief in die Augen.

»Erde an Fluglehrer, wo fliegst du gerade herum?«

»Ich war in Gedanken, Carola. Entschuldigung.«

Sie trat nahe an ihn heran und flüsterte: »Solange deine Gedanken bei mir sind, ist das ok für mich.«

»Bekommst du immer, was du willst, wenn du deine Opfer mit diesen Augen anschaust?«

»Meistens schon. Für meine Augen und für meine schwarzen Haare ist übrigens mein Urgroßvater verantwortlich«, sagte sie und lächelte verführerisch. »Er war kurz vor dem ersten Weltkrieg Seefahrer auf einem Handelsschiff und hat sich auf einer seiner Reisen unsterblich in eine Brasilianerin verliebt und sie als blinden Passagier nach Deutschland mitgenommen.«

»Klingt wie in einem schlechten Film«, meinte Justus. »Aber wenn es stimmt, dann hat dein Urgroßvater einen guten Geschmack gehabt.«

»Es ist die Wahrheit«, sagte Carola mit gespielter Entrüstung.

»Mein Urgroßvater war noch ein junger Matrose. Er muss ein Draufgänger gewesen sein. Er lernte meine Uroma im Hafen von Recife kennen und schmuggelte sie ein Jahr später nach Deutschland. Kurz danach wurde sie schwanger. Im ersten Weltkrieg war mein Uropa auf einem Kriegsschiff. Er ist nicht mehr nach Hause gekommen und es hat lange gedauert, bis meine Uroma eine neue Liebe fand. Sie hatte kein einfaches Leben als Ausländerin, die kaum Deutsch konnte.«

»Tolle Geschichte«, meinte Justus. »Weißt du mehr darüber?«

»Nein, ich habe mich in meinem Leben noch nie viel um Vergangenes gekümmert. Die Vergangenheit soll man ruhen lassen und sich auf die Zukunft konzentrieren.«

»Das sehe ich inzwischen anders«, sagte Justus. Er dachte an seinen heutigen Flug und an die Fragen, die sich ihm beim Überfliegen von Thalfeld gestellt hatten.

»Ist dir das Wissen über die Vergangenheit deiner Familie nicht wichtig?«, fragte er Carola.

»Warum, was sollte mir das bringen? Wir können nur die Zukunft gestalten.« Sie lächelte ihn an.

Justus wusste genau, auf welche Zukunft sie anspielte. Auf eine gemeinsame Zukunft mit ihm, die er sich aber nicht vorstellen konnte. Sie war so viel jünger als er, viel fröhlicher, optimistischer, offen für Neues, unternehmungsfreudiger. Justus dagegen war eher ein Pessimist. Er selbst bezeichnete sich allerdings als Realist. Er wusste, dass er in seinem Umfeld von manchem Zeitgenossen als Spaßbremse mit – wenn überhaupt – trockenem Humor bezeichnet wurde. Das Leben hatte ihn dazu gemacht. Es war ihm jedoch egal was andere über ihn dachten, solange man ihn als guten Piloten und guten Fluglehrer einstufte und er im Job seine Anerkennung fand. Er war offen für Kompromisse, aber er war nicht wirklich kritikfähig.

Justus konnte Carola nur bedingt Recht geben. Natürlich konnte man nur die Zukunft gestalten, aber die Voraussetzung dafür war aus seiner Sicht, dass man die Vergangenheit kannte, um daraus zu lernen.

Gegen zwanzig Uhr begann es zu regnen. Die meisten Teilnehmer der Grillparty waren mittlerweile schon in ausgelassener Stimmung, so dass ihnen der Regen zunächst nicht viel ausmachte. Doch dann, als der Regen immer stärker wurde, musste die Party in den Hangar verlegt werden.

Carola verabschiedete sich nach dem Essen, nicht ohne Justus einen weiteren sehnsüchtigen Blick zuzuwerfen. Justus blieb standhaft. Er winkte ihr unsicher zu, als sie sich auf den Weg zu ihrem Wohnwagen machte. Als sich immer mehr Vereinsmitglieder verabschiedeten, stimmten ein paar wenige unter der Leitung von Friedrich ein altes Fliegerlied an. Darin ging es um einen Flieger, der abgestürzt war und an die Himmelspforte anklopfte. Petrus bat ihn freundlich herein und erklärte ihm, dass seine Fluglehrer bereits hier im Himmel auf ihn warteten. Justus sang nicht mit. Das Lied beinhaltete Fliegerlatein und Wahrheiten, aber es war ihm seit Ellens Unfall zuwider. Er hatte genug für heute. Nach einer letzten Zigarette machte er sich auf den Weg nach Hause. Es würde ein einsamer Abend werden.

2. Kapitel

Koblenz, 12. Juli 2009

Als Justus Sessenroth das Haus betrat, in dem er die Dachmansarde bewohnte, nahm er seine Post aus dem Briefkasten, die dort schon seit Tagen auf ihn wartete. Er war es gewohnt wenig Post, aber dafür umso mehr E-Mails zu bekommen und auch heute fand er nur zwei Briefe und die obligatorischen Werbeprospekte. Er nahm die Post mit in die Wohnung und warf sie achtlos auf seinen Schreibtisch, ohne auf die Absender zu achten. Im fiel nicht auf, dass sich in der Post ein Brief mit der Aufschrift *Airmail* befand. Er würde die Briefe frühestens am nächsten Morgen öffnen und lesen. Er schaltete seine alte Stereoanlage ein, legte eine CD in den CD-Player und drückte auf Start. Dann warf er sich müde auf sein Bett und versuchte, sich bei der Musik eines in den siebziger Jahren bei einem Flugzeugabsturz tödlich verunglückten, amerikanischen Country-Sängers zu entspannen. Justus Sessenroth mochte die Melodie und den Text des Songs schon seit seiner Jugend. Mit Bezug auf den Text überkam ihn plötzlich das Gefühl, dass das Leben sich anschickte, ihn zu überholen. Wie sah seine Zukunft aus, welche Träume hatte er noch? War es nur noch die Fliegerei oder gab es noch mehr Dinge im Leben, von denen er träumen und die er realisieren konnte? Seine Ehe, sein Traum von einer funktionierenden Familie, war gescheitert. Mit wem würde er seine Träume in Zukunft teilen -mit Carola? Und was war mit seinem Namen? Er trug den gleichen Namen wie einst sein Vater. Aber wer war er wirklich? Wer waren seine Eltern, Großeltern und Urgroßeltern gewesen? Welche Träume hatten sie gehabt? Warum kamen ihm diese Gedanken gerade heute? Befand er sich in einer Midlife-Crisis, oder war es schon mehr als das?

Der Regen der Warmfront plätscherte auf das Dach der Mansardenwohnung, während Justus einen Entschluss fasste. Er wollte gerne mehr über die Vergangenheit seiner Familie herausfinden. Irgendwie, irgendwann. Nein, nicht irgendwann, sondern kurzfristig. Er musste wissen, wer er wirklich war und auch warum er immer wieder fliegen musste. Er musste wissen, wer seine nahen und fernen Vorfahren waren und wie sie gelebt hatten. Er wollte seinen Kindern etwas über ihre Herkunft erzählen können. Er beschloss, einmal wieder seine Tante zu besuchen, die seit einigen Jahren in einem Heim in Dillenburg lebte und gegen ihre Krankheit ankämpfte.

Justus Sessenroth schlief unruhig in dieser Nacht. Er träumte einen Traum, den er immer wieder in verschiedenen Variationen träumte. Oft entwickelte sich dieser Traum zu einem Albtraum. Ein nächtlicher Horrortrip. Im Traum war er wieder der kleine Junge, der in den sechziger Jahren in Thalfeld aufwuchs. Damals hatten sie noch alle gemeinsam in einem großen, mit Efeu bewachsenen alten Fachwerkhaus gelebt. Seine Tante, sein Onkel, sein Großvater und seine Großmutter, an die er sich aber kaum noch erinnern konnte. Geheizt wurde das Haus mit Heizöl-Öfen, die in jedem Zimmer standen und an einem der Schornsteine angeschlossen waren. Das Heizöl lagerte in einem großen Tank im Keller. Es wurde mit speziellen Gießkannen transportiert und bei Bedarf in die kleinen Tanks der Öfen gefüllt, was einen unangenehmen Geruch erzeugte. Einige der Dörfler heizten damals auch mit Kohle oder mit Buchenholz und so lag bei windstillen Hochdruckwetterlagen im Winter jeweils ein kräftiger Dunst über dem Dorf, der eigenartig roch und ganz sicher gesundheitsschädlich war. Justus träumte aber nicht von einer Hochdruckwetterlage, sondern von einem heftigen Wintergewitter und einem Schneesturm. Ein greller Blitz traf das Haus und setzte es in Brand. Nur er und seine Tante überlebten. Die Feuerwehr, die mit einem alten, roten Opel-Blitz anrückte, konnte nur noch verhindern, dass der Brand nicht die benachbarte Scheune entzündete. Dann wurde Justus schweißgebadet wach. Er ging zum Kühlschrank, öffnete eine Flasche Limonade und trank einen kräftigen Schluck. Er legte sich wieder ins Bett, konnte aber nicht mehr einschlafen. Zu viele Gedanken kreisten in seinem Kopf. Er stand wieder auf, öffnete die Balkontür, blickte nach draußen, in die Dunkelheit der Nacht und atmete die feuchte, warme Luft tief ein. Innerlich aufgewühlt fragte er sich, warum er immer wieder diesen Traum träumte und warum er gerade jetzt wieder den Anflug einer neuen Depression verspürte.

»Das Leben ist wie ein Windsack«, dachte er. »Windrichtung und Windstärke sind veränderlich. Kein Mensch kann entscheiden, woher der Wind wehen wird. Der Windsack zeigt dir die Windrichtung. Mal kommt der Wind von vorne und du musst ordentlich Widerstand leisten. Aber du kannst mit dem Wind segeln, wenn er stark genug ist und günstig an einem Hang nach oben weht. Mal kommt der Wind von hinten und treibt dich vorwärts. Wenn du gerade Rückenwind brauchst, ist es gut so. Wenn nicht, treibst du trotzdem im Wind und musst irgendwie ins Lee kommen, um dich zu schützen. Bei Seitenwind musst du aufpassen, dass du nicht ungeplant abdriftest. Bei Windstille hängt der Windsack schlapp herunter und du weißt nicht, wann es wieder Wind gibt und wie es weitergeht.«
Unruhig ging er auf und ab. Dann goss er sich einen Whiskey ein und nippte an dem Glas. Er mochte den torfigen, rauen Geschmack seiner Hausmarke aus Schottland, aber heute brachte ihm der Drink keine Entspannung.
»Du bist einfach nur überarbeitet«, sagte er sich. »Und du grübelst zu viel, weil du zu oft alleine bist.«
Und gerade in dieser Nacht fühlte er sich alleine und verloren. Mit der Einsamkeit nach der Scheidung von Frauke und der Trennung von seinen Kindern konnte er sich nicht abfinden.

»Fahr einfach zum Flugplatz und klopf an Carolas Wohnwagentür«, dachte er und war fast versucht, es in die Tat umzusetzen. Doch mit Blick auf die Uhr, es war gegen drei Uhr nachts, verdrängte er den Gedanken schnell wieder. Der Regen plätscherte noch immer auf das Dach der Mansardenwohnung. Justus legte sich abermals auf sein Bett und versuchte einzuschlafen. Es gelang ihm nicht. Er wälzte sich hin und her, schließlich stand er erneut auf. Er ging ins Bad, um sich etwas frisch zu machen. Mit einem Blick in den Spiegel stellte er fest, dass er älter geworden war. Seine kurzen braunen Haare waren dünner geworden und die dunklen Ringe unter seinen blauen Augen waren ein Zeichen dafür, dass er zu viel arbeitete und zu wenig Schlaf bekam. Sein Dreitagebart entwickelte bereits graue Haare rund um sein Kinn. Außerdem hatte er mindestens zehn Kilogramm zugenommen. Das gefiel ihm überhaupt nicht. Nicht nur, dass er seinen Bauch nicht mochte. Je mehr er wog, desto weniger konnte er zuladen, vor allem wenn er Ultraleichtflugzeuge flog und einen Fluggast mitnahm. Was fand die viel jüngere Carola an ihm?

Er setzte sich an seinen Schreibtisch und blickte auf sein großes Bücherregal. Neben vielen CDs und Büchern standen hier eingerahmte Bilder von seiner Frau und seinen Kindern. Außerdem hatte er ein paar ausrangierte Flugzeuginstrumente gesammelt, die er in diesem Regal lagerte: Einen alten Höhenmesser aus einer Klemm 107 B, einem seinerzeit in Thalfeld stationierten Flugzeug, einen Kompass aus dem gleichen Flugzeug, ein Variometer, das er im Internet ersteigert hatte und einen Fahrtmesser, auf dessen Rückseite das Kennzeichen eines Segelflugzeuges auf einem Klebeband notiert war: D-3593. Es war nicht irgendein Fahrtmesser. Es war der Fahrtmesser aus dem Flugzeug, mit dem Ellen damals verunglückt war.

Justus begann die Unterlagen seiner bevorstehenden Dienstreise durchzublättern, legte sie aber schnell wieder zur Seite und nahm die beiden Briefe in die Hand. Wie elektrisiert las er den Absender auf einem der Briefe:

Annie Sessenroth
1527 Chicago Road,
Milwaukee, WI 53202, USA

Justus fand in dem Briefumschlag eine Ansichtskarte mit einem Motiv der Stadt Milwaukee im Bundesstaat Wisconsin in den USA und einem handschriftlich geschriebenen Brief. Er las:

Dear Mr. Sessenroth,
My Name is Annie Sessenroth. I live in Milwaukee, Wisconsin. Ich kann ein wenig Deutsch und hoffe, sie verzeihen mir meine Schreibfehler.

Justus war plötzlich hellwach. Er nahm den Brief mit in die Kochecke der Wohnung, setzte sich einen Kaffee auf und las weiter:

Ich habe ihre Adresse im Koblenz-Telefonbuch im Internet gefunden. Meine Urgroßeltern sind aus Deutschland ausgewandert. Unglücklicherweise hat niemand in meiner Familie jemals viel darüber geredet, aber meine Granny hat mir vor langer Zeit einmal erzählt, dass wir deutsche Vorfahren haben.

»Logisch, bei dem Nachnamen«, dachte Justus und las weiter:

Vor wenigen Wochen habe ich mir vorgenommen, die Geschichte meiner Familie zu erforschen. Die Idee dazu hatte ich bei einem Flug von Chicago nach Frankfurt, Germany, und zurück. Ich arbeite als Stewardess. Durch einen Tipp einer Freundin, die professionell Ahnenforschung betreibt, habe ich im Milwaukee-County-Historical-Center das Einbürgerungsdokument meiner Urgroßeltern gefunden. Sie hießen Ann-Mary und John Sessenroth und sind am 1. April 1919 mit einem Schiff aus

Hamburg, Germany, in New York angekommen. Nach kurzem Aufenthalt auf Ellis Island sind sie nach Richfield, Wisconsin, weitergereist. In den Einwanderungspapieren ist ein unleserlicher deutscher Ortsname als Geburtsort meiner Urgroßeltern angegeben, aber im Internet habe ich einen kleinen Ort in der Nähe von Koblenz gefunden, der unseren Namen trägt. Kann es sein, dass wir verwandt sind? Ich würde mich sehr freuen, wenn sie mir helfen würden, das herauszufinden. Ob wir verwandt sind oder nicht – ich wünsche ihnen All The Best.

Relatively Yours, stand in dicken Anführungszeichen unter dem Text, der mit Annie Sessenroth unterschrieben war. Darunter hatte sie liebevoll ein Smiley gemalt. Im Briefumschlag fand Justus noch eine Visitenkarte, auf der nicht nur Annies Adresse, sondern auch ihre Telefonnummer und ihre E-Mail-Adresse aufgedruckt war.

»Das gibt's doch nicht«, dachte Justus, immer noch elektrisiert. »Was für ein unglaublicher Zufall.« Warum kam dieser Brief gerade heute? Gerade heute hatte er doch beschlossen, seine eigene Familienhistorie näher zu erforschen. War das ein Zufall oder gar eine Fügung Gottes? Justus war kirchlich-evangelisch aufgewachsen, mit freundschaftlichen Kontakten zum Sohn des damaligen Pfarrers. Oft hatte Justus seine Tante in den sonntäglichen Gottesdienst begleitet. In seiner Kindheit und Jugend hatte Justus außerdem viele Freunde in der Freien Evangelischen Gemeinde gehabt, mit denen er gerne zusammen war, wenn er sich nicht gerade auf dem Flugplatz aufhielt. Die häufig als *die Frommen* bezeichnet wurden, die nicht in die Kirche, dafür jedoch in ihre *Versammlung* gingen. Sie hatten eine etwas andere Vorstellung von der Auslegung des Neuen Testaments als die kirchlich-evangelischen Christen. Justus hatte sich nie daran gestört. Ihn störte eher, dass manche Leute abfällig über die Gemeindemitglieder der Freien Evangelischen Gemeinde redeten, auch auf dem Flugplatz. Jeder Mensch sollte so glauben, wie er es für richtig hielt. Mit den Jahren hatte Justus seinen christlichen Glauben, der zu einem großen Teil auch durch seine Freunde in der Freien Gemeinde geprägt war, mehr und mehr relativiert. Er war schon immer ein Zweifler gewesen und er war ein Zweifler geblieben. Ob Jesus gestorben war, um die Sünden der Menschheit zu büßen und ob er wirklich auferstanden war, konnte Justus sich nicht vorstellen. Schon gar nicht wollte er glauben, dass Menschen anderer Religionen verloren waren, wenn sie sich nicht zum Christentum bekehren ließen. Ihm fiel der Bibeltext aus dem Markus-Evangelium, Kapitel 16, Vers 16 – sein Konfirmationsspruch – ein: *Wer da glaubt und getauft wird, der wird selig werden; wer aber nicht glaubt, der wird verdammt werden!*

Justus wollte das nicht glauben, aber der Satz machte ihn immer nachdenklich, wenn er ihm in den Sinn kam. Er wünschte, er könnte an die Unsterblichkeit der Seele glauben, aber er zweifelte immer wieder daran. Dennoch, in Anbetracht der für Menschen unbegreiflichen Unendlichkeit des Weltalls stellte er sich manchmal vor, dass es da draußen Mächte gab, die das Leben auf der Erde beeinflussten und steuerten. Mächte, die der menschliche Verstand nicht erfassen konnte. Mächte für das Gute und Mächte für das Böse. Mächte, die sich gegenseitig beeinflussten. Die Erde zeigte sich als ein wunderschöner Planet aus der Weltraumperspektive. Justus erinnerte sich immer wieder gerne an die erste Mondlandung im Juli 1969, die sie alle damals im Wohnzimmer von Tante Barbara und ihrem Mann Andreas auf einem schwarz weiß Fernsehgerät angeschaut hatten. Schon kurz bevor der erste Mensch seien Fuß auf den Mond setzte, hatte man ein von Apollo 8 aufgenommenes Farbfoto in der Thalfelder Flugplatzkneipe aufgehängt. Das Bild zeigte die gelbliche Mondoberfläche und dahinter die aufgehende Erde in prächtigen, blauweißen Farben. Solche und inzwischen viel bessere, eindrucksvollere Bilder von der Erde gab es heute immer wieder. Man musste nur die richtigen Fernsehkanäle einschalten oder im Internet danach suchen. Die Astronauten bewunderte Justus zwar für ihren Mut, ihr Wissen und ihr Können, aber er beneidete sie nicht. In den engen Raumschiffen und Raumstationen wäre es ihm zu eng gewesen und fliegen konnte man den Aufenthalt in einer Raumstation auch nicht nennen. Ihm genügte es, die Erde immer wieder aus der Luft betrachten zu können. Schon ab einer Flughöhe von 3000 Fuß, im Reiseflug mit einem Ultraleichtflugzeug oder mit einem Motorflugzeug, oder mit einem Segelflugzeug höher oben unter einer Wolke, beschlichen ihn immer wieder ein Glücksgefühl und ein Gefühl von Frieden. Aber nach jeder Landung wusste er, dass er sich etwas vormachte. Es gab keinen Frieden auf der Erde.

Immer, wenn Justus feststellte, dass es Ereignisse gab, bei denen es schwerfiel an Zufälle zu glauben, fragte er sich grübelnd, ob seine Theorie der übersinnlichen Mächte Realität war. Annies Brief und sein fast gleichzeitig gefasster Beschluss, seine Familiengeschichte näher zu beleuchten, war wieder solch ein Ereignis. Gab es höhere Mächte, die alles steuerten, egal welchen Namen sie trugen? Oder waren alle irdischen Geschöpfe nur Produkte der Evolution und bedingungslos ihrem Schicksal überlassen? Justus fragte sich oft auch, was vor seinem Leben gewesen war. Hatte seine Seele schon immer gelebt? Wenn ja, wie, auf welche Art? Manchmal, wenn er träumte, träumte er von einem vorherigen Leben. Manchmal war er ein Seeadler, ein anderes Mal ein Pilot in einem alten Doppeldecker. Aber immer konnte er aus irgendeinem Grund nicht aufsteigen und erwachte. Manchmal, wenn es ihm schlecht ging, betete Justus zu Gott, trotz all seiner Zweifel. Das tat er schon seit seiner Kindheit, weil er es in der Kirche und in der Freien Gemeinde gelernt hatte. Es tat ihm gut, es beruhigte ihn zumindest.

Justus trank einen Schluck Kaffee, schaltete seinen Laptop ein, wartete bis dieser betriebsbereit war und suchte mit einer Internetsuchmaschine nach *Milwaukee*. Er hatte bisher noch nie von dieser Stadt gehört. Er fand heraus, dass Milwaukee in Wisconsin am Westufer des Lake Michigan, einem der fünf großen Seen in Nordamerika, lag. Der amerikanische Bundesstaat Wisconsin, stellte er fest, war etwa doppelt so groß wie Bayern. Die Stadt Milwaukee, schätzte er, befand sich maximal zwei Autostunden nördlich von Chicago, Illinois. Justus fand durch Internetrecherchen weiter heraus, dass Milwaukee schon im neunzehnten Jahrhundert bevorzugt von deutschen Auswanderern besiedelt worden war und dass Milwaukee die Stadt der Brauereien ist. Die Stadt ist außerdem der Stammsitz eines berühmten Motoradherstellers, dessen Motorräder einen Kult-Status erreicht haben und weltweit verkauft werden. Justus fand weiter heraus, dass Annies Adresse auf ein Apartmenthaus zeigte, gelegen an der Lower East Side von Milwaukee, nicht weit entfernt von einem Park, einem Hafen und dem Westufer des Lake Michigan.

Seine Namensvetterin trug noch ihren Mädchennamen. Justus schloss daraus, dass sie entweder noch unverheiratet war, oder geschieden sein musste, wie er. Was sollte er Annie schreiben? Natürlich interessierte es ihn, ob es Auswanderungsfälle in seiner Familie gegeben hatte. Aber alleine der Name Sessenroth musste noch kein Indiz dafür sein, dass er mit Annie verwandt war. Er wusste, dass sein Nachname recht selten in Deutschland vorkam. Als Jugendlicher hatte man ihm immer gesagt, die Ursprünge des Namens seien unbekannt, aber in Thalfeld gäbe es von alters her eine Flurbezeichnung *Sessenrother Struth* und ein größeres Grundstück dort, hätte der Familie einst als Ackerland und Obstwiese gedient. War die Flurbezeichnung wirklich ein Indiz dafür, dass der Name in Thalfeld entstanden war und sich von dort aus verbreitet hatte? Nicht nur in Thalfeld, sondern auch in den benachbarten Orten war eine Häufung des Namens erkennbar. Man musste nur in das lokale Telefonbuch schauen. Justus vermutete, dass Thalfeld möglicherweise nicht die einzige Quelle dieses Namens war, denn man fand den Namen auch in Norddeutschland und im Osten. Durch Recherchen im Internet hatte Justus vor Jahren schon herausgefunden, dass auf dem Invalidenfriedhof in Berlin der General August von Sessenroth begraben lag. Dieser General hatte einst in der preußischen Armee gedient und sich in der Völkerschlacht bei Leipzig gegen Napoleons Truppen durch große Tapferkeit ausgezeichnet. Daraufhin war er unter Preußenkönig Friedrich Wilhelm III in den Adelsstand erhoben worden. Nur wenig später war der General an seinen Verletzungen gestorben. Er stammte offensichtlich aus einer Leipziger Familie. Justus hatte sich immer einmal vorgenommen, bei einer Berlin-Reise den Invalidenfriedhof zu besichtigen. Nicht nur um das Grab seines adeligen Namensvetters zu besuchen und zu fotografieren, sondern auch um das Grab von Ernst Udet zu besuchen. Udet war ein Jagdflieger des ersten Weltkriegs und galt damals als der erfolgreichste Pilot seiner Zeit. Nach dem ersten Weltkrieg tat er sich als Flugzeugkonstrukteur und vor allem als waghalsiger Kunstflieger hervor, der sein Geld mit Schauflügen verdiente. Im dritten Reich war er als Generealoberst unter Göring zu einer tragischen Fliegerfigur geworden. Udet flog bei Dreharbeiten zu Filmen und war als trinkfester Lebemann bekannt. Nach den Misserfolgen der Luftwaffe bei der Luftschlacht um England war er bei der Nazi-Führung in Ungnade gefallen und hatte sich 1941 das Leben genommen.

Justus las den Brief von Annie nochmals. Konnte es sein, dass nicht nur Annie, sondern auch er Vorfahren im Dorf Sessenroth hatte? Durch einen Zufall – wieder ein Zufall – hatte er vor zwei Jahren den Ort Sessenroth, nur wenige Kilometer nordwestlich von Koblenz, im Maifeld, in der Nähe der Städte Polch und Münstermaifeld, entdeckt. Damals war einer seiner Segelfliegerkameraden auf einem Acker in der Nähe von Sessenroth außengelandet und Justus war einer der Rückholer gewesen. Von der Existenz des kleinen Orts Sessenroth hatte er bis dahin nur beiläufig durch seine Internet-Recherchen erfahren. Ob Annies Vermutung sich bestätigen würde? Ob ihre Vorfahren von dort ausgewandert waren? Oder gab es eine direkte Verbindung nach Thalfeld?

»Moment mal«, rief Justus aufgeregt, obwohl er wusste, dass ihm niemand zuhörte.
»Wisconsin! Da fliegst du doch bald hin. Oshkosh liegt doch auch in Wisconsin!«
Justus rieb sich die Augen und betrachtete intensiv die Karte von Wisconsin auf dem Bildschirm seines Laptops. Tatsächlich, Oshkosh lag nördlich von Milwaukee. Justus schätzte, dass man höchstens zwei Autostunden benötigen würde, um von Oshkosh nach Milwaukee zu gelangen.

Justus hatte vor wenigen Wochen mit seinem Verlagsleiter vereinbart, dass er Ende Juli für eine Woche in die USA nach Oshkosh reisen würde, um einen mehrteiligen Bericht über das dort jährlich stattfindende Fliegertreffen zu schreiben. Für die Zeitschrift wurden immer wieder neue Ideen und frische Artikel benötigt. Justus arbeitete noch nicht sehr lange für den Verlag. Und doch, was seine Artikel betraf, hatte er kein großes Interesse mehr daran, über Flugplätze der allgemeinen Luftfahrt, die vielen Luftsportvereine, über ihre Wettbewerbserfolge, ihren Flugzeugpark, uber besondere Flüge oder über sonstiges zu berichten. Die einzigen Highlights für ihn waren seine Berichte über neue Segelflugzeugmuster, in deren Entwicklung die neuesten wissenschaftlichen Erkenntnisse einflossen, auch von Universitäten, die sich sehr professionell mit Aerodynamik befassten. Manchmal hatte Justus die Gelegenheit, einen Prototyp zu fliegen und darüber zu berichten. Jetzt stand ein weiteres Highlight in seiner Karriere an. In Oshkosh am Lake Winnebago, genauer gesagt, auf dem dortigen Wittman-Regional-Airport, fand jährlich ein sehr großes Fliegertreffen statt, das *AirVenture* der EAA, der Experimental Aircraft Association, Inc. Ursprünglicher Zweck der Veranstaltung war das Treffen von flugbegeisterten Enthusiasten und Piloten, die ihre Flugzeuge selbst konstruierten und bauten. Im Jahr 1953 in Milwaukee klein angefangen, hatte sich das *AirVenture* inzwischen zu einem Mega-Event, zu einem wahren Festival entwickelt. Neben der Vorstellung von Eigenkonstruktionen und Bausätzen lag inzwischen ein weiterer Schwerpunkt auf der Ausstellung und Vorführung von noch flugfähigen Kriegsflugzeugen, so genannten Warbirds. Natürlich hatte sich das *AirVenture* inzwischen auch zu einem Marktplatz für Produkte rund um die allgemeine Luftfahrt entwickelt. Namhafte amerikanische und internationale Hersteller zeigten ihre neuen Flugzeug-Prototypen und ihre Flugzeuge und sonstige Produkte aus der Serienfertigung. Von schnellen, einmotorigen, mit neuester Technik ausgerüsteten Flugzeugen, Zweisitzer, Viersitzer, Sechssitzer, bis hin zu größeren Flugzeugen mit Turboprop-Triebwerken und Druckkabine. Täglich gab es eine Flugshow, bei der insbesondere US-amerikanische, aber auch internationale Fliegerasse ihr Können zeigten. Viele der einheimischen Piloten unter den Besuchern reisten mit dem Flugzeug an und schliefen in Zelten unter den Tragflächen ihrer Flugzeuge, oder in Wohnmobilen auf benachbarten Campingplätzen. Das *AirVenture* war ein Fest für die Augen und Sinne aller Zuschauer, Teilnehmer und Funktionäre, nicht nur für Piloten.

Justus Sessenroth hatte in den letzten Wochen bereits intensiv an einem Konzept für seine Serie gearbeitet. Er wollte als Blogger täglich Berichte über seine persönlichen Erlebnisse in Oshkosh, über bekannte Persönlichkeiten und Teilnehmer, über Neuigkeiten auf dem Flugzeugmarkt schreiben sowie Fotos und Bilder per Internet nach Deutschland schicken. Diese sollten dann auf der Homepage des Verlages veröffentlicht werden. Nach Abschluss der Veranstaltung sollte es einen mehrteiligen Artikel in der gedruckten Ausgabe geben. Die Reise nach Amerika würde zwar nicht ganz billig werden, aber der Verlag versprach sich davon eine Erhöhung der Auflage, zumindest aber sehr viel mehr Hits auf der Verlags-Internetseite. Und davon profitierte man auch, weil wichtige Anzeigekunden die Homepage des Verlags mit Werbung anreicherten. Justus hatte allerdings seine Zweifel, denn bisher hatte seine Zeitschrift hauptsächlich die Segelflieger angesprochen. Erst seit wenigen Ausgaben war der Inhalt auch auf die Zielgruppe der mittelständigen Motor- und Ultraleichtflieger erweitert worden. Inzwischen gab es auch eine Rubrik für Hängegleiter, Paragleiter und Fallschirmspringer. Das hatte einen guten Grund, denn die konkurrierenden, auflagenstärkeren Zeitschriften drifteten seit Jahren mehr und mehr in Richtung Geschäftsfliegerei, in Richtung Business-Aviation, ab. Oshkosh aber war eine Plattform für alles was fliegt, doch Segelflugzeuge sah man hier kaum. Der Markt für Motorflugzeuge im Bereich der allgemeinen Luftfahrt und im Bereich der Business Aviation in den USA war nicht schlecht. Unter den Privatpiloten in den USA gewannen jedoch die Flugzeuge der so genannten Light-Sport-Aircraft-Klasse einen immer größer werdenden Stellenwert. Das waren zweisitzige Flugzeuge – ähnlich den in Deutschland zugelassenen Ultraleichtflugzeugen – die jedoch in den USA bis zu einem maximalen Abfluggewicht von 600 Kilogramm zugelassen waren, wogegen das maximale Abfluggewicht der deutschen Ultraleichtflugzeuge beschränkt war auf lediglich 472,5 Kilogramm. Ein darüber hinausgehendes Abfluggewicht führte hier automatisch zur Klassifizierung als Motorflugzeug bis zu einem maximalen Abfluggewicht von 2000 Kilogramm. Für diese Klasse von Motorflugzeugen gelten gegenüber den Ultraleichtflugzeugen erweiterte Bedingungen für die Herstellung und den Betrieb der Flugzeuge, sowie auch für den Erwerb und den Erhalt der entsprechenden Lizenzen. Europäische Hersteller, unter ihnen viele neugegründete Firmen, die ihre Flugzeuge bereits schon so konstruierten, dass sie über die Bedingungen der Ultraleichtflugzeugklasse hinaus auch gleichzeitig die der Ligt-Sport-Aircraft-Klasse erfüllten, hatten international Erfolg. Daher wartete man sehnsüchtig darauf, dass das maximale Abfluggewicht für europäische Ultraleichtflugzeuge ebenfalls angehoben würde auf 600 Kilogramm. Aber die Behörden ließen sich Zeit.

Ultraleichtflugzeuge waren durchaus auch für Privatpiloten und Vereine bezahlbar. Sie waren je nach Muster, Motorisierung und Instrumentierung teilweise sogar preiswerter als moderne Hochleistungssegelflugzeuge. Die Meinung vieler Vereinsvorstände in Bezug auf Ultraleichtflugzeuge war allerdings sehr unterschiedlich. Das Thema polarisierte stark. Viele Vereine führten diese Flugzeuge ein, boten eine entsprechende Ausbildung und sorgten so für Mitgliederzuwachs. In anderen Vereinen galten die einfach gefertigten Flugzeuge mit geringer Zuladungskapazität als Sicherheitsrisiko. Da nutzte auch das innovative Rettungssystem nichts, nach dessen Betätigung im Notfall das ganze Flugzeug an einem Fallschirm hing.

Justus schob die Gedanken an Oshkosh zur Seite. Er fragte sich, wie er Annie helfen könnte, etwas über ihre deutschen Urgroßeltern zu erfahren. Wo und wie sollte er anfangen? Ein Ahnenforschungsprojekt konnte viel Zeit in Anspruch nehmen. Justus hatte aber kaum Zeit. Er war ein unruhiger Mensch, raste von einem Termin zum nächsten, immer im Wechsel zwischen Job, Flugplatz und Nebenjob. Außerdem musste er unbedingt einmal wieder etwas mit seinen Kindern unternehmen. Er öffnete das E-Mail-Programm auf seinem Laptop, tippte Annies E-Mail-Adresse ein und schrieb ihr eine Mitteilung in Englisch.

In der Schule hatte er in Sprachen immer gute Noten gehabt, dafür war er in einigen anderen Fächern eher unbegabt, was sich erst änderte als er studierte und nebenbei für die Flugscheinprüfung lernte. Sein Englisch hatte sich in seiner Jugend wesentlich verbessert, weil es damals auf dem Westerwald viele Amerikaner gab, die dort als Soldaten eingesetzt waren und mit ihren Familien hier lebten. Damals hatten er und Ellen gleichaltrige Amis kennengelernt, die sie hin und wieder zu Partys einluden. Den Eltern war das nicht recht, Ellen und Justus seien noch zu jung dafür, aber das scherte die beiden nicht. Auf den Partys lief immer die neueste Rock-, Pop- und Soulmusik aus den USA und in einem Shop in Gießen, in dem nur amerikanische Soldaten und ihre Angehörigen einkaufen durften, konnten Justus und Ellen damals etwas von ihrem Taschengeld für Langspielplatten ausgeben, wenn einer der Amerikaner sie beim Einkaufen begleitete.

Justus begann zu schreiben:
Dear Annie!
Er nannte sie gleich beim Vornamen, denn er wusste, dass das für Amerikaner kein Problem sein würde. Außerdem bestand ja die Chance, dass er mit Annie um viele Ecken verwandt war.

Ich habe deinen Brief heute erhalten und bin wirklich erstaunt darüber, dass es unseren Namen in den USA gibt. Den Ort Sessenroth habe ich selbst erst vor kurzer Zeit entdeckt. Meine Vorfahren stammen nicht von dort, sondern aus einem kleinen Ort namens Thalfeld. Dieses kleine Dorf liegt etwa dreiundvierzig Meilen nordwestlich von Frankfurt am Main, in einer Mittelgebirgslandschaft, dem Westerwald.
Justus schätzte die Entfernung absichtlich in Landmeilen ab, weil er wusste, dass Seemeilen als Entfernungsmaß international fast ausschließlich in der Luftfahrt und in der Schifffahrt verwendet wurden. Er schrieb weiter:

Ob es in meiner Familie Auswanderungen gegeben hat, ist mir nicht bekannt, aber das Thema interessiert mich. Ich werde versuchen, etwas darüber herauszufinden. Übrigens, Ende Juli werde ich beruflich in Oshkosh, Wisconsin, sein. Wäre doch toll, wenn wir uns treffen könnten.

Der Wecker klingelte. Justus sendete die E-Mail ab und schaltete den Laptop aus. Es wurde Zeit, ins Büro zu fahren.

3. Kapitel

Flugplatz Koblenz-Moselhöhe, 13. Juli 2009

Es war ein anstrengender Arbeitstag gewesen, denn Justus Sessenroth hatte mit seinem Chef lange darüber diskutiert, wie man die Zeitschrift *„Der Flugplatz"* weiterentwickeln könnte. Justus fand, dass die Privatfliegerei durch viele Faktoren bedroht war. Es war insgesamt eine schwierige Situation entstanden.

Einerseits lag das an gestiegenen Kosten, andererseits lag es auch daran, dass die neugegründete europäische Agentur für Flugsicherheit in guter Absicht unzählige neue Vorschriften und Standards in Europa einführte. Die meisten der neuen Vorschriften führten zunächst zur Verunsicherung vieler Privatpiloten. Wenigstens die Vorschriften für die Zulassung und zum Fliegen von Ultraleichtflugzeugen blieben in nationaler Hand. Aber insgesamt war die Freiheit in der Luft längst nicht mehr grenzenlos. Unnötigerweise hatte man die deutschen Piloten nach dem Anschlag auf das World Trade Center in New York im September 2001 auch noch unter Generalverdacht gestellt. Nach *9/11* hatte der deutsche Gesetzgeber eine Zuverlässigkeitsüberprüfung für Piloten mit bestimmten Lizenzen eingeführt. Das kostete die Piloten nicht nur Gebühren, sondern es gestattete den Behörden, ganz legal Informationen über die jeweilige Person einzuholen und auszuwerten. Für Justus grenzte das an Stasi-Methoden. Und was sollte das bringen? Ein Pilot mit krimineller Energie würde auch Unheil anrichten können, wenn ihm die Behördenschnüffler die Lizenz entziehen würden. So etwas gab es nur in Deutschland. Offensichtlich hatten die unwissenden Politiker in ihrer übersteigerten Sicherheitspanik völlig übersehen, dass die Anschläge gegen das World Trade Center mit Jets durchgeführt worden waren und nicht mit kleinen Motorflugzeugen. Und was war mit den Autofahrern? Könnte man nicht auch mit Autos, insbesondere mit Lastkraftwagen großen Schaden anrichten? Selbst die Amerikaner sahen die Problematik wesentlich lockerer. Eine Zuverlässigkeitsüberprüfung von Privatpiloten gab es in den USA nicht. Wie panisch deutsche Behörden reagierten, zeigte sich aus Justus' Sicht immer dann, wenn ein hoher Staatsgast zu Besuch kam oder auch bei verschiedenen Großveranstaltungen. Immer dann wurden ganze Lufträume mit großem Radius temporär für den Flugverkehr gesperrt. In den meisten Fällen galt das nicht für den gewerblichen Flugverkehr, sondern nur für die so genannte allgemeine Luftfahrt. Es traf dadurch hauptsächlich die private Fliegerei und damit die Falschen. Bedrohlich war auch, dass die Luftsportvereine über Nachwuchsmangel klagten, auch beim Segelflug. Immer weniger erfahrene Piloten waren bereit, eine Fluglehrerausbildung zu absolvieren, weil die Bedingungen zur Erlangung und Erhaltung der Lizenz einen sehr hohen Aufwand verursachten und viel Freizeit kosteten. Die gestiegenen Anforderungen an die Fluglehrer und Flugschüler waren andererseits gerechtfertigt, wenn es darum gehen musste, die Flugsicherheit in den immer enger werdenden Lufträumen auf einem hohen Level zu halten und für Unfallprävention zu sorgen. In der Luftfahrtgesetzgebung fehlte es aber nach Auffassung vieler Piloten an Augenmaß und Kompromisslösungen. All das prangerte Justus in seinen Artikeln zur Entwicklung der allgemeinen Luftfahrt immer wieder an, doch sein Verlagsleiter und Chef meinte, Justus sei ein Schwarzseher und ein Idealist und man könne als Fachzeitschrift nichts an der Situation ändern, ohne sich Feinde zu machen. Es galt, sich auf das Neue einzustellen, es zu beschreiben und positiv über die Privatfliegerei und die allgemeine Luftfahrt zu berichten. Technologisch ging es ohnehin mit großen Schritten voran. Die Hersteller fertigten hochinnovative, neue Hochleistungssegelflugzeuge mit exzellenten Flugeigenschaften, was aber dazu führte, dass die meisten Vereine die hohen Anschaffungskosten für solche Flugzeuge nicht aufbringen konnten. Spaß am Fliegen war das wichtigste und den konnte man auch mit älteren Flugzeugen erleben. Die Vereine sparten darüber hinaus Kosten, indem sie die Wartung ihrer Flugzeuge von ausgebildeten Werkstattleitern und Warten unter strenger Einhaltung rechtlicher Vorschriften ehrenamtlich durchführen durften. Aber auch das setzte ein hohes Engagement einzelner Spezialisten und vieler helfender Hände voraus. Für das Wartungspersonal und die Instandhaltung von Flugzeugen gab es ebenfalls enge Vorschriften, die beachtet werden mussten. Bei besonderen technischen Vorkommnissen geben das Luftfahrtbundesamt und auch die neue Europäische Agentur für Flugsicherheit so genannte Lufttüchtigkeitsanweisungen für die jeweils betroffenen Flugzeugtypen heraus, die in bestimmten Fristen bei der Instandhaltung erledigt werden müssen, was zusätzlichen Aufwand und Kosten für die Vereine und die Halter der Flugzeuge bedeutet. Es gab bereits Vereine, die ihre Flugzeuge nur noch mit großer Kraftanstrengung selbst warten konnten. Einmal im Jahr stand dann die obligatorische Abnahme aller Segelflugzeuge durch einen Prüfer an.

Der Segelflug würde sich dynamisch weiterentwickeln und irgendwie überleben, das machte sich Justus immer wieder klar. Zumindest wollte er die Hoffnung nicht aufgeben. Der Leistungs- und Wettbewerbssegelflug wurde mehr und mehr großgeschrieben und sogar Vereine, die früher eher eine Blockadehaltung gegen Überlandflüge mit Vereinsflugzeugen einnahmen, weil die altgedienten Vorstände Außenlandeschäden oder gar Unfälle befürchteten, förderten jetzt den Streckensegelflug und hatten nichts mehr dagegen, wenn talentierte Mitglieder an Wettbewerben teilnahmen. In einigen Vereinen fand bereits ein Generationenwechsel statt. Ältere Mitglieder gaben ihre Führungspositionen ab und machten jüngeren Platz. Man hatte auch immer deutlicher erkannt, dass man mehr Jugendliche zum Fliegen bringen musste und arbeitete daran, eine nachhaltige Nachwuchsförderung zu betreiben. Das war allerdings keine einfache Aufgabe, weil die wichtigste Voraussetzung zur Ausbildung neuer Mitglieder eine ausreichende Anzahl an geeigneten Fluglehrern war, die ehrenamtlich zur Verfügung stehen mussten. Hier galt es, die zu einer Fluglehrerausbildung bereiten Aspiranten bestmöglich, auch finanziell, zu fördern. Aber das alleine reichte nicht aus. Viele jugendliche Nachwuchspiloten empfanden den notwendigen Arbeitseinsatz in den Vereinen und beim Flugbetrieb als einen zu großen Freizeitaufwand und gaben vorzeitig auf. Andere Sportarten konnten mit weniger Zeitaufwand betrieben werden, obwohl sie oft mehr Kosten verursachten, als der Segelflug im Verein. Hier musste einerseits in den jeweiligen Vereinen ein Umdenken stattfinden und andererseits mehr Aufklärung nach außen betrieben werden. Nicht nur durch die Vereine selbst, sondern gerade auch durch die Fachzeitschriften. Schönfärberei, die reine Schilderung des fliegerischen Erlebnisses in bunten Farben und Fliegerromantik brachte zwar Interessenten auf den Flugplatz, sorgte aber nicht für nachhaltigen Mitgliederzuwachs.

Es war auch feststellbar, dass sich das Mitgliederspektrum in den Vereinen in den letzten Jahren verändert hatte. Die Mitglieder kamen zwar immer noch aus unterschiedlichen Gesellschaftsschichten und zumeist war der Segelflug noch immer die Basis der Vereine. Nur wenige Segelflieger kamen fertig ausgebildet von gewerblichen Schulen. Die meisten Anfänger nutzten immer noch die Ausbildungsmöglichkeiten der Vereine. Aber gerade die Älteren unter den Piloten hatten sich bislang vielfältig in Ehrenämtern engagiert und damit das Vereinsleben aufrechterhalten. Viele ältere zogen sich allmählich zurück und hinterließen Lücken, die nicht kurzfristig geschlossen werden konnten. Positiv war, dass es mehr und mehr Piloten gab, die in der Lage waren, sich eigene Flugzeuge anzuschaffen oder Haltergemeinschaften zu bilden. Vom Oldtimer bis hin zum Hochleistungssegelflugzeug, vom gebrauchten Ultraleichtflugzeug bis hin zu ganz neuen Modellen reichte die Palette. Das entlastete den Flugzeugpark der Vereine und führte zu einer Belebung des Flugbetriebs.

In den meisten Vereinen forderte man die Privathalter auf, sich genau wie jedes andere Mitglied zu engagieren, nicht nur beim Flugbetrieb. Es gab nicht nur handwerkliche Aufgaben im Verein, die durch Eigenleistung erledigt werden konnten. Die Vereine konnten auch Kosten sparen, wenn sie unter den Mitgliedern Fachleute für andere wichtige Themen fanden, beispielsweise für das Vereins- und Steuerrecht. Es wurde jedoch immer schwerer, Mitglieder zu finden, die sich die Zeit für ein intensives Engagement in den Vereinen nehmen konnten. Oft waren es immer die gleichen, welche die vielfältigen Aufgaben erledigten, während andere davon profitierten.

Größere Mitgliederzuwächse verbuchten die Vereine im Bereich der Ultraleichtfliegerei, aber das sahen manche Segelflieger in den Vereinen eher kritisch. Die Ultraleichtflugzeug-Piloten und auch die Motorflieger, mussten keinen gemeinsamen Flugbetrieb wie beim Segelflug durchführen. Jeder konnte, ohne auf ein Team angewiesen zu sein, für sich fliegen, nach vorheriger Buchung des entsprechenden Flugzeuges. Das hatte Vorteile, weil die Piloten weniger Freizeit für ihre Fliegerei opfern mussten. Der Nachteil war aber, dass einige dieser Piloten ihren Verein als reinen Dienstleister betrachteten, der preiswertes Fliegen ermöglichte – bei minimalem persönlichem Einsatz. Motorflug konnten sich nur noch Piloten mit höherem Einkommen erlauben. Die Motorflugzeuge in den großen Hangars der Flugplätze gehörten in der Regel entweder Haltergemeinschaften, betuchten Privatleuten, gewerblichen Betrieben, oder Flugschulen, die ihre Flugzeuge auch vercharterten.

Justus hoffte auf bessere Zeiten für die Vereine und für die allgemeine Luftfahrt insgesamt. Er dachte oft darüber nach, was getan werden müsste, damit Menschen mit durchschnittlichem Einkommen weiterhin fliegen könnten. Das ging nach seiner Meinung nur mit preiswertem Fluggerät und mit einem hohen Engagement der Vereinsmitglieder, insbesondere der Vorstände, Werkstattleiter, Ausbildungsleiter, Fluglehrer und der Mitglieder, die andere Funktionen im Verein ausübten, oder einzelne Projekte betreuten. Vereine als reine Dienstleister funktionierten aus seiner Sicht nicht, oder nur so, dass die Kosten der Fliegerei für mittelständige Menschen kaum mehr tragbar sein würden.

Wer, aus welchen sozialen Schichten, würde in den nächsten zehn bis zwanzig Jahren noch als Privatpilot fliegen wollen oder können? Diese Frage stellte sich Justus oft. Dabei fragte er sich immer auch, ob er wieder einmal zu pessimistisch gestimmt war. Aber es war doch Fakt. Der Luftsport hatte aus seiner Sicht keine starke Lobby in Berlin. Und das in einem Land, in dem die Fliegerei einst ihren Ursprung gehabt hatte. Jedem, der das nicht wusste, empfahl Justus ein Buch über die Anfänge des Segelfluges auf der Wasserkuppe oder einen Besuch dort. Der Berg der Segelflieger stand wie kein anderer für die rasante Entwicklung des Segelfluges, die schon kurz nach dem ersten Weltkrieg einen Aufschwung genommen hatte. Justus fragte sich, was er als Journalist noch tun konnte, um junge Menschen zum Fliegen zu motivieren. Seine Artikel über hochinnovative neue Flugzeuge zeigten deutlich, was technisch inzwischen möglich war und noch möglich werden würde. Andererseits wurde klar, dass das Fliegen, auch das Segelfliegen, immer teurer werden musste, wenn die Piloten keine veralteten Flugzeuge mehr fliegen wollten. Keine einfache Situation für Piloten und Luftsportvereine und auch nicht für Luftfahrtbetriebe der allgemeinen Luftfahrt hinsichtlich der Planung und Organisation ihrer Verkaufs- und Dienstleitungsangebote.

Frustriert durch den nicht wirklich erfolgreichen Arbeitstag fuhr Justus Sessenroth nach Hause und fragte den aktuellen Flugwetterbericht im Internet ab. Die E-Mail-Applikation auf seinem Mobiltelefon hatte ihm angezeigt, dass bereits eine Antwort von Annie eingetroffen war. Zwischen Deutschland und Wisconsin betrug die Zeitverschiebung aktuell sieben Stunden. Auch dort gab es die Sommerzeit, die Zeitumstellung erfolgte aber nicht synchron mit Europa. Das hatte er bei den Vorbereitungen für seine Dienstreise gelernt. Justus rechnete nach. Annie musste die E-Mail schon am frühen Morgen der Ortszeit von Milwaukee geschrieben und gesendet haben. Aber Justus öffnete die E-Mail nicht. Er würde sie später in Ruhe lesen und beantworten. Nach dem Studium der Wetterlage und der Wetterbedingungen für seinen heutigen Flug vergewisserte er sich, dass es in den aktuellen Mitteilungen der Deutschen Flugsicherung keine Einschränkungen für seinen geplanten Rundflug gab. Anschließend schaltete er den Laptop aus, zog sich um, packte seine Fliegertasche nebst Kamera und machte sich auf den Weg zum Flugplatz. Eigentlich hätte er noch arbeiten müssen. Er hatte vor wenigen Monaten nebenberuflich eine kleine Medienagentur gegründet und Aufträge von kleineren Firmen zur Gestaltung von Internetauftritten übernommen. Aber für den aktuellen Auftrag fehlten ihm heute die notwendigen kreativen Ideen.

Die Reste der schwach ausgeprägten Kaltfront, die der Warmfront mittlerweile rasch gefolgt war, staute noch mit blaugrauen Regenwolken gegen den hohen Westerwald, doch die Wolkendecke über der Stadt Koblenz und der Eifel im Westen riss bereits auf und die Wolkenuntergrenze war ausreichend hoch für sein Vorhaben. Es hatte inzwischen aufgehört zu regnen. Nach einer Tasse Kaffee auf dem Tower und einem kurzen Plausch mit dem diensthabenden Flugleiter schob Justus ein Ultraleichtflugzeug aus dem Hangar des Vereins und prüfte zunächst den

Tankinhalt. Er ließ etwas Sprit aus dem Drainventil in ein kleines Glas laufen und stellte fest, dass sich kein Kondenswasser darin befand, was sich unten im Tank hätte absetzen können und das Risiko für einen Motorausfall erhöhen würde. Dann folgte der obligatorische Außen- und Motorcheck, wobei auch eine Kontrolle des Ölstands durchgeführt werden musste. Bei diesem Flugzeugmotor musste der Propeller mehrmals von Hand gedreht werden, solange, bis ein deutliches Gurgeln im geöffneten Ölbehälter zu hören war. Erst dann musste man den abgewischten Ölmessstab einstecken, wieder herausziehen und den Ölstand ablesen. Justus füllte etwas Öl nach und verschloss den Ölbehälter und anschließend die Motorverkleidung, die Cowling, wieder. Der Rundgang um das Flugzeug und die Ruderprobe von außen zeigte keine Auffälligkeiten. Die Reifen des Hauptfahrwerks und das Bugrad hatten genügend Luft. Die Reifengummis waren gegenüber den Felgen nicht verschoben, das zeigte ihm jeweils ein Strich roter Farbe, die sogenannte Rutschmarke, auf jedem der Räder.

Nach einem Blick in das Innere des Rumpfes hinter dem Cockpit, in den Fußraum und unter die Sitze stellte Justus fest, dass keine Fremdkörper dort zu finden waren. Dann stieg er ein, schnallte sich an und entfernte den Sicherungssplint am Hebel für das Rettungssystem. Er öffnete den Brandhahn, um die Benzinzufuhr für den Motor sicherzustellen, schaltete den Hauptschalter und die elektrische Benzinpumpe ein und startete den Motor. Während er den Motor warmlaufen ließ, schaltete er das Funkgerät ein und den Transponder auf *Stand-by*. Wenn er den Transponder mit dem eingestellten Code 7000 im Flug aktivierte, wäre das Flugzeug für die Radarlotsen am Boden identifizierbar. Ein Sicherheitsaspekt, denn die Radarlotsen der Flugsicherung hatten so die Möglichkeit, andere Piloten zu warnen, wenn sie in der Nähe flogen und eine bestimmte Funkfrequenz gerastet hatten. Für den Luftraum, in dem Justus heute fliegen würde, war die Aktivierung des Transponders und ein Umschalten auf die Frequenz von *Langen Information,* der für diesen Bereich zuständigen Flugsicherungsstelle, aber nur eine Empfehlung, keine Vorschrift.

Beim Überprüfen der Instrumente stellte Justus den Höhenmesser auf die Höhe des Flugplatzes über *Main Sea Level* -über Meereshöhe- ein und wartete bis die Zeiger der Temperatur- und Öldruckanzeigen langsam in den grünen Bereich wanderten. Nach Prüfung der Freigängigkeit der Ruder bei Betätigung des Steuerknüppels führte er den Magnettest der beiden Zündsysteme des Motors durch. Er betätigte hart die Bremsen, ließ den Motor mit der für den Test vorgeschriebenen Drehzahl laufen, schaltete dann den Magnetschalter jeweils auf eines der beiden Zündsysteme um und beobachtete dabei den Drehzahlabfall am Drehzahlmesser. Als er feststellte, dass sich der Drehzahlabfall innerhalb der vorgeschriebenen Toleranzen befand, drehte er den Magnetschalter wieder auf *Both.* Danach warf er nochmals einen Blick auf die Checkliste, um sicherzugehen, dass er nichts vergessen hatte. Er lockerte die Bremsen und ließ das kleine Flugzeug langsam auf dem Rollweg zur Startbahn rollen. Am gelb markierten Rollhaltepunkt für die Piste 28 hielt er an, betätigte die am Steuerknüppel angebrachte Sendetaste des Funkgerätes und rief:

»Koblenz-Moselhöhe-Info, die Delta-Charlie-Charlie abflugbereit am Rollhaltepunkt Piste 28 für einen Lokalflug.«

»Charlie-Charlie«, antwortete der gut gelaunte Flugleiter im Funk, »Anflug frei, Crosswind aus Drei-Fünf-Null Grad, zwölf Knoten.«

»Verstanden, danke. Charlie-Charlie rollt auf und startet!«, funkte Justus zurück.

Der Flugplatz hatte eine 950 Meter lange, asphaltierte Start- und Landebahn in der Ausrichtung 28/10, das bedeutete 280

Grad Kompasskurs nach Westen und in Gegenrichtung 100 Grad. Parallel daneben verlief die etwas kürzere Graspiste, die hauptsächlich den Segelfliegern zur Verfügung stand. Dass er Seitenwind beim Start und später bei der Landung haben würde, hatte er schon dem Wetterbericht entnommen und an der Stellung des Windsacks gesehen, der gegenüber dem Tower gut sichtbar neben der Landebahn auf der Abstellfläche für Flugzeuge platziert war. Zwölf Knoten Wind von vorne rechts waren aber kein Problem, auch nicht mit dem kleinen Ultraleichtflugzeug. Seitenwindstarts- und Landungen hatte Justus oft genug geübt.

Justus schob den Gashebel leicht nach vorne und ließ das Flugzeug auf die Schwelle der Piste 28 rollen. Er richtete das Flugzeug genau auf die Mittellinie der Piste aus, dann gab er Vollgas. Beim Anrollen musste er mit dem Steuerknüppel einen leichten Querruderausschlag nach rechts geben und mit den Seitenruderpedalen die Richtung korrigieren, damit das Flugzeug durch den Seitenwind nicht ausbrach. Schon nach etwa einhundertfünfzig Metern Rollstrecke hob das Flugzeug ab und Justus ließ es immer noch der Piste folgend leicht schiebend steigen. Im Steigflug ergriff er den Steuerknüppel kurz mit der linken Hand, um mit der rechten Hand seine Startzeit auf einem Zettel, den er auf seinem Kniebrett befestigt hatte, zu notieren. Der Steuerknüppel war in diesem Flugzeug für Pilot und Copilot, beziehungsweise Fluglehrer, leicht zugänglich in der Mitte des Cockpits angebracht, was das Steuern mit der linken Hand vom Pilotensitz aus, der sich links im Cockpit befand, sehr erschwerte. Justus griff den Steuerknüppel schnell wieder mit der rechten Hand, korrigierte die Fluglage und ließ das Flugzeug nach rechts in den vorgeschriebenen Querabflug eindrehen. Unter ihm spiegelten sich die Wolken in der Mosel und am Horizont konnte er die *Hohe Acht*, den mit 746,9 Metern höchsten Berg in der Eifel sehen. Die *Hohe Acht* befand sich in der Nähe des Nürburgrings. Die Kaltfront hatte klare Luft mitgebracht, so dass die Sicht sehr gut war. Wiederum beschlich Justus Sessenroth ein Gefühl des Glücks und des Friedens. Der Ärger des Arbeitstages war vergessen. Das sonore Brummen des Motors störte ihn nicht, es wurde auch etwas durch die Kopfhörer gedämpft. Justus konzentrierte sich auf den Flug und checkte hin und wieder die Instrumente. Er beendete den Steigflug beim Erreichen der Platzrundenhöhe, verließ die Platzrunde und flog in nordwestlicher Richtung weiter. Kurz vor dem kleinen Ort Sessenroth, den er schon nach wenigen Minuten erreichte, zog er den Gashebel zurück und ließ das Flugzeug auf 1200 Fuß über Grund sinken. Er fuhr die Klappen auf zehn Grad aus und flog langsam flache Kreise rund um den Ort, um ihn zu fotografieren. Das Ultraleichtflugzeug, das er flog, war ein Hochdecker, so dass er problemlos durch das vor dem Flug gereinigte Plexiglas der linken Seitentür seine Fotos schießen konnte. Dann flog er zurück zum Flugplatz und meldete sich über Funk, kurz bevor er in den Gegenanflug zur Piste 28 eindrehte. Der Flugleiter bestätigte die Meldung nur durch zweifaches Betätigen der Sendetaste, was ein zweifaches Knacken in Justus' Kopfhörer zur Folge hatte. Als Justus mit dem Flugzeug in den Queranflug einflog, meldete sich der Flugleiter mit ruhiger Stimme im Funk:

»Charlie-Charlie, kein gemeldeter Verkehr, Wind immer noch cross, Drei-Fünf-Null Grad, zwölf Knoten, QNH 1014.«

Instinktiv betätigte Justus den Drehknopf am Höhenmesser und stellte den Luftdruck 1014 Hektopascal in der kleinen Seitenscala ein. Der Höhenmesser würde ihm jetzt genauer die aktuelle Flughöhe über dem Meeresspiegel anzeigen. Das war insbesondere im Flugplatzbereich wichtig zur Einhaltung der vorgeschriebenen Höhe für die Platzrunde, die im Anflug abgeflogen werden musste. Diese Flughöhe von 1600 Fuß unterschritt er aber bereits kurz nach Einfliegen in den Queranflug, weil er nicht zu hoch anfliegen wollte. Es sollte wie immer eine Punktlandung im Bereich der Landebahnschwelle der Piste 28 werden, aber jede Landung war immer wieder eine neue Herausforderung, besonders bei Seitenwind.

Im Queranflug nahm er das Gas etwas zurück, um das Flugzeug auf die Anfluggeschwindigkeit zu bringen.

»100 Stundenkilometer bei diesem Wind«, sagte er zu sich selbst. Er zog den Klappenhebel, um die Landeklappen auf zehn Grad einzustellen. Dann rief er über Funk:

»Charlie-Charlie dreht jetzt in den Endanflug zur Piste 28 ein.«

Vorher hatte Justus sich vergewissert, dass der Luftraum im Anflugbereich und die Piste 28 wirklich frei waren. Die Flugleiter an Verkehrslandeplätzen gaben zwar über Funk wichtige Informationen für den Flugbetrieb durch und erteilten auch Kommandos zur Gefahrenabwehr, aber dennoch waren die Piloten, insbesondere wenn sie nach Sichtflugregeln flogen, alleinverantwortlich für ihren Flug. Als Pilot musste man ständig Ausschau halten. Nicht nur bei der Landung, sondern während des gesamten Fluges.

Im Sinkflug nahm Justus das Gas weiter zurück und vergewisserte sich, dass die Anfluggeschwindigkeit etwa 100 Stundenkilometer betrug und der Zeiger des Fahrtmessers somit im weißen Bereich stand. Die richtige Anfluggeschwindigkeit war im Flughandbuch eines jeden Flugzeugs vorgegeben. Flog man zu langsam, konnte man einen gefährlichen Strömungsabriss provozieren, was insbesondere in Bodennähe zu schlimmen Unfällen führen würde. War man zu schnell, brauchte das Flugzeug am Boden eine viel zu lange Strecke zum Ausschweben, zum Abbauen der Geschwindigkeit. Es galt, die im Flughandbuch angegebene Geschwindigkeit zu fliegen und je nach Windverhältnissen entsprechend anzupassen. Beim Motorflug wurde die Geschwindigkeit allein mit der Motorleistung durch entsprechende Stellung des Gashebels eingestellt. Der Anflugwinkel wurde mit dem Höhenruder kontrolliert. Beim Segelflug war die Landetechnik anders, weil es keinen Motor gab. Hier kontrollierte man die Geschwindigkeit allein mit dem Höhenruder und den Sinkflug zusätzlich durch Betätigen der Bremsklappen.

Als der Zeiger des Fahrtmessers die richtige Landegeschwindigkeit anzeigte und dabei im weiß markierten Bereich stand, fuhr Justus die Landeklappen voll aus. Leicht schiebend ließ er das Flugzeug im Endanflug weiter in Richtung Landebahnschwelle sinken. Er drückte den Steuerknüppel nochmals leicht nach vorne und nahm dann das Gas ganz heraus. Dabei hatte er wie immer die Anweisung seines ehemaligen Fluglehrers in solchen Situationen in den Ohren:
»Nachdrücken! Flugzeugnase runter! Nase zielt eine Handbreit vor die Landebahnschwelle! Gas raus, abfangen!«
Kurz vor dem Ausschweben ließ Justus die rechte Tragfläche etwas hängen und trat ins linke Seitenruderpedal. So konnte ihn der Seitenwind nicht versetzen. Diese Landetechnik hatte schon Andreas Schneider, sein Onkel, bei einem ehemaligen Jagdflieger aus Thalfeld erlernt. Stolz hatte er sie weitervererbt, auch an Justus. »So kann dir bei Landungen nichts passieren und du kommst auch bei Landungen auf sehr kurzen Pisten klar.«
Im Ausschwebezustand ließ Justus das Flugzeug bewusst mit dem rechten Rad zuerst aufsetzen, indem er die rechte Tragfläche noch immer leicht im Wind hängen ließ. Dabei sorgte er weiterhin mit Seitenruder links dafür, dass sich die Flugzeugnase entlang der Mittellinie der Landebahn ausrichtete und das Flugzeug nicht schiebend aufsetzte.
»Wie im Lehrbuch«, rief der Flugleiter lachend über Funk.
»Gelernt ist gelernt und ständige Übung macht den Meister«, dachte Justus grinsend. Er war stolz darauf, dass er sauber landen konnte. Er gab diese Landetechnik auch an seine Flugschüler weiter. Bei Landungen manch anderer Piloten musste man

sich seiner Meinung nach wirklich fragen, wer ihnen das Fliegen beigebracht hatte. Zu hoch, zu schnell, zu früh abgefangen,
gerade noch so hingehauen, aus zwei Metern runtergefallen,
oder durchgestartet. Solche Landungen sah man oft. Auf vielen
Flugplätzen.

Nach etwa zweihundert Metern Ausrollstrecke ließ Justus das
Flugzeug von der Asphaltpiste abrollen. Am Hangar angekommen schaltete er Funk und Transponder aus, danach den Motor
und den Hauptschalter. Er nahm den Kopfhörer ab und genoss
die Stille, wie er es immer tat nach einem Flug. Nachdem er den
Betriebsstundenzähler abgelesen hatte, den Zählerstand und
seinen Flug in das Bordbuch des Flugzeuges eingetragen hatte,
entnahm er sein Flugbuch aus seiner Pilotentasche und trug
auch hier den Flug ein. Der Flug hatte nur fünfundzwanzig Minuten gedauert.
Justus legte seine Fliegertasche in sein Auto, öffnete das Rolltor
des Hangars und schob das Flugzeug an den Abstellplatz zurück. Er überlegte, ob er im Vereinsheim noch einen Kaffee trinken sollte, denn er hatte gesehen, dass sich dort ein paar Leute
aufhielten. Aber dann beschloss er, im Flugplatzrestaurant eine
Pizza zu essen.

Der Flugplatz Moselhöhe war in den siebziger Jahren angelegt
worden. Betreiber war eine Firma, die Autoteile, genauer gesagt
Kupplungen, Bremsscheiben und Getriebeteile herstellte und
diese europaweit vertrieb. Der Geschäftsführer war ein begeis-
terter Pilot und hatte aus der Luft erkannt, dass das *Moselhöhe* genannte Gelände sich gut für einen Flugplatz eignen würde. Nicht
nur die Nähe zu einer Autobahn war für seine Firma von Vorteil,
sondern von hier aus konnten die Produkte sozusagen mit dem
Flugzeug zum nächsten Fließband gebracht werden, wenn es die
Abnehmer eilig hatten. Mittlerweile besaß die Firma mehrere

einmotorige Turboprop-Flugzeuge für Fracht- und Passagierflüge. Die Flugzeuge boten einer größeren Menge Fracht oder neun Passagieren Platz und konnten auf kurzen Landebahnen starten und landen. Die Reisegeschwindigkeit betrug rund 340 Stundenkilometer, so dass die meisten europäischen Autohersteller schnell mit Ersatzteilen beliefert werden konnten, wenn die herkömmlichen Lieferwege einmal wieder nicht funktionierten.

Als der Flugplatz damals eröffnet wurde, hatte der Luftsportverein sich mit vier Segelflugzeugen und einem Reisemotorsegler ebenfalls hier angesiedelt und sein bisheriges Fluggelände verlassen. Der Flugverkehr des Flugplatzes Koblenz-Moselhöhe war in den letzten Jahren rasant angewachsen. Der Flugplatz war als Verkehrslandeplatz klassifiziert und bot der allgemeinen Luftfahrt eine wichtige Plattform. Die Nutzung des Flugplatzes beschränkte sich nicht nur auf Geschäftsreise- und Frachtflüge. Neben dem Luftsportverein gab es eine gewerbliche Flugschule, bei der man eine Ausbildung zur Privatpilotenlizenz und zur Berufspilotenlizenz absolvieren sowie die Kunstflugberechtigung erwerben konnte. Weiterhin gab es eine Flugzeugwerft und eine weitere Flugschule zur Ausbildung von Helikopterpiloten. Der Flugplatz war ein beliebtes Ausflugziel für in- und ausländische Piloten. Das lag nicht nur an der guten Lage, sondern auch an den immer gut gelaunten und hilfsbereiten Flugleiterinnen und Flugleitern auf dem Tower und dem inzwischen bundesweit und über die Grenzen hinaus bekannten Restaurant. Als dieses damals eröffnet wurde, hatte es noch die Atmosphäre einer kleinen, familiären Kneipe gehabt. An einer der Wände hingen die Schlipse, die den Flugschülern der Flugschule nach ihrem ersten Alleinflug abgeschnitten worden waren. Bei den Flugschülerinnen war es stattdessen ein Träger des Büstenhalters. Außerdem bekam jeder Alleinflieger bzw. Alleinfliegerin von seinen/ihren Kameraden und Fluglehrern den Hintern versohlt, eine immer noch übliche Sitte in ganz Deutschland. Hiervon hatte man damals mit Sofortbildkameras Bilder gemacht und auch diese in der Flugplatzkneipe aufgehängt. Die Wirtsleute, ein Ehepaar, waren gutmütig und zuvorkommend. Wenn Justus als wehrpflichtiger Bundeswehrsoldat wieder einmal nicht genügend Geld in der Tasche hatte, bekam er oft kostenlos einen *Strammen Max* und ein *Bier*, ohne das eine Gegenleistung von ihm erwartet wurde. Seine Augen füllten sich mit Tränen, wenn er daran dachte, dass beide Wirtsleute längst verstorben waren. Das heutige Restaurant sah ganz anders aus als damals und hatte eine abwechslungsreiche Speisekarte. Auf der Dach-Terrasse sitzend konnte man beim Essen oder bei Kaffee und Kuchen den Flugbetrieb beobachten. Außerdem hatte man von hier oben einen herrlichen Blick auf die angrenzenden Weinberge. Zu allen Jahreszeiten trafen hier Piloten auf Wanderer und Spotter, die mit ihren Kameras Flugzeuge fotografierten.

Justus konnte es kaum noch erwarten, Annies Antwort auf seine E-Mail zu lesen. Doch am Abend nach dem kurzen Rundflug über Sessenroth musste er zunächst noch einen Artikel schreiben, danach noch an der Gestaltung einer Homepage für einen Kunden arbeiten und erst dann konnte er sich auf Annies Antwort konzentrieren.

Sie schrieb in Englisch:
Dear Justus,

danke für deine Antwort. Sehr freundlich von dir, dass du mir helfen möchtest, die Historie meiner Familie zu erforschen. Ich hoffe, es macht dir nicht zu viel Arbeit. Vielleicht findest du dabei ja auch etwas Interessantes über deine Familie heraus. Die Geburtsdaten meiner Urgroßeltern sind:

John Sessenroth, geb. September, 17, 1900, Ann Mary Sessenroth, geb. Juli 1902. Auf den Einwanderungspapieren befindet sich ein großer Fleck und es fehlt eine Ecke Papier, so dass das Geburtsdatum meiner

Urgroßmutter nicht vollständig lesbar ist. Anbei eine gescannte Kopie der Einwanderungspapiere und anbei auch ein Bild von mir, damit du weißt, mit wem du Kontakt hast. Ich bin neununddreißig Jahre alt. Ein Treffen im Juli sollten wir arrangieren können. Bitte teile mir kurzfristig mit, wann du Zeit hast. Wir können uns in Oshkosh treffen oder gerne auch in Milwaukee. Ich hoffe, mein Dienstplan lässt das zu. Ansonsten können wir uns auch irgendwann einmal in Frankfurt treffen, wenn ich dort Aufenthalt habe. Hin und wieder fliege ich Langstrecke, zweitweise auch nach Germany. Ich freue mich auf ein Treffen. Kind Regards, Annie.

Justus öffnete die beigefügte Datei und betrachtete das Bild. Es zeigte Annie smart und schick aussehend in einer blaugrünen Stewardessen-Uniform. Auf dem Kopf trug sie ein für ihre Airline obligatorisches Hütchen. Ihre hellblonden Haare hatte sie unterhalb des Hütchens keck zu einem Pferdeschwanz zusammengebunden.

»Wow! Ein absolut perfektes Aussehen für eine neue Verwandte«, dachte Justus und schmunzelte.

Die Einwanderungspapiere druckte er aus und sah sie sich an. Man konnte tatsächlich den Ort der Auswanderung nicht vollständig lesen.

»Der letzte Buchstabe könnte ein *t*, bestenfalls ein *h* sein«, dachte Justus. »Damit wäre Thalfeld raus.«

Die Tinte, mit der die Namen und die Geburtsdaten von Annies Urgroßeltern geschrieben worden waren, war bereits etwas verblasst, aber Justus konnte erkennen, dass auf dem Dokument *Anna-Maria und Johann Sessenroth* geschrieben stand.

Er schrieb Annie eine kurze Nachricht zurück:

Dear Annie,
es wird sicher nicht einfach werden, herauszufinden, wo deine deutschen Vorfahren gelebt haben und warum sie in die USA emigriert

sind. Der Name kommt in Deutschland selten vor, aber er findet sich an vielen unterschiedlichen Orten im ganzen Land verteilt. Den in den Papieren angegebenen Ort der Auswanderung kann ich auch nicht lesen. Der letzte Buchstabe des Ortes scheint ein t, vielleicht auch ein h zu sein. Damit wäre mein Heimatort Thalfeld nicht der Ort deiner Vorfahren. Ich werde mit der Suche in Sessenroth beginnen und melde mich zurück, sobald ich die ersten Schritte gemacht habe. Wenn es für dich einfacher ist, können wir uns auch in Milwaukee treffen. Mein Rückflug nach dem AirVenture geht ohnehin von Milwaukee über Detroit, Michigan, nach Frankfurt. Vielleicht kann ich meinen Rückflug noch umbuchen und ein paar Tage länger in den USA bleiben. By the way: Ich bin Privatpilot und habe heute den Ort Sessenroth aus der Luft fotografiert. Anbei die Bilder. Es ist ein sehr kleiner Ort. Aber vielleicht kamen deine Vorfahren ja aus einem anderen Ort.
Ich bin übrigens *neunundvierzig Jahre alt. Mehr in einer späteren E-Mail.*

Justus schloss seine Kamera an seinen PC an und zog die Bilder von Sessenroth auf die Festplatte. Er kopierte die vier schönsten Bilder in die E-Mail an Annie und noch ein weiteres, das ihn als Pilot kurz vor dem Start in seiner ASW 20 zeigte. Dann schickte er die E-Mail ab.

4. Kapitel

Flugplatz Thalfeld/Westerwald, 19. Juli 2009

Vor der Trennung von Frauke flog Justus meistens samstags, während er sonntags etwas mit Frauke und den Kindern unternahm. Wenn aber der Wetterbericht für sonntags gutes Segelflugwetter voraussagte, oder Justus als Fluglehrer benötigt wurde, warf er diese ungeschriebene Regel oft über Bord, erledigte samstags Arbeiten zu Hause und fuhr sonntags zum Flugplatz. Frauke hatte das lange Zeit klaglos ertragen, sich aber irgendwann gefragt, ob das alles sei, was sie von einer Ehe mit Justus erwarten konnte. Jetzt, da Justus getrennt von seiner Frau und seinen Kindern lebte, verbrachte er so viel Zeit wie möglich in der Luft, hauptsächlich mit Segelflugzeugen, manchmal, auch bei grenzwertigen Wetterlagen, mit Motor- und Ultraleichtflugzeugen. Die Fliegerei war für ihn eine Flucht aus dem Alltag geworden und neuerdings gewannen die, die ihn kannten, mehr und mehr den Eindruck, dass er vor sich selbst floh. Die Einsamkeit am Himmel hatte er immer genossen, solange er wusste, dass er zu Hause von seiner Frau und einen Kindern freudig erwartet wurde, wenn er vom Flugplatz kam. Jetzt fühlte er sich auch zu Hause einsam. Hier wartete nur seine Arbeit auf ihn.

Heute, an einem Sonntag, wollte er nicht den ganzen Tag am Segelflugbetrieb teilnehmen. Nach dem Ausräumen und dem Check der Flugzeuge machte er als Fluglehrer nur ein paar Übungsflüge mit Flugschülern. Er beabsichtigte, gegen fünfzehn Uhr nach Thalfeld zu fliegen, um das Grab seiner Eltern zu besuchen. Justus war erst fünf Jahre alt gewesen, als seine Eltern, bei einem schrecklichen Autounfall auf dem Brennerpass starben. Eva-Maria und Georg Sessenroth wollten damals ihre Hochzeitsreise nachholen. Die Reise zum Gardasee wurde eine Reise in den Tod. Beide waren damals erst dreißig Jahre alt. Justus hatte kaum Erinnerungen an Vater und Mutter. Nur ein paar vergilbte Bilder aus einem Familien-Bilderalbum, das er kürzlich gescannt hatte, damit die Bilder digital erhalten blieben. Justus war bei seinem Onkel und bei seiner Tante aufgewachsen. Sein Onkel Andreas und seine Tante Barbara, die Schwester seines Vaters, hatten ihm zeitlebens Vater und Mutter ersetzt. Sein Onkel Andreas Schneider war ursprünglich Schreiner, wie auch Justus' Vater und sein Großvater, aber die Fliegerei hatte Andreas schon von Kindesbeinen an interessiert. 1944 war der von der Wehrmacht in den dreißiger Jahren angelegte Thalfelder Flugplatz von der Luftwaffe aktiviert worden. Schon als kleiner Junge war Andreas Schneider in Begleitung seiner Spielkameraden zum Flugplatz gelaufen, um sich die dort getarnt abgestellten Jagdflugzeuge anzusehen. Meistens war er von den Soldaten verscheucht worden, aber irgendwann hatte ihm ein Offizier erlaubt, in eine Bf 109 einzusteigen. Viel später, Anfang der fünfziger Jahre, erlernte Andreas das Segelfliegen in der hiesigen Luftsportgruppe. In den sechziger Jahren begann er mit dem Motorflug und hatte bald auch seine Fluglehrerlizenz in der Tasche. Als er genügend Pflicht-Flugstunden erflogen hatte, legte er nach ausgiebigem Büffeln die Prüfung zur Berufspilotenlizenz ab und erwarb wenige Jahre später auch die Lizenz für Flüge nach Instrumentenflugregeln. Danach stieg er aus der Schreinerei seines Schwiegervaters aus, um sich ausschließlich als Berufspilot zu betätigen. Er machte sich selbstständig, verwendete einen Teil seines Erbes, nahm zusätzlich einen Kredit auf und erwarb ein zweimotoriges Flugzeug, mit dem er europaweite Geschäftsreiseflüge anbot. Das Flugzeug bot sechs Passagieren Platz und die Blindflugausrüstung erlaubte Flüge bei nahezu jedem Wetter. Andreas' Kunden waren Geschäftsführer und Ingenieure mittelständiger Firmen, die von einem Termin zum nächsten reisen mussten, europaweit.

Justus wuchs ab Mitte der sechziger Jahre auf dem Flugplatz

Thalfeld auf. Nach der Schule aß er bei seiner Tante zu Mittag und lief danach mit eilenden Schritten die Anhöhe hinter dem Dorf hinauf zum Flugplatz. Wenn sein Onkel ihn nicht mitnehmen konnte, versuchte er bei einem anderen Piloten einen Mitflug zu ergattern. Wenn er Probleme mit Matheaufgaben hatte, fand sich fast immer ein Flugschüler, der ihm bei den Hausaufgaben half. Schon mit zwölf Jahren konnte Justus als Copilot eine kleine einmotorige Cessna fliegen, allerdings noch nicht sauber starten und landen. Wenn er seinen Onkel und seine Tante an Samstagabenden in die Flugplatzkneipe begleitete, um am Stammtisch der Piloten zu essen, hörte er sich interessiert die Berichte der älteren Piloten an, die den Krieg als Bomberpiloten oder als Jagdflieger überlebt hatten. Ihre Erlebnisse weckten in ihm das Interesse für das Gelände des Thalfelder Flugplatzes, dessen militärische Vergangenheit an vielen Stellen noch sichtbar war. Angrenzend an das Flugfeld befand sich eine Bunker-Ringstraße mit fünf Bunkern, die von den einmarschierenden Amerikanern Ende März 1945 gesprengt worden waren. Diese Bunker, die der Wehrmacht seinerzeit als Munitionslager gedient hatten, zogen Justus als Jugendlicher magisch an. Immer wieder kletterte er in den Trümmern herum. Einmal fand er dabei sogar ein 20-Millimeter-Geschoss, vermutlich für die Propellerkanone einer Bf 109. Stolz hatte er es dem Fluglehrer seines Onkels, einem Kriegsflieger und Chef der Thalfelder Flugschule, gegeben, der es dann vorsichtig lagerte und später dem Kampfmittelräumdienst übergab. Nach diesem Vorfall wurden die Überreste der Bunker nochmals genauestens untersucht und geräumt.

Weil Justus mehr oder weniger auf dem Flugplatz aufwuchs und ein stark ausgeprägtes Interesse an der Fliegerei zeigte, war es nur logisch, dass er sich als 14-jähriger mit Unterstützung seines Onkels im hiesigen Luftsportverein für die Segelflugausbildung anmeldete. Nach fünfundsechzig Starts und Landungen flog Justus sich frei und ein halbes Jahr später wurde er auf den

Übungseinsitzer umgeschult. Sein Großvater und seine Tante Barbara sahen das nicht gerne. Ihnen wäre eine bodenständigere Beschäftigung lieber gewesen.

Justus' Tante Barbara war ihm eine liebevolle Bezugsperson. Als seine Eltern verunglückten, war sie erst siebenundzwanzig Jahre alt. Sie hatte auf eine eigene berufliche Karriere verzichtet und sich um die Erziehung von Justus Sessenroth gekümmert, hatte ihm aufopfernd die Mutter ersetzt. Ihre einzige Tätigkeit neben ihrem Haushalt war die Buchführung der Schreinerei, aber das erfüllte sie nicht. So begann ihre Einsamkeit, denn Andreas, ihr Mann, war selten zu Hause. Sein Beruf als Pilot erforderte einen hohen zeitlichen Einsatz. Tante Barbara war eine kleine, etwas untersetzte Frau. Sie hatte kurze braune Haare und trug fast ausschließlich Hosen. Sie sprach kaum Hochdeutsch. Das war auch in Thalfeld nicht nötig, denn hier wurde noch immer ein auffälliges Platt gesprochen. Tante Barbara war jedem gegenüber hilfsbereit und freundlich und sie engagierte sich ehrenamtlich in der Kirchengemeinde. Kurz nachdem Justus 1979 nach Koblenz zog, um seinen Wehrdienst abzuleisten, kam es zur Trennung zwischen seiner Tante und seinem Onkel. Sein Onkel hatte sich in eine jüngere Frau verliebt, die nicht nur seine fliegerische Leidenschaft mit ihm teilte, sondern sich auch ohne Schwierigkeiten an die bessergestellten Menschen, unter seinen Kunden, anpassen konnte und wollte. Barbara stammte, wie Andreas, aus einem einfachen, dörflichen Umfeld, aber sie war, wie er fand, hinter ihm zurückgeblieben, was Kultur, Politik und Weltoffenheit anbelangte. Ihr Platt und ihre dörflichen Themen interessierten seine Kunden nicht.

Als Justus ein Ultraleichtflugzeug für den Flug nach Thalfeld betankte, stand plötzlich Carola neben ihm.

»Nimmst du mich mit?« Sie schaute ihn erwartungsvoll an.

»Gerne, wenn du einen etwas emotionalen Trip ertragen kannst.

Ich fliege heute nicht zum Kaffeetrinken nach Thalfeld. Ich möchte das Grab meiner Eltern besuchen. Es ist ihr vierundvierzigster Todestag.«

»Oh, das habe ich nicht gewusst. Nimmst du mich trotzdem mit?«

Energisch wie immer schaute sie ihm in die Augen.

»Musst du dich nicht am Segelflugbetrieb beteiligen?«

»Nein, nicht unbedingt. Ich bin heute noch nicht geflogen, so dass ich der Crew nichts schuldig bin. Und zum Einräumen sind wir doch sicher zurück, oder?«

»Ja, das schaffen wir locker.«

Gemeinsam schoben sie das Ultraleichtflugzeug auf einen freien Platz auf der Wiese neben dem Vorfeld. Weil der Hochdecker des Vereins für die Schulung genutzt wurde und gerade unterwegs war, hatte Justus den schnelleren Tiefdecker für seinen Flug reserviert.

»Wenn du möchtest, kannst du auf dem Pilotensitz platznehmen und steuern. Als Fluglehrer kann ich rechts sitzen und den Flug als Schnupperflug verbuchen«, sagte Justus einladend zu Carola. Er kletterte auf die Tragfläche am Cockpit und legte ihr die Anschnallgurte zurecht.

»Das ist mein erster Flug mit einem Ultraleichtflugzeug. Ich weiß nicht, ob ich das kann.«

»Start und Landung mache ich natürlich selbst«, sagte Justus lachend. »Sonst liegen hier am Ende noch die Brocken auf der Piste.«

»Mach dich nur lustig über mich. Ich lerne das noch irgendwann.«

Nachdem Carola sich ein zusätzliches Rückenkissen besorgt hatte, kletterte sie auf den linken Sitz und schnallte sich an.

Der Start bei Ostwind auf der Piste 10 erfolgte problemlos. Als sie aus der Platzrunde herausgeflogen waren, forderte Justus Carola auf, die Steuerung zu übernehmen.

»Lass sie auf 5000 Fuß über Main Sea Level steigen, dann beende den Steigflug und gehe auf Kurs. Ich bleibe mit am Steuerknüppel und in den Pedalen, korrigiere aber nur, wenn es nötig ist.«

»Gar nicht so einfach«, sagte Carola nach einer Weile aufgeregt über die Intercom-Anlage.

»Der Kartenkurs beträgt Null-Vier-Neun Grad. Schau einmal auf die Karte, da habe ich Kurs und Gegenkurs an der Kurslinie notiert. Wir haben heute nur einen schwachen Gegenwind, fast genau auf der Nase, so dass wir kaum einen Luvwinkel fliegen müssen«, sagte Justus.

»Aha, verstehe«, antwortete Carola. Angestrengt und konzentriert schaute sie abwechselnd auf die Instrumente und beobachtete den Luftraum vor ihnen.

»Anders als beim Segelflug musst du die Reiseflughöhe genau einhalten«, erklärte Justus.

»Wir reduzieren jetzt etwas die Motorleistung für den Reiseflug, dann trimmst du dir das Flugzeug so aus, dass das Horizontbild, also der Abstand des Horizontes von der Haubenkante, gleichbleibt. Der Variometer sollte dir dann Null anzeigen.«

»Der unruhige Kompass macht mich verrückt«, sagte Carola nach einer Weile.

»Weil du nervös bist und nicht sauber geradeaus fliegst. Such dir einfach einen markanten Punkt auf der Strecke und flieg darauf los. Beispielsweise in Richtung des Autobahndreiecks, das da vor uns liegt. Dann lies den Kompass ab und halte den angezeigten Kurs. So erfliegst du dir gleichzeitig auch den Luvwinkel. Wenn du den markanten Punkt überflogen hast, suchst du dir am Horizont in Flugrichtung einen neuen Punkt.«

Justus deutete nach vorne und zeigte Carola auch, wie sie die Luftfahrerkarte halten musste, um das unter ihnen liegende Gelände auf der Karte zu identifizieren.

»Die Karte auf dem Kniebrett in Kursrichtung ausrichten, dann ist es einfacher!«

Mit etwas Übung gelang es Carola bald, den Kurs zu halten. Auf ihrer Stirn bildeten sich kleine Schweißperlen. Justus zog ein Taschentuch aus der Seitentasche des Cockpits und trocknete damit Carolas Stirn. Sie dankte ihm nickend und konzentrierte sich weiter angestrengt auf den Flug.

Nach fünfundzwanzig Minuten Flugzeit kam der Flugplatz Thalfeld in der Ferne in Sicht. Carola entdeckte ihn aber nicht.

Justus gab ihr Tipps: »Wir befinden uns kurz vor der Stadt Rennerod. Siehst du die große grüne Fläche geradeaus vor uns am Horizont? Das ist unser Ziel, der Flugplatz Thalfeld. Dahinter fällt das Gelände nach Osten ab und dort siehst du die Spitze eines hohen Fabrikschornsteins. Die Anhebung rechts vor dem Flugplatz Thalfeld nennt man Bartenstein. Halblinks von uns siehst du die Fuchskaute, das ist mit 657 Metern über NN die höchste Erhebung des Westerwaldes.«

»Ist das da links der Flugplatz Thalfeld?«, fragte Carola unsicher.

»Nein. Das ist zwar ein Flugplatz, aber es ist der Nachbarflugplatz von Thalfeld.« Justus deutete auf die Karte. »Schau hier. Die haben einen Luftraum „*F*" bis 2500 Fuß, der auch Thalfeld einschließt. Die Einrichtung dieses Luftraums dient der Sicherheit der dort nach Instrumenten-Flugregeln an- oder abfliegenden Flugzeuge. Der Luftraum „*F*" wird allerdings nur bei Bedarf aktiviert. Ist dies der Fall, dürfen Flüge nach Sichtflugregeln in diesem Luftraum nicht durchgeführt werden, wenn gleichzeitig bestimmte Wetterbedingungen nicht gegeben sind. Heute herrschen Gott sei Dank die notwendigen Sichtflug-Wetterbedingungen, die uns erlauben, diesen Luftraum zu durchfliegen, ohne uns zwingend über Funk bei denen melden zu müssen, wenn wir in Thalfeld landen wollen. Außerdem sehen uns die Kollegen auf ihrem Radar, weil unser Transponder aktiviert ist. Darüber hinaus hören sie, auf Grund einer internen Vereinbarung, den Funkverkehr von Thalfeld mit.«

»Aha! Danke, Fluglehrer, für die ausführliche Erklärung«, sagte

Carola und blickte Justus dabei verliebt von der Seite an. »Wieder etwas gelernt! Die Luftraumstruktur haben wir im Winter im Theorieunterricht anhand der ICAO-Luftfahrtkarte ausführlich besprochen.«

»Das ist auch gut so«, sagte Justus. »Es kann gefährlich werden, wenn man die luftrechtlichen Bestimmungen missachtet. Luftraumverletzungen können sogar als Straftat geahndet werden.«

»Ist es nicht Zeit, dass wir uns über Funk bei der Thalfelder Flugleitung melden?«

Carola hatte kürzlich die Prüfung zum Funksprechzeugnis bestanden, deshalb bestand sie darauf, den Funkverkehr mit Thalfeld durchzuführen.

»Ihr könnt direkt die Piste 07 anfliegen, kein gemeldeter Verkehr«, rief der Flugleiter zurück.

»Gas leicht zurücknehmen und mit 500 Fuß pro Minute sinken, zunächst auf 2850 Fuß! Dabei das Variometer im Auge behalten!«, kommandierte Justus. »2850 Fuß ist die Platzrundenhöhe hier.«
Justus deutete auf die Anflugkarte des Flugplatzes Thalfeld, die er in der Hand hielt. Auf dieser Karte war die Platzrundenführung für an- und abfliegende Flugzeuge genau eingezeichnet. »Und pass bitte auf die Windräder vor uns auf. Diese sind sehr hoch und wenn du zu tief fliegst, wird's gefährlich.«

Im Endanflug auf die Piste 07 übernahm Justus die Steuerung. Er landete das Ultraleichtflugzeug bewusst so, dass das Flugzeug erst in der Mitte der Landebahn aufsetzte. Dadurch vermied er einen langen Rollweg und konnte das Flugzeug früher von der Piste abrollen lassen. Nach dem Abstellen des Flugzeugs auf einer gemähten Rasenfläche gegenüber dem Hangar gingen Carola und Justus zur Flugleitung auf den Tower, um die Landegebühr zu bezahlen. Der Flugleiter war ein Fliegerkamerad von Justus aus alten Zeiten. Auch er hatte damals der Jugendgruppe angehört, als sie noch Flugschüler waren.

»Gerhard«, sagte der Flugleiter zur Begrüßung und schüttelte

Carola kräftig die Hand. Zuvor hatte er sie von Kopf bis Fuß angesehen. »Wenn alle Flugschülerinnen so hübsch wären, würde ich glatt noch meine Fluglehrer-Lizenz machen«, witzelte er und bewunderte Carolas wohlgeformten Körper und ihr liebliches Gesicht.

»Carola«, sagte sie lächelnd ohne auf die Anspielung zu reagieren. Sie sah sich in der Flugleitung um. In einem Aufbau auf dem Schreibtisch des Flugleiters waren das Funkgerät und das Bediengerät sowie die Anzeige für den Funkpeiler untergebracht. Auf dem Schreibtisch lag das Mikrofon für den Funk. Daneben standen die Tastatur und der Bildschirm eines Computers. Eine auf dem Bildschirm geöffnete Computer-Applikation diente zur Erfassung der Starts- und Landungen und zur Abrechnung der Landegebühren. Ein ebenfalls im Aufbau auf dem Schreibtisch integriertes Instrument zeigte die aktuelle Windrichtung und die Windstärke an.

»Ganz schön viel los hier heute«, sagte Justus ironisch zur Begrüßung.

»Ja«, sagte der Flugleiter. »Es ist nicht mehr so, wie in den alten Zeiten, in den Siebzigern. Unsere jährliche Anzahl von Starts und Landungen ist leicht zurückgegangen. Die Flugschule hat kaum noch Schüler und unser Verein kann den Mitgliederbestand gerade so halten. Wenigstens hat sich unser Flugplatz in den letzten Jahren zu einem Hotspot für Fallschirmspringer entwickelt. Es kommen viele Besucher her, um sich das anzusehen und einige wagen auch einen Tandemsprung.«

»Würde ich nie machen«, sagte Justus. Für ihn war es unlogisch, aus einem funktionierenden Flugzeug herauszuspringen. Der Kick des freien Falls, den die Springer offensichtlich brauchten, bedeutete ihm nichts.

»Warum habt ihr bei diesem guten Wetter heute keinen Segelflugbetrieb?« Justus blickte aus den großen Fenstern des Towers über das Flugfeld. Er erinnerte sich dabei genau an die Stelle, an der Ellens zerstörtes Flugzeug nach dem Unfall gelegen hatte. Er hatte das schreckliche Bild ganz plötzlich wieder vor seinen Augen. Aber es gelang ihm, seine Gefühle vor Carola und dem Flugleiter zu verbergen.

»Die Segelflieger sind mit Mann und Maus und mit allem was fliegt im Sommerlager. Auf einem Flugplatz irgendwo in den Alpen«, sagte der Flugleiter.

»Alpensegelflug muss herrlich sein«, meinte Carola.

»Es ist herrlich, aber es ist eine große Herausforderung«, sagte Justus. »Man muss sich dort gut auskennen und sich immer gut vorbereiten. Wetter und Windverhältnisse können oft kritisch werden.«

Zu Carola gewandt sagte Justus: »Mach erst einmal deine Lizenz und sammle etwas Flugerfahrung. Dann kannst du bei den Alpensegelflugschulen in Bayern oder Österreich einen Fliegerurlaub buchen und eine Alpeneinweisung machen.«

»Nur, wenn du mitmachst«, sagte Carola und schaute ihn mit einem fragenden Blick an.

»Justus ist ein Flachlandflieger, bestenfalls ein Mittelgebirgsflieger«, sagte der Flugleiter lachend. »Jeder zweite seiner Flüge geht nach Thalfeld oder nahe daran vorbei.«

»Stimmt nicht ganz«, sagte Justus. »Ich habe einmal eine Alpeneinweisung gemacht und auch bei Föhn einen kleinen Streckenflug dort. Allerdings mit einem erfahrenen Fluglehrer und leider ohne Sauerstoffanlage, so dass wir in 3500 Metern aufhören mussten in der Welle eines Föhnaufwinds zu steigen. Es war trotzdem ein unvergessliches Erlebnis.«

Die alte Kaffeemaschine in der Flugleitung gab zischende Geräusche von sich und zeigte damit an, dass der frisch aufgebrühte Kaffee fertig war.

»Möchtet ihr einen Kaffee?«

»Danke, Gerhard, gerne ein andermal. Wir müssen ins Dorf hinunter. Bis nachher.«

»Tschüss, und Carola, pass auf ihn auf!«

»Immer«, sagte sie lachend.

Der Flugleiter stierte ihr nach, als sie sich zur Treppe bewegte, um mit Justus den Tower zu verlassen.

Auf dem Weg ins Dorf nahm Carola Justus an die Hand. Justus ließ es geschehen.

»Lass uns einen kleinen Umweg gehen«, sagte Justus und zog Carola energisch über die an den Flugplatz angrenzende Landstraße.

»Die fahren hier viel zu schnell. Es hat hier schon oft Unfälle gegeben.«

»Warum, so unübersichtlich ist die Straße doch nicht?«

»Hier treffen Raser auf Langsamfahrer«, erklärte Justus. »Die Raser interessieren sich nicht für den Flugplatz, an dem sie gerade vorbeifahren, die Langsamfahrer schauen im Vorbeifahren in die Luft, um sich die landenden Fallschirmspringer oder auch die Windenstarts der Segelflieger anzuschauen, anstatt auf den Verkehr zu achten.«

Auf dem Weg ins Dorf liefen sie die Bunkerringstraße entlang.

»Als Teenager bin ich oft hier herumgelaufen«, sagte Justus. »Die alten Material- und Munitionsbunker aus dem Krieg faszinieren mich immer noch. Gegen Ende des Kriegs wurden sie von den Amerikanern gesprengt und ihre Überreste wachsen immer mehr zu.«

Carola interessierte das kaum, aber sie ließ sich nichts anmerken. Justus führte sie suchend in ein Waldstück östlich der Bunker, bis er einen rechteckigen Deckel aus dickem Stahl fand.

»Den habe ich als Teenager hier entdeckt«, sagte er stolz. »Das ist der ehemalige Entlüftungsschacht des Thalfelder Braunkohle Bergwerks. Ich weiß von meinem Onkel, dass der Schacht früher vom Gelände des jetzigen Flugplatzes aus nach unten in das Bergwerk verlief und dass er beim Bau des Flugplatzes hierhin verlegt wurde. Ich hab da früher immer Steine reingeworfen und die Sekunden gezählt. Geht ganz schön tief runter. Kürzlich ist er für immer verschlossen worden.«

»Wie hast du diesen Schacht entdeckt?«

»Thalfeld war schon damals eine Hochburg für Fallschirmspringer. Früher hatten die Springer aber noch andere Fallschirme. Das waren noch nichtsteuerbare Rundkappenschirme, mit denen man nicht gegen den Wind fliegen konnte, wie mit den heutigen, steuerbaren Schirmen. Man hatte immer eine Abdrift. Heute sind die Fallschirme hochentwickelt und eher aufgeblasene Tragflächen als Schirme. Nur unsere Rettungsschirme, die wir beim Segelfliegen auf dem Rücken tragen, und auch die Schirme der Rettungssysteme der Ultraleichtflugzeuge sind rund, wenn sie sich öffnen. Ich möchte das nicht erleben müssen.«

»Ich auch nicht«, pflichtete Carola ihm bei.

»Meistens sprangen die Springer damals aus einer Do 27 heraus. Da passten drei Springer und der Pilot hinein. Trotzdem haben mich die Piloten manchmal verbotenerweise mitgenommen. Dann konnte ich zusehen, wenn die Springer umständlich gegen den Fahrtwind rauskletterten und absprangen. Vor dem Absprung wurde der Flugplatz gegen den Wind überflogen. Über dem Flugplatz wurde dann ein Windfähnchen abgeworfen und beobachtet, wo es am Boden aufkam. Daraus wurde die Abdrift ermittelt. Eine ungenaue Methode. Wenn der Absetzpilot den Wind falsch einschätzte, drifteten die Springer zu weit ab, trafen den Flugplatz nicht und landeten im freien Feld. Manche hingen dann auch hier in den Bäumen.«

»Kam das oft vor?«

»Hin und wieder. Manchmal gab es auch Verletzte. Immer wenn ein Springer im Wald landete und in den Bäumen hing, sind wir vom Flugplatz aus losgelaufen, um ihn zu suchen. Irgendwann kam dann die Feuerwehr mit einer Leiter und einer Säge und der Springer wurde aus seiner misslichen Lage befreit. Naja, und bei so einem Marsch durch das kleine Waldstück hier habe ich den Schacht entdeckt.«

»Was fasziniert dich daran so?«

»Dieser Flugplatz und das Dorf sind ein Teil meiner Kindheit und meiner Jugend. Ich habe mir vorgenommen, mehr über die Geschichte meiner Familie, die über viele Generationen hier lebte, herauszufinden. Was den Flugplatz betrifft, er hat ebenfalls eine Geschichte, die mich interessiert. Er war ein Kriegsflugplatz, wenn auch ein eher unbedeutender. Und es war der Flugplatz meiner Jugend.«

Am Grab seiner Eltern ging es Justus nicht gut. Carola nahm ihn fest in die Arme. Nach einer Weile der Stille und des Andenkens sagte Justus leise:

»Autounfall. Ich habe nur ein paar vergilbte Bilder als Erinnerung an meine Eltern. Ein Bild zeigt meine Mutter als junges Mädchen neben einem Moped, das ihrem Vater gehörte. Das andere sind Bilder von der Hochzeit. Von meinem Vater habe ich noch ein Bild, das ihn als Schreiner bei der Reparatur einer Ka 6 Tragfläche zeigt. Er wollte damals auch mit der Fliegerei anfangen, wie mein Onkel, sein Schwager, aber dazu ist es nicht mehr gekommen.«

»Ungewöhnlich, dass die Gräber hier solange erhalten werden. Auf dem Friedhof bei uns ist nach fünfundzwanzig Jahren Schluss«, sagte Carola.

»Hier sind es dreißig Jahre, aber ich konnte erreichen, dass das Grab noch weitere Jahre bleiben darf. Demnächst müssen wir die Gräber wegmachen lassen.«

»Was ist mit deinen Großeltern?«

»Sie leben alle schon nicht mehr.«

»Das tut mir sehr leid«, sagte Carola leise.

»Das Schicksal hat in meinem Umfeld schon mehrmals hart zugeschlagen«, sagte Justus traurig und mit brüchiger Stimme. Dann legte er einen Strauß roter Rosen auf das Grab seiner Eltern. Die Blumen hatte er wie in jedem Jahr in einer Gärtnerei am Friedhof gekauft.

Carola wollte etwas sagen, doch Justus legte sanft seinen rechten Zeigefinger auf ihren Mund. Er zog einen Handy-GPS-Empfänger für Flugnavigation aus seiner Fliegertasche, schaltete das Gerät ein, wartete bis es synchronisierte und speicherte die Position des Grabes seiner Eltern als *Navigations-Waypoint* ab. So würde er die Stelle auch dann wiederfinden, wenn das Grab einmal nicht mehr existierte.

»Hast du noch Angehörige im Dorf?«, fragte Carola.

»Nur noch eine fast gleichaltrige Cousine. Sie lebt in unserem alten Fachwerkhaus, das sie mit ihrem Mann ganz toll renoviert hat. Ihre Mutter, meine Tante Barbara, die mir zeitlebens die Mutter ersetzt hat, lebt in einem Heim in Dillenburg. Sie hatte vor fünf Jahren eine Hirnblutung und sich davon nie wieder richtig erholt. Es gibt Tage, da ist sie ganz klar im Kopf und es gibt Tage, da ist sie völlig hilflos und erkennt niemanden. Ein Trauerspiel.«

Justus ging wortlos zu einem weiteren Grab, Carola folgte ihm.

»Das ist das Grab meiner Jugendliebe, Ellen«, sagte Justus und erklärte Carola, was damals passiert ist.

»Auch dieses Grab wird vermutlich bald entfernt werden müssen.« Carola sah, wie Justus wiederum ein paar Tränen von seinen Wangen abwischte. Justus markierte auch diese Grabstelle in der Waypoint-Liste seines GPS-Empfängers.

»Es muss sehr schwer für dich gewesen sein, diesen schlimmen Unfall deiner Freundin zu verarbeiten.«

»Ja«, antwortete Justus trocken. »Vielleicht verstehst du jetzt, warum ich als Fluglehrer mehr als eine hundertprozentige Leistung von meinen Flugschülern fordern muss. Es darf einfach nicht passieren, dass einer meiner Flugschülerinnen und Flugschüler wegen eines Ausbildungsmangels oder wegen Angst vor der Fliegerei verunglückt. Das würde ich mir niemals verzeihen.«

»Ich verstehe«, sagte Carola nachdenklich. Sie fragte sich plötzlich, ob sie es jemals bis zum ersten Alleinflug schaffen würde. »Ich werde hart daran arbeiten, dir zu gefallen, nicht nur als Flugschülerin.«

Justus antwortete nicht darauf. Wortlos legte er eine einzelne rote Rose auf Ellens Grab ab.

»Nur eine einzelne Rose?«, fragte Carola und schmiegte sich eng an ihn, weil sie fühlte, dass er sehr traurig war.

»Sie war meine Rose. Eigentlich liebte sie Chrysanthemen.«

»Sie mochte in ihrer Jugend schon Friedhofsblumen?«

»Ja, Ellen liebte diese Blumen. Sie interessierte sich sehr für die japanische Kultur. In Japan ist die Chrysantheme eine Nationalblume. Sie wird dort *Kiku* genannt, das bedeutet Abendsonne.«

»Und Herbstchrysanthemen sind in diesem Land das Symbol der Unsterblichkeit«, erklärte Carola. »Ich habe mich auch einmal mit Japan beschäftigt. Herbstchrysanthemen blühen, wenn andere Blumen schon welken. Für die Japaner sind sie nicht nur ein Symbol der Unsterblichkeit, sondern auch ein Symbol der Vollkommenheit.« Carola war glücklich, ihr Wissen über Japan demonstrieren zu können.

Justus kämpfte um seine Fassung. Fast schämte er sich für seine Emotionen. Er zog Carola weg von Ellens Grab und zeigte ihr ein paar Reihen weiter ein anderes Grab.

»Hier haben wir die leere Urne unseres Fluglehrers beerdigt.«

»Ist er auch…«

»Nein.« Justus unterbrach Carolas Frage. »Er starb eines natürlichen Todes. Er war schon recht alt, als er schließlich einer langjährigen Krankheit erlag. Sein letzter Wille war es, dass seine Asche über einem Segelfluggelände hier in der Nähe verstreut wird. Der Luftsportverein dort war, wie viele andere auch, 1951 nach der Wiedererlaubnis des Segelflugs gegründet worden. Mein Fluglehrer war seinerzeit ein Gründungsmitglied dieses Vereins.«

»Seine Asche – habt ihr ihm diesen letzten Wunsch wirklich erfüllt?« Carola freute sich, dass sich die Gefühlslage von Justus wieder etwas stabilisierte.

»Ja«, sagte Justus und lächelte. Die Erinnerungen an damals kamen immer deutlicher zurück.

»Seine Asche wurde vor der Beerdigung vom Bestattungsunternehmer heimlich aus der Urne in ein anderes Gefäß umgefüllt und die Urne mit Sand gefüllt. Der Bestattungsunternehmer war selbst ein Flieger und fragte nicht lange nach Vorschriften. Nach der offiziellen Beerdigung sind wir alle zu dem Nachbarsegelfluggelände gefahren. Die Kollegen dort hatten sich extra einen Oldtimer mit offener Haube ausgeliehen. Einer von den Jungs flog dann in niedriger Höhe langsam über den Flugplatz und streute die Asche aus. Es gibt keine Fotos und die Öffentlichkeit erfuhr nie davon. Sie haben eine kleine Gedenktafel machen lassen, die jetzt am Eingang des Vereinsheims hängt. Anschließend feierten wir kräftig. Auch das war sein Wunsch. Mir oblag es dann, einen Artikel über das Leben meines Fluglehrers zu schreiben. Ich hatte damals gerade mein Studium abgeschlossen.«

»War er ein guter Fluglehrer?«

»Und ob. Er war ein alter Haudegen! Der konnte wirklich fliegen und war außerdem ein guter Kunstflieger. Er kam Anfang der siebziger Jahre der Liebe wegen nach Thalfeld und wurde hier einer unserer Segelfluglehrer. Wir waren damals knapp zwanzig, teilweise noch pubertierende Teenager, darunter auch drei Mädchen. Einige von uns Jungs wollten schnell coole Piloten werden – und den Mädchen zeigen, dass wir tolle Kerle sind. Die Mädchen fanden das natürlich albern. Wir alle mussten erst mal kapieren, dass man sehr viel Theorie lernen muss und Durchhaltevermögen auf dem Flugplatz und bei der praktischen

Ausbildung braucht, bevor man Pilot werden kann. Unser Fluglehrer musste oft hart durchgreifen. Es ging ihm vor allem um Disziplin auf dem Flugplatz und in der Luft. Fehlverhalten wurde sofort mit mehrwöchigem Startverbot bestraft. Ich habe viel von ihm gelernt.«

»Raue Sitten damals. Wurde dein Artikel veröffentlicht?«

»Nein, die Presse hatte kein Interesse daran«, sagte Justus.

»Warum?«

»Mein Fluglehrer interessierte sich schon sehr früh für den Segelflug. Er lernte das Segelfliegen, wie viele seiner Generation, in der Flieger-Hitler-Jugend. Die Jungs wurden oft gegen den Willen ihrer Eltern angeworben und ahnten damals nicht, dass man sie später verachtend als *Menschenmaterial* in einen brutalen und unsinnigen Krieg schicken würde. Dabei war mein Fluglehrer keineswegs politisch interessiert. In der Schule bastelten sie Modelle und das hatte sein Interesse geweckt. Er wollte fliegen lernen. Die Propaganda der damaligen Zeit sorgte dafür, dass viele Jugendliche glaubten, ihr Vaterland verteidigen zu müssen. Und mein Fluglehrer sah darin eine Chance, das mit der Fliegerei zu verbinden.«

»Was wurde aus Deinem Fluglehrer im Krieg?«

»Sie bildeten ihn zum Jagdflieger aus. Er kam aber erst kurz vor Kriegsende noch zum Einsatz und überlebte den Krieg ohne körperliche Verletzungen. Er schoss nur drei feindliche Jagdflugzeuge ab. Alle seine Gegner konnten sich mit ihren Fallschirmen retten und überlebten. Darüber war er im Nachhinein immer sehr glücklich. Er erzählte mir einmal, dass er auch noch einen Bomber beschossen hat. Er konnte aber nicht beobachten, was aus dem Bomber und seiner Crew wurde, weil er selbst angegriffen wurde und abdrehen musste. Bei der Schlacht um die Brücke von Remagen wurde er am 12. März 1945 abgeschossen, sprang mit dem Fallschirm ab und geriet in amerikanische Gefangenschaft.«

»War er auch Ellens Fluglehrer?«

Justus schüttelte den Kopf. »Wir hatten mehrere Fluglehrer damals. Er war nicht auf dem Flugplatz, als es passierte. Er erfuhr davon über Funk, als er von einem Streckenflug nach Hause kam.«

Justus und Carola verließen den Friedhof. Ihr Weg zurück zum Flugplatz durch das Dorf führte an einem Fachwerkhaus vorbei. »Das ist mein Elternhaus«, sagte Justus stolz und deutete auf das Haus. »Hier wuchs ich auf. Das Haus wurde Anfang des neunzehnten Jahrhunderts gebaut. Der Keller ist, wie bei vielen Bauernhäusern hier, sehr niedrig und besteht aus Bruchstein. Das Fachwerk ist noch original.«

»Ihr hattet bestimmt wenig Platz in diesem Haus.« Carola kramte ihr Handy heraus und machte ein Foto von Justus vor dem Haus. »Es war ein Generationenhaus«, sagte Justus mit wehmütiger Stimme. »Die Räume sind niedrig und mitten durch das Wohnzimmer, früher nannte man es *die gute Stube*, und durch das Esszimmer verläuft ein dicker Eichenbalken. Der hält das Haus zusammen, trägt das obere Stockwerk und das Dachgeschoss. In der Küche hatten wir einen großen Herd, der mit Buchenholz befeuert wurde.«

Justus zeigte auf einen Anbau links am Haus und erklärte: »Im Erdgeschoss des Anbaus war früher der Stall. Meine Oma war eine leidenschaftliche Bäuerin. Wie alle Familien hier betrieben auch meine Großeltern Nebenerwerbslandwirtschaft, um überleben zu können.«

»Hattet ihr Kühe?«

»Meine Oma besaß zwei Kühe und ein Schwein. Das weiß ich aber nur, weil meine Tante es mir einmal erzählte. Meine Oma starb kurz nach meinen Eltern. Meine einzige Erinnerung an sie ist…« Justus schluckte, dann redete er leise weiter: »Als sie starb wurde sie einen Tag lang in einem Sarg aufgebahrt, der im

Wohnzimmer stand. Die Rollläden waren halb heruntergelassen und mein Opa saß trauernd neben dem Sarg, damit die Dorfgemeinschaft ihm hier kondolieren konnte. Kurz nach Omas Tod gab mein Großvater die Landwirtschaft auf und konzentrierte sich gemeinsam mit meinem Onkel nur noch auf die Schreinerei. Manchmal, wenn ich an alte Zeiten denke, habe ich noch den typischen Geruch der Schreinerei in der Nase. Es roch nach Holz und Leim, nach Beize und Fenster-Kitt. Die Scheune neben der Schreinerei war nicht nur mit Heu befüllt, sondern dort wurde auch Holz gelagert. Mein Großvater war ursprünglich Stellmacher, bevor er dieses Handwerk aufgab und als Schreiner weiterarbeitete. Als er sich damals nach bestandener Meisterprüfung selbstständig gemacht hatte, suchte er sich sein Holz, das er als Stellmacher zur Herstellung von Fässern brauchte, noch selbst, gemeinsam mit dem Förster, im Wald aus. Die Bäume wurden dann gefällt und in einem Sägewerk zugeschnitten. Auch sein Holz für die Schreinerei erhielt er auf dieses Weise.«

Justus wurde plötzlich klar, wie schnell sich im Leben alles verändern konnte. Früher gab es viele kleine Handwerksbetriebe im Dorf, die inzwischen nicht mehr existierten. Auch das Töpferhandwerk in Thalfeld, einst Häfnerhandwerk genannt, ein hier aufgrund der großen Tonvorkommen im Westerwald über zweihundertsechzig Jahre blühendes Handwerk, war ausgestorben. Es gab nicht mehr viele Arbeitsplätze im Dorf. Die meisten Dorfbewohner mussten weite Wege mit dem Auto in Kauf nehmen, um ihren Lebensunterhalt zu verdienen.

»War deine Jugend nicht etwas einsam hier in diesem kleinen Dorf?« Carola konnte sich eine Kindheit und eine Jugend auf dem Land nicht vorstellen. Sie war ein Stadtmensch.

»Mir hat es an nichts gefehlt«, sagte Justus. »Es gab zwar nur wenige Möglichkeiten der Freizeitgestaltung, aber als Kinder machte uns das nichts aus, wir spielten draußen in der Natur. Ich war ohnehin meistens auf dem Flugplatz. Mein Onkel begann mit der Fliegerei, als ich fünf Jahre alt war. Im Winter hatten wir immer viel Schnee. Die hügelige Landschaft lud zum Schlittenfahren und auch zum Skilaufen ein.«

»Und sonst gab's hier nichts?«

»Doch!« Justus zählte auf:

»Es gab die evangelische Kirchengemeinde, die Frei-Evangelische Gemeinde, eine kleine katholische Gemeinde, einen Kaninchenzuchtverein, einen Sportverein, die Jugendfeuerwehr und den Flugplatz.«

Justus lächelte und sah Carola an, bevor er weiterredete: »Ich habe mich für den Flugplatz entschieden. Als Jugendlicher ging ich aber auch in Gottesdienste und nahm an Veranstaltungen beider Gemeinden teil. Und in der Schreinerei meiner Familie machte ich meine ersten handwerklichen Erfahrungen – beim Bau von Flugzeugmodellen.«

»Wo bist du zur Schule gegangen?«

»Anfangs hier in Thalfeld und später dann in der Kreisstadt im Dilltal. Morgens fuhr ein Schienenbus den Westerwald hinunter, nachmittags zurück. Verspätungen gab es nicht, auch nicht im Winter. Wenn wir nachmittags nach der Schule Pech hatten und die Bahn verpassten, versuchten wir, per Anhalter nach Hause zu gelangen, weil der nächste Schienenbus erst am späten Nachmittag fuhr.«

»Das Leben hier wäre mir zu langweilig gewesen«, sagte Carola.

»Ihr hattet ja sicher nicht einmal ein Kino hier.«

»Och, das war kein Problem. Mit sechzehn besaß ich ein Moped und konnte meinen Radius vergrößern.« Justus lachte. »Bei schlechtem Wetter nahm uns manchmal auch ein Älterer, der schon ein Auto besaß, mit in die Stadt, wenn wir ins Kino oder in die Disco wollten. Mit neunzehn kaufte ich einen gebrauchten VW-Käfer. Ich musste mein Moped verkaufen und während der kompletten Oster- und Sommerferien hart in einem Sägewerk hier im Ort schuften, um das alte Auto bezahlen zu können. Meine Fliegerkameraden flogen in den Ferien im Sommerlager, jeden Tag, bei bestem Wetter. Ich arbeitete und kam nur an den Wochenenden zum Fliegen. Aber es lohnte sich. Der VW-Käfer brachte mich überall hin.« Justus zögerte einen Moment, dann fügte er lachend hinzu: »Wenn ich Geld für Sprit hatte.«

Carola lachte ebenfalls. »Ich hatte einen VW-Golf und auch nie genug Geld für Sprit, aber mein Vater war immer großzügig, wenn ich ihn anpumpte.«

Auf dem Fußweg zurück zum Flugplatz erklärte Justus: »Das Gelände hier unterhalb des Flugplatzes war einmal eine Viehweide. Abends wurden die Kühe zurück ins Dorf getrieben. Am Dorfrand bekam jede Kuh einen kräftigen Klaps. Sie liefen dann alleine zu ihrem Kuhstall. Wenn ich früher hier entlanglief, musste ich um die Kuhfladen herum Slalom laufen.«

Carola blieb plötzlich stehen. Sie umarmte Justus fest und küsste ihn zärtlich. Unfähig ihr zu widerstehen, erwiderte Justus die Umarmung und den Kuss. Ihr verführerischer Geruch, der Kuss und die Berührung ihres warmen Körpers ließen ihn keineswegs kalt.

»Ich will dich so sehr«, sagte Carola mit leiser, sanfter Stimme. Ihr Herz hämmerte wild.

»Du bist sehr lieb zu mir«, stammelte er nervös. »Und du bist mir keineswegs gleichgültig, aber ich brauche noch Zeit.«

»Wofür?«, fragte Carola ungeduldig. »Die Zeit ist reif für einen neuen Anfang, für uns beide. Komm schon, Flieger, gib deinem Herzen endlich die Startfreigabe!«

Unfähig mit der Situation umzugehen, schwieg Justus. Carola ging angespannt neben ihm her und ergriff seine Hand. Später, auf der Terrasse des Thalfelder Flugplatzrestaurants, saßen sie nebeneinander, tranken Kaffee, aßen leckeren Käsekuchen und beobachteten die gerade landenden Fallschirmspringer.

»Auf welchem Flugzeug hast du deinen ersten Alleinflug gemacht?«, fragte Carola, um wieder eine neutrale Unterhaltung zu beginnen.

»Wir schulten auf einer alten Ka 7«, antwortete Justus. »Das war ein sehr gutmütiges Flugzeug. Kleinere Fehler nahm sie einem nicht übel. Der Verein unterhielt damals noch zwei Einsitzer vom Typ Ka 6 CR, aber das waren seinerzeit Hochleistungssegelflugzeuge. Vereinsheiligtümer, die wir Jugendliche erst fliegen durften, wenn wir die Lizenz in der Tasche hatten. Als ich sechzehn war, bekamen wir einen zweiten Doppelsitzer und einen Übungseinsitzer.« Justus konnte kaum weiterreden. Die Erinnerungen ergriffen ihn nochmals. Nach einer Pause fügte er hinzu: »Der Einsitzer war das Flugzeug, mit dem Ellen später verunglückte. Der Kauf des Flugzeugs war damals von unserer Jugendgruppe initiiert worden. Wir sammelten Spenden und jeder von uns musste einhundert D-Mark geben, um den schönen Übungseinsitzer fliegen zu dürfen. Ich verdiente mir das Geld in meiner Freizeit – durch Autowaschen an einer Tankstelle. Je Auto bekam ich fünf Mark.«

Carola sah Justus bewundernd an. Sie stammte aus einer wohlhabenden Familie und hatte für ihr großzügiges Taschengeld kaum arbeiten müssen.

Justus schaute in die Luft und beobachtete einen Windenschlepp. »Schau mal, da hängt eine ASW 15 am Seil«, sagte er mit einem Seitenblick zu Carola. »Der Thalfelder Verein kaufte diese ASW 15 B kurz bevor ich nach Koblenz ging. Nachdem ich meine Lizenz in der Tasche hatte und eine Anzahl Flugstunden auf der Ka 6 nachweisen konnte, durfte ich sie fliegen. Es war das erste Kunststoff-Segelflugzeug, das ich flog. Dieses Flugzeug habe ich sehr geliebt.«

»Es wäre schön, wenn du dich endlich in mich verlieben könntest«, stichelte Carola. Sie drehte ihren Oberkörper zu Justus herum, zog ihm keck die Sonnenbrille ab, küsste ihn sanft auf den Mund und schaute ihm tief in die Augen. Justus erwiderte den Blick, schwieg aber. Wiederum war er nicht in der Lage, ihr eine Antwort zu geben. Dennoch, ihrer erotischen Ausstrahlung konnte er sich kaum noch entziehen. Er mochte sie sehr, sie inspirierte ihn, sie munterte ihn auf. Er war versucht, sie nochmals zu küssen, unterließ es aber. Er wollte sich nicht so schnell wieder binden und beschloss, das Thema zu vertagen. Er würde bei Gelegenheit in Ruhe darüber nachdenken, um zu einer Entscheidung zu kommen.

Auf dem Rückflug schwiegen beide. Carola hatte auf dem Copilotensitz platzgenommen, hing ihren Gedanken nach und schmollte. Den Nachmittag hatte sie sich anders vorgestellt.

Justus saß lässig auf dem Pilotensitz, doch er flog das Flugzeug sehr konzentriert. Wie immer genoss er den Flug über die hügelige Landschaft des Westerwaldes gegen die schon tiefstehende Sonne im Westen. Unterwegs sahen sie über einem kleinen Flugplatz mit einer Graspiste zwei Segelflugzeuge in der Abend-Thermik kreisen. Am Boden konnte man mehrere Segelflugzeuge in Startposition erkennen. Ein Motorflugzeug startete gerade und schleppte ein Segelflugzeug an den Himmel. Justus wusste, dass es auch hier eine Fallschirmspringergruppe gab, die heute aber offensichtlich nicht aktiv war.

Der Flug verlief ruhig. Doch immer, wenn das Flugzeug in Reiseflugkonfiguration einen Aufwind durchflog, machte Justus sich einen Spaß daraus, den Steuerknüppel kurzzeitig nach hinten zu ziehen und beim Verlassen des Aufwinds wieder nachzudrücken. Das bewirkte, dass das Flugzeug übertrieben stark stieg und kurz danach wieder nach unten durchsackte.

»Fluggäste, die das Fliegen nicht gewohnt sind, müssten jetzt zur Kotztüte greifen«, dachte Justus grinsend. Carola sah Justus grimmig von der Seite an, aber der Achterbahn-Flug machte ihr nichts aus. Als der Rhein in Sicht kam, nahm Justus Funkkontakt mit dem Flugplatz Koblenz-Moselhöhe auf. Wenige Minuten später reihten sie sich in die Platzrunde ein und landeten auf der Piste 10. Nach dem Einräumen der Flugzeuge lud Carola Justus zum Abendessen ein, doch Justus lehnte ab. Carola verabschiedete sich wortlos und ging zu ihrem Auto.

»Ich will ihn!«, sagte sie laut, obwohl ihr bewusst war, dass ihr niemand zuhörte.

»Ich muss mir dringend etwas einfallen lassen!«

Nach der Trennung von ihrem Lebensgefährten vor zwei Jahren hatte sie keinen Mann mehr gehabt. Jetzt träumte sie von einer romantischen Beziehung mit Justus. Sie schob eine CD in den CD-Player ihres Autoradios. Die CD enthielt einen Liedermix aus Musicals, die sie liebte. Sie drehte den Lautstärkeregler voll auf und sang laut mit. Sie kannte die Texte auswendig, weil sie in einem Chor mitsang, der wöchentlich probte, aber selten öffentlich auftrat.

»Passt fast wie die Faust aufs Auge«, dachte sie und wischte sich ihre Tränen ab.

»…he scares me so….I love him so…«

Entschlossen hielt sie plötzlich auf einem Parkplatz an der Mosel an, zog ihr Handy hervor und schrieb Justus eine SMS: *Kannst du mich bitte morgen Abend besuchen? Ich koche uns etwas und möchte unbedingt noch einmal mit dir* über uns*ere Beziehung reden.*

Ok, schrieb Justus zurück.

5. Kapitel

Sessenroth, Maifeld, 20. Juli 2009

Am späten Nachmittag hatte Justus Sessenroth einen Termin mit dem Ortsbürgermeister des kleinen Ortes Sessenroth. Das kleine Dorf lag etwa zehn Kilometer südwestlich des Laacher Sees, unweit der Städte Münstermaifeld und Polch. Justus traf absichtlich eine halbe Stunde eher in Sessenroth ein. Er parkte sein Auto auf einem Parkplatz in der Mitte des Dorfes, um für Annie Fotos von alten Häusern und der Kirche zu machen. Anders als in Thalfeld, waren die alten Bauernhäuer in Dorfmitte und ihre Nebengebäude regionaltypisch aus Lavagestein, Basalt und teilweise auch aus Bruchsteinen gebaut. Die Eifel war in vorgeschichtlicher Zeit von starkem Vulkanismus geprägt worden, der reichlich Vulkangestein, Bims und andere Bodenschätze hinterlassen hatte. Aus der Luft erkannte man deutlich, dass die Landschaft in der Nähe der Städte Mendig, Mayen und Polch ausgeplündert wurde. Ganze Erhebungen, wie der *Hummerich* bei Plaidt, den man schon vor dem zweiten Weltkrieg als Hangsegelfluggelände genutzt hatte, waren dem Basalt- und Lava-Abbau bereits zum Opfer gefallen. Auch den durch tektonische Prozesse entstandenen Schiefer gab es in der Gegend rund um Mayen reichlich.

Justus liebte nicht nur seine Heimat, den Westerwald, sondern auch die Eifel. Sie war ein Naturparadies und lud zum Segelfliegen ein. Es gab kaum Luftraumbeschränkungen und die hügelige Landschaft lieferte bei entsprechenden Wetterlagen gute Thermik. Ganz besonders mochte Justus auch die Landschaft des Maifelds, die geografisch gesehen noch zum Mittelrheinischen Becken gehörte und von der Untermosel aus zur Eifel führte. Das Maifeld war eine fruchtbare Gegend mit sanften Hügeln und viel Ackerland. Im Frühjahr präsentierte es sich mit gelb blühenden Rapsfeldern. Den eigenartigen Geruch des Rapses konnte man sogar im Cockpit eines Segelflugzeuges wahrnehmen, wenn man über dem Maifeld in der Thermik kreiste. Flog man im Segelflug oder motorisiert weiter nach Trier, hatte man einen schönen Blick auf die Burg Elz, eine der schönsten Burgen im ganzen Land. Das Elztal bildete die westliche Grenze des Maifelds. Links vom Kurs schlängelte sich die Mosel entgegen der Flugrichtung nach Osten. Flog man einen leicht westlicheren Kurs, erreichte man die Dauner Maare. Die mit Wasser gefüllten Krater, die man die Augen der Eifel nannte, waren ebenfalls Zeugen der vulkanischen Vergangenheit der Eifel. Mit vielen weiteren Sehenswürdigkeiten war die Eifel inzwischen auch ein Urlauber- und Wanderparadies. Wenn Justus wandern ging, was selten vorkam, flog er jedoch meist nach Thalfeld im Westerwald und lief eine große Runde rund um den dortigen Flugplatz. Doch bei seinem letzten Rundflug über den Nürburgring hatte er sich vorgenommen, einmal wieder auf einem Flugplatz in der Nordeifel nahe der belgischen Grenze im Naturpark *Hohes Venn* zu landen. Dort konnte man ebenfalls schöne Spaziergänge machen. Er nahm sich außerdem vor, endlich einmal den *Hochsimmer* hinauf zu laufen. Auf diesem Berg mit einer Höhe von 587 Meter über NN befand sich ein aus Basaltsteinen gemauerter Aussichtsturm, der bei gutem Wetter einen weiten Blick in alle Himmelsrichtungen bot. Justus hatte den *Hochsimmer* in der Nähe des Laacher Sees schon oft überflogen. Viele Fluggäste, die Justus flog, baten ihn darum, den Laacher See zu umfliegen, an dessen Südwest-Ufer sich ein Benediktiner-Kloster befand. Der Laacher See war mit Abstand das größte Maar der Eifel. Für Justus ein idyllischer und zugleich magischer Ort, den er früher mit seiner Ex-Frau und seinen Kindern oft aufgesucht hatte. Justus hatte gelesen, dass sich auf dem Grund des Sees das Wrack eines britischen Halifax-Bombers befand, der im August 1942 abgestürzt war. Durch Fernseh-Dokumentationen wusste Justus, dass der Vulkanismus hier in der Osteifel vor etwa fünfhunderttausend Jahren begonnen hatte. Der letzte Ausbruch des

Laacher-See-Vulkans lag allerdings nur etwa dreizehntausend Jahre zurück.

»In erdgeschichtlicher Zeit allenfalls ein Wimpernschlag«, dachte Justus und versuchte sich wieder einmal vorzustellen was passieren würde, wenn es am Laacher See nochmals zu einem Vulkanausbruch kommen würde. Einige Geologen vertraten die Meinung, dass der Vulkanismus in der Eifel nur ruhte, aber noch nicht erloschen war. An einigen Stellen des einundfünfzig Meter tiefen Sees konnte man die Blasen von aufsteigendem Kohlenstoffdioxid beobachten. Hin und wieder gab es auch leichtere Erdbeben in der Gegend.

In der Dorfmitte von Sessenroth, gleich neben dem Parkplatz, fotografierte Justus ein kleines Gebäude, das sich von den gemütlich aussehenden Häusern unterschied. Das Erdgeschoss war aus Vulkangestein erbaut. Das erkannte man trotz des weißen Putzes. Das Obergeschoss aber bestand aus einer Fachwerk-Konstruktion. An der Giebelseite befand sich ein kleiner Glockenturm. Durch ein am Eingang angebrachtes Schild erfuhr Justus, dass dieses Gebäude Im Jahr 1838 erbaut worden war. Das Untergeschoss diente einst als Backhaus, während man das Obergeschoss als Schule und Lehrerwohnung genutzt hatte. Das Gebäude war offensichtlich aufwendig renoviert worden und wies keine Ähnlichkeit mit dem alten Backhaus in Thalfeld auf, das dort *Backes* genannt wurde.

Die Hitze des Sommertages ließ den Asphalt der Straßen flimmern. Justus zog seine Lederjacke aus und legte sie in sein Auto. Dann lief er zur kleinen Kirche oberhalb des Ortes, die er allerdings verschlossen vorfand.

»Wenn es hier jemals eine Familie Sessenroth gegeben haben sollte, dann sind sie hier alle zur Kirche und zur Schule gegangen«, dachte er und machte ein Foto von der Kirche. Ihre dicken Mauern bestanden aus schwarzem Basalt. Dabei kam ihm der

Gedanke, dass er Annie nach der Glaubensrichtung ihrer Familie fragen musste. Auch das konnte ein guter Hinweis sein. In Thalfeld war der evangelische Glaube vorherrschend, während es im Maifeld, das wusste Justus von einem Fliegerkollegen, überwiegend katholische Gemeinden gab. Neugierig ging Justus noch zum Friedhof am Ortsausgang von Sessenroth und schaute sich alte Gräber an. Einen Grabstein mit dem Familiennamen Sessenroth fand er nicht.

»Herzlich Willkommen in Sessenroth, Herr Sessenroth. Mein Name ist Krüger, was kann ich für sie tun?« Der Ortsbürgermeister begrüßte Justus mir einem festen Handschlag und einem verschmitzten Gesichtsausdruck. Justus schätzte den freundlichen Mann auf etwa fünfundsechzig Jahre. Er war groß und schlank, er trug einen Oberlippenpart und seine Haare waren bereits ergraut. Die Frau des Bürgermeisters empfing Justus ebenfalls sehr freundlich. Ihre brünetten Haare waren kurz geschnitten und aufgrund ihrer Figur und der Joggingschuhe, die sie trug, schloss Justus, dass sie sehr sportlich sein musste. Im Flur des gemütlich eingerichteten Hauses entdeckte Justus viele Bilder, darunter auch Luftaufnahmen des kleinen Dorfes. Die Frau des Bürgermeisters wies Justus den Weg ins Wohnzimmer und bot ihm ein Kaltgetränk an, das er dankend annahm.

Als Justus nicht direkt antwortete, weil er zunächst durstig einen Schluck des Kaltgetränks trank, stellte der Bürgermeister seine Frage schmunzelnd noch einmal: »Was können wir Sessenrother für einen jungen Mann tun, der den Namen unseres Dorfes trägt?«

»Danke für den kurzfristigen Termin«, sagte Justus. »Ich habe eine Anfrage aus den USA von einer Namensvetterin. Sie heißt Annie Sessenroth.« Justus schilderte dem Ortsbürgermeister nochmals sein Anliegen, obwohl er es ihm schon telefonisch mitgeteilt hatte.

»Ich versuche herauszufinden, ob Annies Vorfahren aus Sessenroth ausgewandert sind.«

»Wie kommen sie auf Sessenroth?«

»Nur so eine Idee«, sagte Justus. »Ich werde parallel noch prüfen, ob es eine Verbindung zu meinem Heimatort Thalfeld im Westerwald gibt.«

»Sessenroth als Familiennamen haben wir hier im Ort möglicherweise einmal gehabt, aber den Namen gibt es hier nicht mehr«, antwortete Krüger. »Auch nicht in den umliegenden Ortschaften, soweit mir das bekannt ist. Und es gibt auch auf dem Friedhof keinen einzigen Grabstein mit diesem Namen.«

»Wäre ja auch sonderbar, wenn die alle ausgewandert sind.« Justus lachte.

»Ich erwarte gleich noch einen Kollegen, der uns das genauer erklären kann.« Der Ortsbürgermeister blickte nervös auf seine Uhr.

»Wie ist der Ortsname entstanden?«, fragte Justus.

»Wir wissen es nicht ganz genau. Ein Historiker hat herausgefunden, dass das Land hier einst einem Grafen gehört hat, von dem wir aber nur den Vornamen kennen. Tankred. Es gibt eine Schenkungsurkunde aus dem Jahr 950. Damals wurde das Land einem naheliegenden Kloster überlassen, das aber im dreißigjährigen Krieg aufgelöst wurde und danach verfiel.«

»Interessant«, sagte Justus.

Der Bürgermeister war hocherfreut, seine Kenntnisse über den Ort, der ihm offensichtlich sehr am Herz lag, weitergeben zu können.

»Und nun zu ihrem Namen, Herr Sessenroth. Wir haben hier in der Gegend viele Wegkreuze und Bildstöcke«, erklärte Krüger mit geheimnisvoller Miene. »Einige sind aus Lavagestein erbaut worden, manche auch aus Basalt. In vielen Fällen sind es Bildstöcke mit offenen Hohlräumen, in denen Heiligenfiguren untergebracht sind. Diese Bildstöcke stehen alle unter Denkmalschutz.«

Justus nickte. Einige Bildstöcke und ein Wegkreuz am Straßenrand waren ihm heute schon aufgefallen, als er die Landstraße von Koblenz in Richtung Sessenroth gefahren war.

»Eines dieser Kreuze soll früher irgendwo am Ortsrand von Sessenroth gestanden haben«, sagte der Bürgermeister und schaute nochmals nervös auf seine Uhr. »Jetzt ist das Kreuz in der Bruchsteinwand eines alten Hauses gegenüber unserer Kirche eingemauert und es steht ein Blumenkasten mit Rosen davor.«

»Aha.« Justus schaute den Bürgermeister fragend an.

»Das interessante ist die Inschrift«, sagte die Frau des Bürgermeisters.

»Sie lautet: 1761 DEN 15. JANUARIS IST JOHANNA SESSENROTH GESTORBEN.«

Justus schauderte. Das Kreuz war ihm bei seinem Gang durch das Dorf nicht aufgefallen. »Also muss es den Namen doch hier gegeben haben«, stellte er fest.

»Möglich, wobei uns die Inschrift des Kreuzes vielleicht auch in die Irre führt, denn der Stein ist an einer Stelle beschädigt, so dass es auch Johanna *aus* Sessenroth heißen könnte.« Frau Krüger betonte das Wort *aus*.

Krüger setzte das Gespräch fort: »Ich kann mir ohnehin nicht vorstellen, dass Annies Vorfahren aus Sessenroth stammen.«

»Warum?«

»Sie sagten mir am Telefon, Annies Vorfahren seien nach dem ersten Weltkrieg ausgewandert?«

»Richtig«, antwortete Justus. »Johann und Anna-Maria Sessenroth. Sie sind am 1. April 1919 in New York angekommen und nach Wisconsin weitergereist.«

»Das ist genau das Problem«, sagte ein Mann, der gerade in das Wohnzimmer eintrat.

»Das ist der Vorsitzende unseres Heimatvereins, Hermann Schmitt.« Der Bürgermeister stellte Schmitt vor und klopfte ihm freundschaftlich auf die Schulter.

»Er ist nicht nur in unserem Heimatverein tätig, sondern auch ein guter Freund.«

Die Frau des Bürgermeisters begrüßte Schmitt mit einer Umarmung. Justus vermutete, dass er Schmitt schon einmal getroffen hatte. Vor Jahren, auf dem Flugplatz. Schmitt hatte damals einen Rundflug in einem Segelflugzeug machen wollen, aber aufgrund seiner Körpergröße nicht in das enge Cockpit des Doppelsitzers einsteigen können. Justus schätzte, dass Schmitt etwas 1.95 Meter groß war.

»Nebenberuflich befasst sich Hermann mit Geschichtsforschung. Er kennt sich mit Auswanderungsthemen sehr gut aus. Deswegen habe ich ihn hinzugebeten«, sagte der Bürgermeister.

»Freut mich, sie kennenzulernen.« Justus und Schmitt schüttelten sich die Hände. Justus erwähnte nicht, dass sie sich schon einmal begegnet waren.

»Freut mich auch, ihr Thema klingt spannend. Und ich bin schon umfassend informiert.« Schmitt blickte ernst in die Runde und ließ sich lässig in einen Sessel fallen.

»Sessenroth hat eine sehr bewegte Geschichte«, sagte Schmitt. »Zwischen 1817 und 1860 gab es eine große Auswanderungswelle. Nicht nur aus Preußen und nicht nur nach den USA. Davon waren auch Sessenroth und viele andere Orte hier in der Gegend betroffen.«

Justus nickte. »Darüber habe ich schon gelesen. Alleine der Texasverein lockte zwischen 1844 und 1847 mehrere tausend Menschen nach Texas, ohne ihnen dort die notwendige Infrastruktur zu bieten. Das muss ein Chaos gewesen sein. Viele Menschen mussten dort unter widrigsten Bedingungen leben und sich eine neue Existenz aufbauen. Erst mit der Gründung der Stadt Fredericksburg 1847 ging es den Menschen nach und nach besser, aber viele Auswanderer erlebten das nicht mehr.«

»Stimmt«, sagte Schmitt. »Sie sind gut informiert. Der Texasverein war 1842 durch Adelige gegründet worden. Man hatte die Idee, in Texas eine neue deutsche Kolonie zu gründen. Man wollte die ausreisewilligen Menschen von der Armut und der Not in Deutschland erlösen und stellte ihnen eigenes Land in Aussicht. Fruchtbares und billiges Land. Auch den Aufbau von Kirchen und Schulen sowie ärztliche Versorgung versprach man den Auswanderern.«

»Sicherlich wollte man auch Geschäfte machen«, sagte Justus.

»Klar, aber daraus wurde erstmal nichts, denn der Texasverein hat zunächst auf der ganzen Linie versagt.« Schmitt redete sich in Rage.

»Der erste Generalkommissar, der Prinz Carl zu Solms-Braunfels, hatte den Auftrag, Land für die ersten Siedler zu kaufen. Schon im Dezember 1844 trafen die ersten Siedler nach zehnwöchiger Reise in Galveston, Texas, ein. Einige Auswanderer waren schon während der Überfahrt gestorben. Und Solms konnte erst im März 1845 am Zusammenfluss des Comal-River mit dem Guadalupe-River etwas Land kaufen. Hier gründete er die Stadt New Braunfels. Die Stadt benannte er nach seiner Heimat. Braunfels ist sicher nicht weit entfernt von Thalfeld.«

»Ja, ich kenne Braunfels und das imposante Schloss dort aus der Luft.« Justus deutete mit beiden Händen an, dass er Pilot sei.

»New Braunfels, immerhin ein Anfang«, meinte Krüger.

»Schon«, antwortete Schmitt, aber ein ganz schlechter. Die Trecks kamen nur unter großen Verlusten am Siedlungsort an. Die Menschen litten an Hunger und es brachen sogar Seuchen aus. Und zu guter Letzt machte der Prinz aus Braunfels auch noch Pleite und musste freigekauft werden. Er wurde dann durch den Freiherrn von Meusebach abgelöst. Der Freiherr stammte aus ihrer Heimat, Justus, aus Dillenburg.«

»Ich habe über ihn gelesen«, sagte Justus stolz. »Von Meusebach war der zweite Generalkommissar des Texasvereins und gilt bis heute als der Gründer der Stadt Fredericksburg. Er bekam die schlimmsten Probleme da drüben nach und nach in den Griff.

Und einer seiner größten Verdienste war die Unterzeichnung eines Friedensvertrages mit den Comanchen am 2. März 1847.«

»Richtig«, sagte Schmitt. »Und dieser Vertrag war der einzige Vertrag mit den Indianern, der nie gebrochen wurde. Der Vertrag brachte den deutschen Siedlern in Texas Frieden und Sicherheit, und die Siedler konnten sich weiter ausbreiten.«

»Jetzt haben wir die ganze Zeit über Texas und den Texasverein geredet.« Justus trank einen Schluck Cola.

»Ein wichtiges Stück deutscher Auswanderergeschichte, wie ich finde«, sagte Schmitt. »Gerade aus dem Nassauer Land, ihrer Heimat, Justus, werden viele Menschen nach Texas gegangen sein. Aber hier aus der Gegend sind sehr viele Emigranten damals nicht nach Texas, sondern nach Wisconsin ausgewandert.«

»Was trieb die Menschen damals zur Auswanderung?«, fragte die Frau des Bürgermeisters. Sie hatte sich mit diesem Thema noch nie auseinandergesetzt.

Schmitt erklärte: »Im 19. Jahrhundert gab es mehrere Auswanderungswellen. Richtig heftig wurde es ab etwa 1845. Bis 1860 übersiedelten mehrere Millionen Deutsche nach den USA. Auslöser war nicht nur die Verelendung der Menschen unter den Preußen, sondern auch die gescheiterte Revolution im Jahr 1848. Es hatte sich herumgesprochen, dass die USA ein Land sei, in dem man alles erreichen und frei leben konnte. Und obwohl viele nicht wirklich wussten, was jenseits des Atlantiks auf sie zukommen würde, träumten sie von einer besseren Zukunft und ließen sich von kriminellen Agenten das Geld aus der Tasche ziehen. Ein paar Abendteurer waren natürlich auch dabei. Mit dem Ausbruch des Bürgerkrieges in den USA ebbte die Auswanderungswelle stark ab. Aber dann, nach 1880, kam es noch einmal zu einer weiteren Welle von Auswanderern.« Schmitt gestikulierte aufgeregt mit den Händen.

»Gab es aus Sessenroth in dieser Zeit auch Auswanderungen?«

Justus interessierte sich sehr für das Thema. Er fragte sich, ob es einen Zusammenhang gab, denn Annies Vorfahren waren ja nicht im 19. Jahrhundert, sondern erst nach dem ersten Weltkrieg in die USA ausgewandert. Aber hatten sie damals schon Verwandte oder Bekannte in Wisconsin? Menschen, die früher ausgewandert waren und von denen Annie nichts wusste? War Sessenroth der Ort ihrer Auswanderung oder Thalfeld, oder ein anderer Ort?

»Sessenroth war sogar ein Sonderfall«, erklärte Schmitt. »1852 entschlossen sich fast alle Einwohner des Ortes, nach Amerika zu emigrieren. Das muss man sich einmal vorstellen. Manchen gelang es, ihr Hab und Gut zu verkaufen. Andere hatten weniger Glück, aber die Dorfgemeinschaft half ihnen. Achtzig Menschen machten sich auf die weite Reise und ließen alles zurück. Viele Häuser verfielen zu Ruinen oder wurden abgerissen. Nur wenige Häuser und unser Backes haben überlebt. Fünfzehn Familien und sogar der Pfarrer des Dorfes gingen in Bremen an Bord eines Segelschiffes. Sie erreichten am 30. Juni 1853 New York. Die meisten setzten ihre Reise nach wenigen Tagen fort und kamen am 1. August 1853 in der Stadt Milwaukee in Wisconsin an.«

»Eine sehr bewegende Geschichte«, sagte Justus. »Woher wissen sie das alles?«

»Bei der Suche nach meinen eigenen Vorfahren habe ich entsprechende Unterlagen im Standesamt unserer Kreisstadt gefunden. Geburtsurkunden, Sterbeurkunden, Heiratsurkunden. Ich traf zufällig einen beruflich tätigen Historiker, der mir von der *Wüstung Sessenroth* erzählte. Dann wurde ich neugierig und fand nach langer Suche in einem Archiv in Koblenz Briefe, die die Auswanderer nach Hause geschrieben hatten. Es war eine harte Arbeit, diese Briefe zu übersetzen, weil sie in Englisch geschrieben waren.«

»Nein, sie wurden in deutscher Sprache verfasst, aber in der Schriftart Sütterlin geschrieben.«

»Sütterlin könnte ich auch nicht lesen«, sagte Justus.

»Man gewöhnt sich daran. Wir haben die Briefe damals gescannt, um sie auf einem Computerbildschirm vergrößert ansehen zu können. Eine alte Dame hier aus dem Ort hat uns beim Übersetzen sehr geholfen.« Schmitt schien sehr stolz auf seine Arbeit zu sein. Er erklärte weiter: »Es ist nicht allen Menschen dort drüben gut ergangen. Als 1861 der amerikanische Bürgerkrieg ausbrach, wollten viele junge Männer beweisen, dass sie gute Amerikaner sind und meldeten sich freiwillig. In manchen Schlachten der Unionstruppen gegen die Konföderierten standen sich Deutsche gegenüber. Viele überlebten diesen Krieg nicht.«

»Was ist aus dem Ort Sessenroth geworden?«, fragte Justus.

»Ab 1885 wurde Sessenroth wieder besiedelt und wieder aufgebaut. In unserem Backes hängt immer noch die alte Glocke von damals. Bei besonderen Festen backen wir heute noch immer Brot in dem steinernen Ofen des Backes. Leckeres Sauerteigbrot nach traditionellen Rezepten«, sagte der Bürgermeister.

»Möchten sie unser Brot einmal probieren?« Die Frau des Bürgermeisters schaltete sich in das Gespräch ein.

»Gerne! Wenn möglich mit Salami und Käse«, sagte Justus. Ein plötzliches Hungergefühl überkam ihn.

»Nennen sie mich bitte einfach Carola.

»Ich kenne noch eine Carola«, sagte Justus lachend.

»Unser Brot schmeckt aber viel besser mit selbstgemachter Weinbergspfirsich-Marmelade. Ich habe an der Mosel einen kleinen Garten mit Weinbergspfirsich- und Kirschbäumchen«, sagte sie stolz und lächelte.

»Wenn das so ist, dann probiere ich ihr Brot gerne mit Weinbergspfirsich-Marmelade.«

Schmitt warf der Frau des Bürgermeisters einen schmachtenden Blick zu.

»Verstehe«, sagte sie. »Du bist wie immer hungrig. Du bekommst auch ein Brot.«

Schmitt nickte dankend und erklärte weiter: »Die alte Kapelle hatte man abgerissen. Unsere neue Kirche wurde erst 1910 gebaut. Die damals neugegossenen Glocken sind dem zweiten Weltkrieg zum Opfer gefallen. Sie wurden eingeschmolzen. An die alte Kapelle erinnern heute nur noch drei Heiligenfiguren, die in der neuen Kirche platziert sind. Wenn Annies Vorfahren von hier kamen, haben sie das Backes und diese Heiligenfiguren gekannt.«

»Wissen sie, ob eine Familie mit meinem Namen damals mit ausgewandert ist?«

»Jetzt wird es interessant«, sagte Schmitt und machte eine kurze Pause.

»Ich habe bei meinen Recherchen in einem Auswanderungs-Archiv in Bremen ursprünglich nach Sessenroth als Ort gesucht, doch dann ist mir der Name als Familienname tatsächlich begegnet.«

Justus warf einen Blick in die Unterlagen, die ihm Schmitt über den Wohnzimmertisch zuschob.

»Es gibt eine Passagierliste vom 5. August 1854, in denen der Name auftaucht. Josef und Margarete Sessenroth. Josef Sessenroth ist 1828 hier geboren, Margarethe 1831. Die standesamtlichen Unterlagen belegen, dass Margarethe aus einem Nachbarort stammte. Die beiden haben 1850 geheiratet und sind 1854 nach Wisconsin ausgewandert.«

»Hatten sie Kinder?«

»Ein 2-jähriges Mädchen. Und Josephs Bruder ist offensichtlich ebenfalls mit ausgewandert. Sein Name war Johann, er war zwei Jahre jünger als Joseph.«

Justus zog ein kleines Notizbuch aus seiner Hemdtasche und notierte sich alle Daten.

»Johann Sessenroth?«, antwortete er fragend. »Das kann aber nicht der Johann Sessenroth gewesen sein, den wir suchen. Annies Urgroßvater ist nach Annies Angaben zweiundsiebzig Jahre später geboren und auch der Zeitpunkt der Auswanderung passt nicht.«

»Das ist der Punkt.« Schmitt erläuterte weiter: »Und unser Johann hier muss sozusagen der *Troublemaker,* der Unruhestifter der Familie gewesen sein.

»Troublemaker?« »Ja!« Schmitt schmunzelte. »Der Vater von Joseph und Johann war Witwer, als die Gemeinde fast geschlossen nach Wisconsin emigrierte. Er blieb altersbedingt zurück und siedelte in einem Nachbardorf. Als er 1857 starb, kehrte Johann aus den USA zurück, um sein Erbe anzutreten. Johann war arm und hatte schon bei der Auswanderung gerade genug Taler in der Tasche gehabt, um die Überfahrt bezahlen zu können. In Wisconsin sparte er jeden Dollar, den er als Gehilfe eines Farmers, ebenfalls ein ausgewanderter Deutscher hier aus der Gegend, verdiente. Er wollte aber sicherlich mehr, er wollte eine eigene Farm gründen und bewirtschaften. Als er zurückkehrte, versuchte er das kleine Haus seines Vaters im Nachbardorf zu verkaufen, doch dann wurde er von einem Gendarmen verhaftet. Man wollte verhindern, dass er weitere Menschen zur Auswanderung überredete.« Schmitt lachte breit und fuhr fort: »Dem Polizisten muss er wohl seine Einbürgerungsurkunde gezeigt haben, die ihn als Amerikaner auswies. Ich habe eine Weile gebraucht, bis ich alle Unterlagen sortieren und übersetzen konnte.«

»Hochinteressante Geschichte«, sagte Justus. »Wie ging es weiter?«

»Er wurde aufgefordert, binnen achtundvierzig Stunden das Land zu verlassen, aber der Gendarm traf ihn nach drei Tagen immer noch an.«

»Und dann?«

»Dann wurde er tatsächlich mit einer Polizeieskorte nach Köln gebracht. Von dort muss er die Rückreise nach Wisconsin angetreten haben, aber darüber habe ich keine Unterlagen gefunden. Ich kann nicht sicher sagen, ob er wieder wohlbehalten in seiner neuen Heimat angekommen ist.«

»Haben sie Kontakte zu Familien in Wisconsin?«, fragte Justus neugierig.

»Noch nicht.« Schmitt schüttelte den Kopf. »Das wäre sehr interessant, aber mein Englisch ist lausig und momentan habe ich beruflich zu viel um die Ohren.«

»Ich danke ihnen allen ganz herzlich«, sagte Justus. »Wenn Annies deutscher Urgroßvater erst in 1900 geboren wurde, kann er nicht aus Sessenroth ausgewandert sein.«

»Ja, das ist nahezu ausgeschlossen«, antwortete Schmitt. Ihren Familiennamen hat es nach der Auswanderungswelle hier definitiv nicht mehr gegeben.«

»Haben sie einen Tipp für mich? Wo soll ich suchen?« Justus blickte Schmitt fragend an.

»Annie könnte sich bei den Mormonen erkundigen. Die haben in den Wasatch-Bergen in Utah ein riesiges Archiv. Aufgrund ihres Glaubens sammeln sie weltweit Informationen aus standesamtlichen Unterlagen, Kirchenbüchern, Passagierlisten und Grundbüchern. Inzwischen haben die Mormonen mehr als drei Milliarden Namen gesammelt. Zum Teil noch auf Mikrofilm archiviert, aber mehr und mehr auch digital.«

»Was ist der Grund dafür?«

»Nach dem Glauben der Mormonen können verstorbene Menschen getauft werden, um ihnen einen Platz im Himmelreich zu sichern.«

»Danke nochmals«, sagte Justus. »Ich habe heute sehr viel gelernt.«

»Wenn ihnen der Herkunftsort von Annies Vorfahren nicht bekannt ist, wird's schwierig mit der Suche«, sagte Schmitt. »Sie können ja einmal alte Leute aus ihrem Heimatdorf befragen oder auch einen Blick in die Kirchenbücher dort werfen.«

»Johann Sessenroth aus Sessenroth.« Justus blickte nachdenklich in die Runde. »Vielleicht gibt es ja eine Verbindung nach Thalfeld, die wir nicht kennen.«

»Das ist nicht ausgeschlossen.« Schmitt aß hastig ein weiteres Brot. »Aber der Vorname kam damals häufig vor, so dass es auch gut sein kann, dass es keine Verbindung zu ihrem Heimatort gibt.«

»Wenn bloß die schönen alten Häuser im Ortskern hier erzählen könnten«, sagte Justus nachdenklich.

»Ja, das wäre toll«, sagte Krüger. »Die alten Häuser nennt man hier in der Gegend übrigens Krotzenhäuser, weil sie aus Krotzengestein erbaut worden sind. Krotzen findet man hier überall. Es sind Lavabruchstücke, die etwas minderwertiger als der Säulenbasalt sind, man kann diese Steine aber leichter verarbeiten.«

Auf dem Weg zu seinem Auto lief Justus nochmals zur Kirche und fotografierte das in der gegenüberliegenden Hauswand eingelassene Kreuz, über das sie gesprochen hatten. Ob Annies Vorfahren aus Sessenroth kamen oder nicht, das Foto würde sie sicher interessieren.

Als Justus in Richtung Koblenz nach Hause fuhr sah er, dass sich östlich der Stadt Koblenz riesige Cumulonimbuswolken bildeten. Es würde bald heftige Gewitter geben. Im Maifeld war davon noch nichts zu spüren. Über den trockenen Feldern sah man Staub, der nach oben gewirbelt wurde.

»Thermik«, dachte Justus. Er schaute instinktiv an den Himmel, entdeckte aber kein Segelflugzeug.

In seinem Arbeitszimmer herrschte ein ziemliches Durcheinander. Auf seinem Schreibtisch türmten sich Zeitschriften und Unterlagen, obwohl Justus die meisten Dokumente nur noch digital aufbewahrte. Er schaltete seinen Laptop ein und schrieb eine E-Mail an Annie mit allen Informationen, die er heute erhalten hatte. Das Thema ließ ihn nicht mehr los. Er schrieb Annie, sie möge bitte prüfen, ob es in Milwaukee und Umgebung weitere Familien gab, die den Namen Sessenroth trugen. Das konnten möglicherweise Nachfahren der aus Sessenroth ausgewanderten Namensvetter sein. Justus schrieb ihr auch, dass er als nächstes seine Tante nach der Vergangenheit seiner Familie fragen und notfalls auch die Kirchenbücher in Thalfeld durchforsten würde. Schmitt hatte ihm freundlich angeboten, dabei zu helfen. Er hatte ihm sogar die Namen Johann und Anna-Maria Sessenroth in Sütterlin auf ein Stück Papier geschrieben, damit die Suche für Justus einfacher würde. In seiner Mail fragte Justus Annie auch, ob sie wüsste, ob und wenn ja, in welche Kirche ihre Vorfahren gegangen sind. Dann fügte er die Bilder von Sessenroth der E-Mail bei und klickte auf Senden. Es dauerte keine zehn Minuten, bis eine Antwort von Annie eintraf:

Dear Justus,
first of all, es fällt mir sehr schwer, meine Gefühle in einer mir fremden Sprache auszudrücken. Die Geschichte von Sessenroth und von den Auswanderern dort berührt mich sehr. Ich weiß, dass es in Wisconsin viele deutschstämmige Familien gibt. Viele sind auf der Suche nach ihren Wurzeln, deshalb ist Ahnenforschung hier für viele Menschen mehr als ein Hobby. Im Milwaukee-Telefonbuch finde ich tatsächlich eine Familie Sessenroth, die ich nicht kenne. Wisconsin war schon im 19. Jahrhundert ein bevorzugtes Einwanderungsland, nicht nur für Deutsche. Ein Wunder, dass gerade unser Name sich nicht geändert hat, denn viele Deutsche änderten ihren Namen mit dem Ausbruch des ersten Weltkriegs. Sie schämten sich, Deutsche zu sein. Erst Jahrzehnte später war es wieder schick, einen deutschen Namen zu tragen. Meine Familie hat sich damals in der Nähe von Milwaukee angesiedelt. De*r Ort heißt Richfield. Ich weiß nicht viel darüber, mein Großvater trennte sich von meiner Granny nach nur sechs Jahren Ehe. Ich habe ihn nie näher kennengelernt. Danke für die schönen Bilder. Als ich das Bild von dem*

Kreuz betrachtete, bekam ich eine Gänsehaut. Übrigens, *die Glaubens-richtung meiner Familie ist seit jeher evangelisch. Wir gehören dem Synodalverband der evangelisch-lutherischen Kirche in Wisconsin an. Ich bin sehr glücklich, dass du mich unterstützt. Wann kommst du nach Wisconsin? Wo wirst du wohnen? Wenn du möchtest, kannst du auch bei mir übernachten, ich habe ein Gästezimmer. Take Care. Annie.*

»Es ist früher Vormittag in Wisconsin«, dachte Justus. Er fragte sich, wie der Name Sessenroth wohl in Amerika klingen würde, wie er ausgesprochen würde. Er vermutete, dass Annies Vorfahren nicht aus Sessenroth kamen. Zu viele Hinweise sprachen dagegen. Er beschloss, Annie später zu antworten.

Carola hatte bereits am späten Nachmittag begonnen, sich sorgfältig auf den Abend mit Justus vorzubereiten. Sie wusste, dass er Fischgerichte mochte und hatte Zanderfilet und Kartoffeln eingekauft. Sie war keine besonders gute Köchin, aber das Rezept hatte sie mehrfach ausprobiert und ihre Freundinnen fanden die Zubereitung gut. Außerdem stellte Carola einen guten Mosel-Riesling kalt. Dann duschte sie ausgiebig, schminkte sich, zog sich eine Jeans und eine helle Bluse an und traf ihre Vorbereitungen in der Küche. »Verdammt heißer Tag heute«, dachte sie und überlegte, ob sie das Essen auf ihrem kleinen Balkon unter einem Sonnenschirm oder besser in der Essecke ihrer Wohnung servieren sollte. Sie wohnte in einer Penthaus-Wohnung am Westend der Stadt. Die Eigentumswohnung gehörte ihrem Vater, der dafür keine Miete verlangte. Carola war bereit, heute Abend den alles entscheidenden Schritt zu tun. Aber wie sollte sie Justus empfangen. Mit einer Umarmung, mit einem Kuss, oder sollte sie erst einmal cool bleiben? Sie hatte große Angst davor, dass sich der Abend nicht nach ihren Vorstellungen entwickeln würde. Als es klingelte, fühlte sie, wie ihr Herz wild pochte.

»Hier bin ich«, sagte Justus, als sie ihm die Wohnungstür öffnete. Er drückte ihr unsicher einen Strauß Blumen in die Hand.

»Lieb von dir!«

»Hier duftet es aber gut«, sagte Justus, als er Carola in ihr Wohnzimmer begleitete. Carola stellte die Blumen in eine Vase, nahm Justus an die Hand und geleitete ihn an den Tisch.

»Ich hoffe, du magst Zander.« Sie sah ihn fragend an.

»Lecker«, sagte Justus. Er nahm Carola in die Arme und blickte ihr tief in die Augen.

»Bevor wir essen, möchte ich mich bei dir entschuldigen, für gestern.«

»Schwamm drüber.« Carola lächelte erleichtert.

»Wir haben gestern nur über mich und über die Fliegerei geredet«, sagte Justus. »Vielleicht sollten wir heute mehr über Dich reden. Es wird Zeit, dass ich Dich besser kennenlerne.«

Carola staunte. Das hatte sie nicht erwartet. Beim Essen erklärte sie Justus, dass sie aus Hamburg stammte. »Ich bin eine waschechte Hamburger Deern«, sagte sie lachend und betonte bewusst ihren Dialekt. »Mein Vater ist ein erfolgreicher Makler. Uns ging es immer gut.«

»Was verschlug dich nach Koblenz?«

»Ich hatte mich in einen Projektmanager für Windenergieanlagen verliebt. Der lockte mich nach Koblenz und besorgte mir einen Job als Produktmanagerin. Wir projektierten damals Anlagen hier in der Gegend. Nach etwa einem Jahr gestand er mir, dass er verheiratet ist und zwei Kinder hat.«

»So ein Idiot! Das hast du nicht verdient.«

»Er wollte mich nicht verlieren, aber er hätte sich niemals von seiner Familie getrennt.«

»Der Klassiker«, sagte Justus.

»Ich habe ihn hochkant rausgeworfen.«

»Und ihr arbeitet immer noch Seite an Seite in der gleichen Firma?«

»Nein, er hat sich inzwischen in Norddeutschland einen anderen

Job gesucht. Anderenfalls wäre ich gegangen.«

Sie aßen den Fisch und räumten gemeinsam den Tisch ab. Den Wein tranken sie auf dem Balkon. Von dort hatte man einen schönen Blick über die Stadt und auf die Festung Ehrenbreitstein.

»Schau dir einmal diese graublauen Gewitterwolken da drüben an«, sagte Justus. Er deutete nach Osten. »Kann nicht mehr lange dauern, dann kracht es.«

»Solange es nicht zwischen uns kracht...«

Carola redete nicht weiter. Stattdessen nahm sie Justus an die Hand und zog ihn in ihr Schlafzimmer. Er folgte ihr widerstandslos. Als das Gewitter mit kräftigen Hagelschauern und Sturmböen begann, war es ein würdiges Begleitszenario für ihre erste, leidenschaftliche Vereinigung. Grelle Blitze erhellten den Raum und warfen seltsame Schatten an die Wand. Carola zuckte bei jedem krachenden Donner zusammen und klammerte sich eng an Justus. Bald stellten sie fest, dass sich der zeitliche Abstand zwischen Blitz und Donner vergrößerte. Das Gewitter schwächte sich langsam ab und zog weiter. Als das letzte Donnergrollen endete, schliefen sie ein.

Koblenz, 21. Juli 2009

Carola legte beim Joggen eine Pause ein und holte frische Brötchen für das Frühstück mit Justus bei ihrer Stamm-Bäckerei. Zurück in ihrer Wohnung legte sie die Brötchen auf die Küchentheke, zog sich aus und ging in ihr Bad. Erst als sie geduscht, wieder angezogen und geschminkt war bemerkte sie, dass Justus inzwischen ausgeschlafen und sie beim Ankleiden beobachtet hatte. Sie ließ sich zu ihm aufs Bett fallen und gab ihm einen Kuss.

»Guten Morgen. Gefalle ich dir noch? Im Bad findest du frische Handtücher und eine Zahnbürste. Frühstück in zehn Minuten.«

Justus blickte auf seine Fliegeruhr. Er würde verspätet in der Redaktion eintreffen.

»Sind wir jetzt zusammen?« Carola blickte ihn beim Frühstück leidenschaftlich an. Sie wusste, dass ihre Frage sehr naiv klang. »Wir sollten es behutsam angehen lassen. Du bist ein tolles Mädchen.« Justus war sich darüber im Klaren, dass Carola für einen One-Night-Stand zu schade war. Er wollte sie keineswegs enttäuschen. Aber fühlte er wirklich Liebe? Konnte eine Beziehung zu einer wesentlich jüngeren Frau gutgehen? Sicher, sie hatten gleiche Interessen, aber reichte das aus? Eine Zeitlang war Justus froh gewesen, dass er in keiner Beziehung mehr gebunden war und ein mehr oder weniger selbstbestimmtes Leben führen konnte. Doch die Einsamkeit nach der Scheidung machte ihn in letzter Zeit mehr und mehr depressiv. Die lebenslustige Carola würde ihm helfen, seine melancholische Stimmung zu überwinden.

»Ich liebe dich«, sagte Carola. Sie sah, dass er grübelte. »Keine Angst, ich erwarte nicht, dass du gleich bei mir einziehst.« Sie lief um den Tisch herum und umarmte ihn von hinten, während er sitzen blieb. »Bist du bereit für einen Start?«

»Ich bin bereit.«

»Kannst du dir heute nicht einfach freinehmen? Wir könnten uns einen schönen Tag machen.«

»Leider nein«, antwortete Justus. »Ich muss die Vorbereitungen für meine Dienstreise nach Oshkosh abschließen.«

»Oshkosh?«

»Ja. Die Stadt in den USA liegt im Bundesstaat Wisconsin, etwa vier Autostunden nördlich von Chicago. Sie wurde nach einem Indianer-Häuptling benannt und ist der Sitz der *EAA*. Die *Experimental Aircraft Association, Inc.,* veranstaltet dort jährlich ihr *Air-Venture*«, erklärte Justus. »Das *AirVenture* dauert eine Woche und fliegerisch gesehen gibt es dort einfach alles. Über achthundert Aussteller, Workshops, Ersatzteilbörsen, Vorträge, eine tägliche Flugshow mit unglaublichen Highlights, abendliche Veranstaltungen mit Live-Musik. Es ist das weltgrößte Fliegertreffen seiner Art. Ich muss beruflich dorthin reisen. Ich freue mich riesig darauf und kann es kaum noch erwarten. Oshkosh ist nicht nur ein Fly-In. Ich gehe davon aus, dort viele gleichgesinnte zu treffen. Schon bei den Vorbereitungen für meine Reise erhielt ich einen sehr guten Support von der EAA. Auf Anfragen reagieren sie innerhalb weniger Tage. Einfach großartig!«

Von Annie erwähnte Justus nichts.

»Ich wollte auch immer einmal in die USA reisen.« Carola setzte sich auf seinen Schoß und umklammerte ihn fest. »Das ist noch so ein Traum von mir. Ich träume davon, in Chicago zu starten und dann mit irgendeinem alten Cabrio die Route 66 entlang bis Santa Monica, Kalifornien, zu fahren. Die *Sixty Six* ist zwar nicht mehr überall erhalten geblieben, aber sie ist ein Mythos. Ich möchte mir das so gerne einmal anschauen und Land und Leute da drüben erleben. Man darf es nur nicht eilig haben auf so einem Roadtrip und muss sich viel Zeit nehmen.«

»Etwas Ähnliches träumte ich auch einmal. In den USA die US-Pilotenlizenz zu machen und dann mit einem kleinen Flieger, vielleicht mit einer Piper oder einer Cessna, über das weite Land zu fliegen. Aber die Zeiten dieses Traums sind vorbei.«

»Warum? Du musst nur fest daran glauben. Gibt es noch andere Fliegertreffen in den USA, über die du berichten musst? Ich könnte dich begleiten. Dann hängen wir ein paar Tage Urlaub dran und schon erfüllt sich dein Traum.« Carola sah Justus hoffnungsvoll an.

»Ja, es gibt natürlich noch mehr Großveranstaltungen. Unter anderem auch das Reno-Air-Race in Nevada. Das findet meistens im Spätsommer statt. Ist bestimmt interessant für uns als Piloten, aber kein Thema für meine Zeitschrift. Eine Dienstreise ist nicht drin.«

Carola schwärmte: »Dann fliegen wir irgendwann einmal privat zum Reno-Air-Race und machen anschließend einen Trip nach Los Angeles, San Francisco und San Diego.«

»Es wird Klatsch und Tratsch geben auf dem Flugplatz, wenn die feststellen, dass wir zusammen sind«, sagte Justus, um von dem Thema abzulenken. Er küsste Carola sanft auf die Wange.

»Das ist mir egal. Der Tratsch wird wieder vergehen. Ich bin so glücklich, dass wir uns endlich gefunden haben. Der Flugplatz ist mir nicht so wichtig.«

»Den Tratsch müssen wir aushalten, da müssen wir durch. Aber der Flugplatz sollte dir schon wichtig sein. Du bist in deiner Ausbildung weit fortgeschritten, auch wenn es etwas länger gedauert hat. Jetzt bringe ich dir erst einmal intensiv das Landen bei, daran hapert es noch. Wenn du das noch lernst, bist du reif für deinen ersten Alleinflug. Und dann werden wir dir nach alter fliegerischer Tradition deinen hübschen Hintern versohlen.« Lachend half Justus ihr, den Frühstückstisch abzuräumen.

Carola fragte sich, ob sie ihre fliegerische Ausbildung überhaupt fortsetzen sollte. Es würde ihr reichen, mit Justus mitzufliegen. Sie hatte bekommen, was sie wollte.

Als Justus aufbrach, um ins Büro zu fahren, schossen Carola viele Gedanken wild durch den Kopf. Sie überlegte, ob sie Justus beichten sollte, dass sie Frauke, seine Ex-Frau, kannte. Sie entschied, es ihm noch ein paar Tage zu verschweigen. Ihre Angst, ihn gleich wieder zu verlieren, war groß.

Bevor Justus sein Auto öffnete, blickte er an den Himmel. Eine Angewohnheit, die ihm half, das Wetter einzuschätzen. Er sah zwei Jets in großer Höhe, die mit ihren Kondensstreifen ein riesiges X an den strahlend blauen Himmel malten. Wenn man in der Fliegerei die Arme zu einem X formte, bedeutete das *Stopp*!

6. Kapitel

Flug nach Wisconsin, 26. Juli 2009

Über Carolas Wangen kullerten Tränen, als sie sich am frühen Morgen am Check-In des Frankfurter Flughafens von Justus verabschiedete. Ihr Herz hämmerte wild. Justus fühlte einen Druck in der Magengegend. Einerseits freute er sich auf die Erlebnisse, die er in Wisconsin haben würde, und er freute sich darauf, Annie kennenzulernen. Anderseits wusste er nicht, was alles auf ihn zukommen würde, in einem Land, das er bisher nicht kannte. Während der Fahrt nach Frankfurt in Carolas Auto hatte er ihr von Annie berichtet. Er wollte keine Geheimnisse vor ihr haben. Mit Annie würde er sich am 2. August abends in Milwaukee treffen, dann endete das *AirVenture*.

»Bleib mir treu und melde dich bitte jeden Tag«, sagte Carola während sie ihn zum Abschied fest umklammerte.
»Mach dir keine Sorgen«, sagte Justus und gab ihr einen Kuss. »Ich schreibe dir jeden Tag eine kurze E-Mail oder eine SMS und meine Berichte über Oshkosh kannst du in meinem Blog auf der Internetseite meines Verlags lesen.«
»Ich vermisse dich jetzt schon.«
Justus kramte nervös seine Brieftasche heraus und vergewisserte sich nochmals, dass er seine Flugtickets und seine Einreise-Unterlagen bei sich hatte. Carola lief winkend zurück zum Parkhaus. Sie wäre so gerne mitgeflogen, aber ihr Job ließ es nicht zu und sie ahnte, dass es Justus auch nicht recht gewesen wäre.

Beim Betreten des großen Passagierjets stellte Justus sachkundig fest, dass es sich um einen Airbus A 340-300 handelte. Das moderne Flugzeug, das ihn heute nach Amerika bringen würde, war mit vier Triebwerken ausgerüstet und konnte zweihundertfünfundneunzig Passagiere befördern. Es gelang Justus, einen kurzen Blick in das Cockpit zu werfen. Die Crew begrüßte ihn freundlich als sie seinen Segelflugsticker an Justus' Jacke erkannten. Justus hätte sich gerne die moderne Instrumentierung des Airbus genauer angeschaut, aber eine der Stewardessen deutete ihm freundlich aber bestimmend an, dass er bitte seinen Platz aufsuchen sollte. In der Kabine hörte er nur amerikanisches Kauderwelsch. An diese Sprache würde er sich in den nächsten Tagen gewöhnen müssen. Er nahm viele US-amerikanische Jugendliche wahr, die offensichtlich Heimweh hatten und froh waren, wieder nach Hause zu kommen. Der Flug über den Nordatlantik verlief ereignislos. Justus konnte nicht schlafen. Stattdessen genoss er den Blick durch das kleine Seitenfenster aus großer Höhe. Er saß rechts und beim Flug über den Nordatlantik sah er nicht nur Schiffe. Beim näheren Hinsehen entdeckte er sogar einige Eisberge. Um sich die Zeit zu vertreiben, begann er bald, die An- und Abflugvorschriften für die diesjährige Veranstaltung in Oshkosh noch einmal zu lesen. Die An- und Abflugvorschriften wurden in so gennannten *Notice to Airmen*, abgekürzt *NOTAMs*, veröffentlicht. Solche Nachrichten für Luftfahrer gibt es weltweit und regelmäßig. Es handelt sich dabei sowohl um temporäre, als auch um dauerhafte Anordnungen der zuständigen Luftfahrtbehörde zur Absicherung des Flugverkehrs. Die Piloten müssen sie bei ihren Flugvorbereitungen jeweils lesen und bei ihren Flügen berücksichtigen. Bei kleineren Streckenflügen bedeutete das wenig Aufwand, doch die *NOTAMs* für Oshkosh 2009 umfassten mehr als dreißig Seiten. Alles war bis ins kleinste Detail geregelt.

»Man muss schon sehr gut Englisch können, um das zu verstehen und durchführen zu können«, dachte Justus. Er würde zwar mit einem Mietwagen nach Oshkosh reisen, aber er wollte das An- und Abflugverfahren dennoch in seinen Artikeln beschreiben. Piloten, die Oshkosh nach Sichtflugregeln anflogen, mussten vieles beachten. Der Funkverkehr musste auf ein Minimum beschränkt werden, damit der Tower viele Flugzeuge kurz nacheinander abfertigen konnte. Der Anflug nach Sichtflugregeln erfolgte über die kleinen Städte Ripon und Fisk. Ripon liegt fünfzehn nautische Meilen südwestlich des Wittman-Regional-Airports von Oshkosh. Schon vor Ripon mussten die Piloten eine bestimmte Funkfrequenz rasten, um aktuelle Anflug-Informationen abzuhören. Von Ripon aus flog man entlang einer Eisenbahnlinie nach Fisk. Für den über die Strecke Ripon und Fisk anfliegenden Verkehr gab es wiederum eine andere Funkfrequenz. Piloten, die mit Ultraleichtflugzeugen anflogen und auf einer eigens dafür eingerichteten kurzen Graspiste landen würden, mussten andere Anflugrichtlinien beachten. Das Studium der NOTAMs dauerte lange. Justus bewunderte die Amerikaner für ihr Planungs- und Organisationstalent. Insgesamt wurden rund zehntausend Flugzeuge erwartet. Da durfte sich kein Pilot einen Fehler erlauben. Für ihren Anflug mussten die Piloten ausreichend Spritreserven einplanen. Es kam hin und wieder vor, dass man auf einem der Ausweichflugplätze landen musste. Auch für die Ausweichflugplätze gab es An- und Abflugregeln. Es war keineswegs einfach, Oshkosh während des AirVentures anzufliegen. Und trotzdem kamen die Piloten von überall her. Nicht nur mit dem eigenen Flugzeug. Insbesondere an den Tagen vor dem eigentlichen Beginn des Events herrschte Massenabfertigung in der Luft. Wer Oshkosh zum ersten Mal zum AirVenture anflog, sollte sich von einem erfahrenen Piloten oder Fluglehrer begleiten lassen. Das war keine Vorschrift, aber eine Empfehlung. Justus beneidete besonders die Piloten, die mit zweimotorigen Flugzeugen von Europa aus über die Nordatlantikroute nach Oshkosh flogen. Er hatte ein Interview mit einem der Atlantikflieger vereinbart, der einen Flug von Schleswig-Holstein aus über Frankreich, England, Irland, Island, Grönland und Neufundland nach Oshkosh plante. Das kostete nicht nur viel Geld, sondern auch viel Vorbereitungszeit. Dafür würde der

Flug aber sicherlich ein unbeschreibliches Abenteuer werden.

Alle Piloten, die den Wittman-Regional-Airport von Oshkosh anflogen, mussten ihr Flugzeug in allen Situationen vollumfänglich im Griff haben und ihre Navigation zu hundert Prozent beherrschen. Der Flughafen war mit mehreren Landebahnen ausgestattet und es konnte vorkommen, dass der Tower eine kurze Landung auf einer der Landebahnen anwies, so dass man schon am Anfang der Landebahn aufsetzen und nach wenigen hundert Metern abrollen musste. Ebenso konnte eine lange Landung oder ein plötzliches Durchstarten erforderlich sein. Es konnte auch vorkommen, dass man noch vor der Landung in eine Warteschleife geschickt wurde. Dazu musste man an einem bestimmten Ort und in einer bestimmen Höhe solange kreisen, bis man vom Tower zur Landung abgerufen wurde. Jedes gelandete Flugzeug wurde am Boden von Einweisern zu den Abstellplätzen gelotst. Dabei unterschied man unter anderem zwischen Abstellplätzen für Eigenbauten, Oldtimern, Kriegsflugzeugen, Kunstflugzeugen, Flugzeugen der allgemeinen Luftfahrt. Man unterschied auch, ob das jeweils gelandete Flugzeug in der Camping-Area oder auf einer anderen Parkfläche abgestellt werden sollte. Bei der Landung mussten die Piloten entsprechende Schilder mitführen, die die Abstellabsichten zeigten.

Als der *Airbus* über Kanada das amerikanische Festland erreichte, blickte Justus neugierig aus dem kleinen Seitenfenster. Die Landschaft war weitläufig und die Straßen kreuzten sich nahezu exakt rechteckig. Endlich landete der Airbus auf dem Detroit-Metropolitan-Wayne-County-Airport. Der Flughafen ist einer der größten in den USA. Seine sechs Start- und Landebahnen werden von internationalen und nationalen Fluggesellschaften angeflogen. In drei großen Terminals werden die Passagiere abgefertigt. Justus musste durch die Zollabfertigung und seine

Einreisepapiere vorzeigen. Für die Formalitäten und zum Umsteigen in das Flugzeug nach Milwaukee hatte er nur dreißig Minuten Zeit. Nach einigen eher unangenehmen Fragen durch einen hart auftretenden und trotzdem freundlichen Zollbeamten konnte er zum Gate für den Weiterflug laufen. Hinweisschilder halfen ihm, den Weg zu finden.

Auf dem Anschlussflug von Detroit nach Milwaukee in einer schon etwas in die Jahre gekommenen Douglas MD 90 stellte Justus fest, dass sich unter den Passagieren einige Veteranen aus dem zweiten Weltkrieg und aus dem Vietnam-Krieg befanden. Offensichtlich war Oshkosh ebenfalls ihr Reiseziel. Mit einem der Veteranen kam Justus ins Gespräch. In der schmalen Kabine waren links jeweils zwei Sitze, rechts drei Sitze vorhanden. Der Veteran saß links neben Justus und stellte sich mit seinem Vornamen, John, vor. Er erzählte ausführlich von seinen Erlebnissen als junger Pilot einer Mustang P-51 in einer Jagdfliegereinheit im zweiten Weltkrieg.

»Ich habe zwölf Deutsche abgeschossen«, sagte er. »Unsere Bomber flogen damals von England aus ständig nach Schweinfurt, um die Kugellagerwerke dort zu bombardieren. Wir mussten Begleitschutz fliegen und hatten viele Verluste. Gott sei Dank kam ich immer unverletzt wieder zu meiner Einsatzbasis zurück. Aber den Nazis haben wir es ordentlich gezeigt.«

»Es waren nicht alle Nazis«, sagte Justus leise und schaute John von der Seite an. »Es gab unglaublich viele Opfer unter der Zivilbevölkerung – unschuldige Menschen.«

»Und eure Piloten?«

»Ich bin kein Historiker«, antwortete Justus nachdenklich. Er runzelte seine Stirn. »Bis heute kann ich kaum begreifen, wie die Nazis es geschafft haben, so viele Menschen, ja ein ganzes Volk, für ihre Ideologie und für einen brutalen und unsinnigen Krieg zu gewinnen und unter ihre Kontrolle zu bringen. Die Piloten der damaligen Luftwaffe? Natürlich saßen da auch überzeugte

Nazis am Steuerknüppel oder in Führungspositionen – bis zum bitteren Ende. Aber es gab auch viele andere Beispiele. Ich denke, sehr viele von ihnen sind durch die Nazi-Propaganda seinerzeit total fehlgeleitet worden. Ich kannte einen Jagdflieger, der die Messerschmitt Bf 109 G flog. Er lernte – wie viele seiner Generation – in der Flieger-Hitler-Jugend das Segelfliegen. Dann wurde er zur Luftwaffe eingezogen. Später als junger Jagdflieger merkte er, dass er einen völlig absurden Kampf führen musste. Aber es gab kein Entrinnen mehr. Er überlebte den Krieg wie durch ein Wunder, viele seiner Kameraden jedoch nicht.«

»Ich weiß«, sagte John traurig. »Es war grausam. Auch wir Amerikaner und die anderen Alliierten haben viele Opfer bringen müssen. Denk an die Invasion im Juni 1944. Ich habe dann noch gegen Ende des Krieges viele Kameraden durch Luftkämpfe verloren. Abends haben wir noch gefeiert, am anderen Tag …« John beendete den Satz nicht. Seine Erinnerungen ließen ihn niemals ganz los. Immer wenn er über den Krieg redete, überkamen ihn starke Emotionen, so dass er nicht mehr reden konnte.

»Gut, dass wir heute Freunde sind«, sagte er schließlich. Mit seiner rechten Hand drückte er Justus' linke Hand fest.

»Was hast du nach dem Krieg gemacht?« Justus wurde neugierig.

»Ich habe in Boston eine Familie gegründet und wurde Berufspilot. Anfangs flog ich die viermotorige Super-Constellation. Ich flog oft die Strecke New York - London. Das war ein Abenteuer. Wir hatten noch keine so genauen Wettervorhersagen und das Wetter über dem Atlantik war oft unberechenbar. Irgendwann wurde ich auf Düsenflugzeuge umgeschult. Als ich beruflich aufhören musste, machte ich noch eine Weile als Fluglehrer weiter. Dann schaffte ich mir eine alte Cessna 170 B an. Baujahr 1953. Ich habe das Flugzeug zur Grundüberholung in alle Einzelteile zerlegt und wieder zusammengebaut. Nach vier Jahren war die Cessna fertig restauriert. Sie wurde neu zugelassen, und dann flog ich mit ihr quer durch die USA. Sie hat mich nie im Stich gelassen.« John griff in die Innentasche seiner Flieger-Lederjacke, die mit Flieger-Aufnähern und Orden übersät war, und zog einen Briefumschlag hervor. Stolz zeigte er Justus einige Bilder seiner Cessna 170 B. Justus betrachtete die Bilder. Der abgestrebte Hochdecker war neu lackiert und sah aus, als wäre er vor dem Fotografieren gerade aus der Produktion gekommen. Im glänzend rot lackierten Instrumentenbrett waren noch viele alte, originale Instrumente untergebracht. Die weißen Steuerhörner und die Seitenruderpedale waren ebenfalls noch Originale. An der Mittelstrebe der Frontscheibe hing ein altertümlicher Kompass. Darunter hatte John einen modernen GPS-Empfänger montiert.

»Die alten Instrumente habe ich fast alle in Ersatzteilbörsen gekauft, unter anderem auch in Oshkosh«, sagte John, der Justus' Gedanken zu erraten schien. »Ich habe viel Aufwand getrieben und viel Geld ausgegeben, um das Flugzeug wieder so aussehen zu lassen.« John klopfte sich mit beiden Händen auf die Oberschenkel. »Allein die Überholung des Motors hat ein Vermögen gekostet. Aber es hat sich gelohnt. Mit seinen sechs Zylindern und 145 PS lässt der Motor die Cessna wie eine Feder im Wind steigen, auch wenn sie beladen ist.«

Justus schaute den alten Piloten bewundernd an und bemerkte: »Und das dritte Rad ist an der richtigen Stelle, nämlich hinten Spornradflugzeuge sehen einfach schön aus. Besonders gefällt mir die ovale Form des Seitenruders deiner Cessna.«

Justus gab John die Bilder zurück.

»Ich reise nach Oshkosh nicht nur wegen des *AirVentures*«, sagte John etwas wehmütig. »Ich muss einfach die alte Lady einmal wiedersehen. Vor zwei Jahren hab ich sie verkauft. Der neue Besitzer ist ebenfalls EAA-Mitglied. Er kommt jedes Jahr nach Oshkosh. Ich mag ihn sehr. Er ist noch sehr jung, aber schon ein Ass. Er ist Fluglehrer bei der Air-Force und fliegt Kampfjets.«

Justus machte sich Notizen und notierte sich auch das Kennzeichen der Cessna 170 B. Er entschied, dass dieses Gespräch hier mit John Inhalt des ersten Blogs werden würde, den er nach Deutschland liefern musste.

»Fliegst du noch selbst?«

»Nein, ich bin jetzt 88 und nicht mehr ganz fit. Aber ein Leben ohne den Flugplatz kann ich mir nicht vorstellen.«

»Und was sagt deine Frau dazu, wenn du immer noch auf Flugplätzen herumläufst?«

John grinste. »Sie kennt es nicht anders. Und sie weiß immer, wo ich bin.«

Justus blickte aus dem Fenster. Der Flug nach Milwaukee über einen der fünf großen nordamerikanischen Seen, den Lake Michigan, dauerte eine gefühlte Ewigkeit, trotz der hohen Geschwindigkeit der MD 90. Erst jetzt wurde Justus klar, dass er in ein Land riesiger Dimensionen einreiste.

Die Landung auf dem General Mitchell Airport in Milwaukee bei Seitenwind war etwas holprig, denn der Pilot hatte einen Tick zu hoch abgefangen und leicht schiebend aufgesetzt. Trotzdem klatschten die Passagiere. Justus grinste. Das war keine saubere Landung gewesen, für die man unbedingt Beifall hätte klatschen müssen. Beim Aussteigen klopfte einer der alten Veteranen dem jungen Captain, der in der Tür zum Cockpit stand, freundlich auf die Schulter und sagte: »Ihr Typen habt einen guten Job gemacht!«

John, der hinter Justus ausstieg, lachte zum Abschied und sagte leise: »Mann, das konnten wir früher viel besser.«

Sie gaben sich freundschaftlich die Hand. Möglicherweise würden sie sich in Oshkosh treffen. Aber bei über 570.000 insgesamt zu erwartenden Zuschauern, war das eher unwahrscheinlich.

»Take Care«, sagte John. Er würde mit einem von der EAA organisierten Bus direkt nach Oshkosh weiterreisen.

»Take Care«, sagte Justus.

Als sie sich trennten, schaute Justus sich im Terminal des General-

Mitchell-Airports um. Durch seine Reisevorbereitungen wusste er, dass der Namensgeber des Flughafens ein US-amerikanischer Kriegsflieger des ersten Weltkriegs gewesen war und dass dieser vielen Amerikanern als einer der Väter der modernen US-Air-Force bekannt war. Am Airport gab es nur ein Terminal, aber der Flughafen verfügte insgesamt über fünf Start- und Landebahnen. Zwei der Start- und Landebahnen waren für Starts- und Landungen von großen Jets geeignet. Justus fand im Terminal eine Kaffee-Bar und trank dort einen Kaffee. Trotz der großen Menge an Adrenalin in seinem Körper fühlte er den Jetlag. Sein Kopf sagte ihm, dass es zwanzig Uhr sei, in Milwaukee war es aber erst dreizehn Uhr. Er kramte sein Handy heraus und schrieb eine SMS an Carola. Minuten später antwortete sie ihm:

Viel Spaß und pass auf dich auf! HDL!

Auch Annie und seinen Chef informierte Justus über seine Ankunft. Auf dem Weg zum Mietwagen-Counter entdeckte er im Terminal eine kleine Ausstellung, die *Mitchell Gallery of Flight*. In einer Glasvitrine, über der sich mehrere große Uhren befanden, welche die Uhrzeiten verschiedener Zeitzonen anzeigten, befand sich eine Ausstellung über James A. Lovell. Der Kommandant von Apollo 13 war in Milwaukee aufgewachsen und hatte in Wisconsin studiert, bevor er als Testpilot bei der Marine diente und später Astronaut wurde. Darüber hinaus würdigte die Ausstellung verschiedene US-amerikanische Fliegerpersönlichkeiten. Vom erfolgreichen Kriegsflieger aus Wisconsin bis hin zu Charles Lindbergh, dem Flugpionier, der im Mai 1927 als erster Mensch den Atlantik von West nach Ost überquert hatte – mit der einmotorigen *Spirit of St. Louis*. Die Ausstellung war mit *HOME OF THE BRAVE* übertitelt. Der Patriotismus war spürbar.

Am Mietwagen-Counter erhielt Justus nach Erledigung der Formalitäten die Schlüssel für einen Ford Mustang GT. Das Auto hatte einen 8-Zylinder-Motor mit 320 PS. Justus hatte den Mustang mit Absicht gebucht und mit seinem Chef vereinbart, dass er die Hälfte der Mietkosten selbst übernehmen würde. Justus wollte sich einfach einmal ein solches Auto gönnen und seiner Meinung nach passte es auch zu dem großen Land, in dem er unterwegs sein würde. An das Automatik-Getriebe musste er sich zunächst gewöhnen. Er wusste, dass er den Mustang aufgrund der Geschwindigkeitsbeschränkungen in den USA nicht voll ausfahren konnte, aber das war ihm auch nicht wichtig. Er wollte einfach einmal das Gefühl von der Freiheit des Reisens in den USA erleben, auch wenn er keine längeren Strecken fahren würde. Er bedauerte es, dass er nicht mit einem Flugzeug reisen konnte.

Am Mietwagen-Counter erhielt Justus außerdem einen amerikanischen Laptop, den Annie für ihn gekauft und dort deponiert hatte. Sie hatte für Justus auf ihre Rechnung auch einen Internet-Account bei einem US-amerikanischen Provider gebucht, so dass Justus in den USA problemlos online gehen konnte und alle technischen und administrativen Probleme vermied, die mit der Verwendung seines deutschen Laptops aufgetreten wären.

Dank seiner intensiven Reisevorbereitungen, seines guten Orientierungssinns und des intuitiv bedienbaren Navigationssystems im Mietwagen erreichte Justus vom General-Mitchell-Airport aus über verschiedene Zubringerstraßen recht schnell den Highway U.S. 41, eine breit ausgebaute Autobahn, die ihn direkt nach Norden, nach Oshkosh bringen würde. Schon als Passagier, im Landeanflug auf Milwaukee, aus den kleinen Fenstern der Douglas MD 90 heraus, hatte Justus bemerkt, dass Milwaukee eine sehr große Stadt ist. Jetzt, auf den viel befahrenen Straßen, mit Blick auf die Stadt und die Umgebung, wurde ihm dies umso mehr bewusst. Trotz seiner aufkommenden Müdigkeit genoss Justus die Fahrt. Er fuhr langsam und blieb oft unterhalb der vorgeschriebenen Geschwindigkeitslimits. Die abwechslungsreiche Landschaft gefiel ihm. Er nahm sich vor, die neuen Eindrücke in seinem Gedächtnis zu bewahren, um sie später notieren zu können. Bald schon fuhr Justus westlich an der Stadt Fond du Lac vorbei. Links des U.S. 41 erblickte Justus aus den Augenwinkeln heraus einen größeren Flughafen. Es handelte sich um den Fond-du-Lac-Skyport, der Flughafen war einer der Ausweichflughäfen für das *AirVenture*. Justus sah, dass dort sehr viele Flugzeuge abgestellt waren. Er befuhr weiter den U.S. 41. Am Straßenrand der mehrspurigen Autobahn entdeckte er überall Hinweise auf das *AirVenture*. Sogar einen eigenen Radiosender betrieb die EAA während der Veranstaltung. Tune In stand auf den Schildern mit einer entsprechenden Frequenzangabe. Und genau das tat Justus. Er stellte das Autoradio auf die Frequenz des EAA-Senders ein und nahm sich vor, den Sender täglich einzuschalten, wenn er vom Hotel zum *AirVenture* fuhr. Er fühlte den Jetlag immer stärker. Der EAA-Radiosender informierte umfassend über die Veranstaltung, spielte zwischendurch aber auch weltweit bekannte Country- und Rock-Balladen, sowie Soul- und Rhythm-and-Blues-Stücke. Bei dem Song einer amerikanischen Sängerin fühlte Justus plötzlich einen inneren Schmerz, ein aufkommendes Heimweh. Er wusste, dass Frauke diesen Song sehr liebte. Er fuhr auf den nächsten Parkplatz, stieg aus, zündete sich eine Zigarette an und zog etwas wehmütig ein Bild seiner Ex-Frau mit den beiden gemeinsamen Töchtern aus seiner Brieftasche. Bevor er weiterfuhr, schrieb er seinen beiden Töchtern und auch Frauke eine SMS. Weiter auf dem U.S. 41 zeigte ihm das Navigationssystem des Ford Mustang nach einiger Zeit an, dass er sich auf der Höhe des Wittman-Regional-Airports befand, auf dem das *AirVenture* stattfinden würde. Überdimensional große Trucks rauschten links und rechts an ihm vorbei, die Fahrer hielten sich offensichtlich nicht an das vorgegebene Tempolimit. Justus musste sich auf den Straßenverkehr konzentrieren und konnte den Flughafen nicht sehen, auch nicht danach suchen, aber er sah von Westen her viele anfliegende Motorflugzeuge. Seine Gefühlslage besserte sich wieder etwas. Bald würde er sich unter die Zuschauer und die Piloten mischen. Menschen, die wie er, eine immerwährende Flugbegeisterung verspürten und denen das Fliegen mehr bedeutete als eine reine Fortbewegung in der Luft. Vom U.S. 41 aus leitete ihn das Navi nördlich des Flughafens auf die durch die Stadt Oshkosh verlaufende West 9th Ave. Das Hotel, in dem Justus ein kleines Zimmer gebucht hatte, lag in der Nähe der Mündung des Fox River in den Lake Winnebago. Oshkosh ist eine eher kleine Stadt mit rund fünfundsechzigtausend Einwohnern. Justus fiel ein, dass sich irgendwo am Lake Winnebago auch ein Flugplatz für Wasserflugzeuge befand, der während des *AirVenture* stark frequentiert wurde. Im Hotel angekommen und eingecheckt, schrieb Justus seinen ersten kurzen Blog, danach fiel er in einen tiefen Schlaf.

7. Kapitel

Oshkosh, Wisconsin, USA, 27. Juli bis 2. August 2009

Noch vor dem Frühstück schrieb Justus Carola eine E-Mail:

Hi, geht's dir gut, was gibt es Neues daheim? Nach der ersten Nacht im Hotel fühle ich mich ausgeruht und der Jetlag ist kaum mehr spürbar. Ich freue mich auf das AirVenture und der Mustang vor dem Hotel scharrt schon mit den Hufen. Gestern, auf dem Weg von Milwaukee nach Oshkosh, konnte ich die weitläufige Landschaft hier bewundern. Ich habe eine ebene, teilweise auch leicht hügelige Landschaft wahrgenommen. Aus einem Prospekt im Hotel habe ich erfahren, dass es in Wisconsin rund fünfzehntausend Seen gibt. Diese sind, wie auch die fünf großen Seen, eine Hinterlassenschaft der letzten Eiszeit. Im Norden des Landes soll es neben vielen Seen auch große Misch- und Nadelwälder geben. In Wisconsin gibt es aber auch große Ebenen mit fruchtbarem Ackerland. Vielleicht ist das ein Grund dafür, warum vor so langer Zeit so viele Deutsche hier eingewandert sind. An das Klima hier muss ich mich aber noch gewöhnen. Anders als in Deutschland herrscht hier ein Kontinentalklima mit heißen Sommern und oft sehr kalten Wintern vor. Das Wetter heute ist gut, momentan ist keine Wolke am Himmel zu sehen und es weht ein trockener Wind. Heute soll es über fünfunddreißig Grad Celsius heiß werden. Die Amis messen die Temperatur in Fahrenheit, das wären dann fünfundneunzig Grad. Gestern Abend wurde es für einen Sommertag ungewohnt früh dunkel. Das liegt daran, dass Wisconsin am 44. Breitengrad liegt, also viel weiter südlich als Deutschland. Dadurch verschwindet die Sonne abends früher hinter dem Horizont.

Justus fügte der E-Mail ein Bild des Ford Mustang bei, welches er am Vortag vor dem Hotel aufgenommen hatte. Auch ein paar Bilder von der Landschaft, die er auf dem Weg von Milwaukee nach Oshkosh geschossen hatte, fügte er hinzu. Er schloss die Mail ab mit den Worten: *Take Care, ich liebe dich.*

Carola empfing die E-Mail gegen fünfzehn Uhr mitteleuropäischer Zeit, antwortete aber nicht.

Die Fahrt zum Wittman-Regional-Airport am südlichen Stadtrand von Oshkosh dauerte trotz kleiner Staus nicht lange. Justus schaltete das Autoradio ein und suchte den Sender des AirVentures. Ein Moderator mit einer angenehmen Radiostimme interviewte einen amerikanischen Schauspieler und leidenschaftlichen Piloten, der sich das *AirVenture* gemeinsam mit weiteren Prominenten aus der Fliegerei und der amerikanischen Öffentlichkeit nicht entgehen lassen wollte. Justus hatte Mühe, den Dialog zu verstehen, da der Moderator sehr schnell sprach. Die anschließenden Verkehrs- und Parkplatzinformationen waren besser zu verstehen. Justus fuhr gemütlich und langsam. Er hatte es nicht eilig. Über die Poberezny-Road erreichte er schließlich eine große Parkplatzfläche, die mit *Grey-Lot* gekennzeichnet war. Die Poberezny-Road verlief direkt am Flughafen entlang und war nach Paul Poberezny benannt, einem Flugzeugkonstrukteur und Pilot, der die EAA einst mitgegründet hatte und inzwischen verstorben war. Gleich links neben dem Grey-Lot befand sich das EAA-Museum und daran angrenzend der kleine Pioneer-Airport, der einem typisch amerikanischen Flugplatz der dreißiger Jahre sehr ähnelte. Der Flugplatz grenzte westlich direkt an das Gelände des Wittman-Airports an, die 600 Meter lange Graspiste wurde noch benutzt. Als Justus nach etwa zehn Minuten zu Fuß das Main-Gate, den Haupteingang, erreichte, sah er darüber ein Schild mit der Aufschrift:

AirVenture 2009 – The World's Greatest Aviation Celebration

Justus zeigte sein Ticket vor, betrat das weitläufige Gelände und kam bald schon aus dem Staunen nicht mehr heraus. Er sah Flugzeuge aller Art, soweit das Auge reichte. Schon bei seinen Vorbereitungen in Deutschland hatte er die Karten und Lagepläne des Wittman-Airports intensiv studiert. Die Pläne und den Veranstaltungskalender hatte er in seiner Tasche, die Orientierung vor Ort fiel ihm leicht. Der Flughafen wies insgesamt vier Asphaltpisten auf. Eine in Kompassrichtung 18/36 ausgerichtete Start- und Landebahn mit einer Länge von 2440 Metern und nördlich davon eine von Ost nach West verlaufende 09/27 mit einer Länge von 1884 Metern. Aus der Vogelperspektive ergaben diese beiden Haupt- Start und Landebahnen das Bild eines großen T. Zwischen diesen beiden Start- und Landebahnen gab es noch zwei kürzere, kreuzförmig angelegte Pisten. Die in Kompassrichtung 23/05 ausgerichtete Piste mit einer Länge von 1126 Metern und die 31/13 mit 933 Metern. Am südwestlichen Ende des Flughafens befand sich direkt neben der so genannten Ultraleicht-Scheune eine sehr kurze Graspiste, die 15/33 mit 365 Metern. Diese konnte ausschließlich nur von Ultraleichtflugzeugen – und nur von Piloten mit entsprechendem Können, genutzt werden. Die Ausstellungsflächen sowie die Parkflächen für die Flugzeuge befanden sich westlich der Start- und Landebahn 18/36. Über dieser Piste wurden auch die täglichen Airshows durchgeführt. Als Justus den hohen Tower erblickte, musste er grinsen. Auf einem am Tower angebrachten Banner stand in großen Lettern:

World Busiest Control Tower - der meistbeschäftigte Kontrollturm der Welt.

Justus zerrte seine Kamera aus seiner Umhängetasche heraus und fotografierte alles, was er für sich privat und für seine Reportagen benötigen würde. Er nutzte ein Diktafon, um seine Eindrücke festzuhalten und Interviews aufzuzeichnen. In einem der großen Zelte befand sich ein Counter für ausländische Besucher. Justus schrieb sich dort ein. Nicht weit davon befand sich ein Shop, in dem man Merchandising-Artikel kaufen konnte. Für seine Töchter, für Carola und für sich selbst kaufte er jeweils ein blaues T-Shirt mit dem Logo der EAA und dem Aufdruck *Oshkosh 2009*. Für sein Büro erwarb er noch einen Mini-Windsack, ebenfalls mit dem Logo der EAA und dem Schriftzug Oshkosh 2009. Wie alle Windsäcke in den USA war auch der Mini-Windsack orange gefärbt.

»Hier müssen sie aufpassen, dass ihnen ihre Dollars nicht vorzeitig ausgehen«, sagte ein freundlicher Amerikaner, der breit grinsend neben ihm an der Kasse stand.

»Stimmt«, antwortete Justus und grinste zurück. »Ich werde eine Woche in Oshkosh sein und hier sicher noch mehr einkaufen.«

»Ihrem Akzent nach zu urteilen kommen sie aus Deutschland«, stellte der Amerikaner beiläufig fest.

»Ja, sagte Justus. Ich bin Journalist und beruflich hier – Fachpresse.«

»Viele Leute hier in Wisconsin haben deutsche Vorfahren. Ich auch«, sagte der Amerikaner stolz. »Ich habe aber keine Ahnung, wo die wirklich lebten in Deutschland. Mein Grandpa und meine Granny redeten immer Deutsch miteinander, wenn sie nicht wollten, dass wir ihre Gespräche belauschten.« Er grinste abermals, bezahlte seine Rechnung und verließ das Zelt, in dem es schon am frühen Morgen sehr heiß war.

An jedem Tag, den Justus auf dem großen Flughafen verbrachte, begab er sich vormittags zu den Ausstellungsflächen und nahm hin und wieder an Workshops teil. Für jedes Thema hatte er genügend Zeit eingeplant. An der Ultraleicht-Scheune traf sich die amerikanische Ultraleichtflieger-Szene und dort fand Justus auch deutsche Aussteller, die ihre Flugzeuge hier präsentierten. Interessenten konnten die Flugzeuge zu bestimmten Zeiten in Begleitung eines Vorführpiloten probefliegen. Mit Shuttle-Bussen fuhr Justus auf dem großen Flughafen von einer Ausstellungsfläche zur anderen. Die Ausstellungsflächen und auch die von den Besuchern abgestellten Flugzeuge, unter deren Tragflächen sich die Zelte der Besucher fanden, waren nicht abgesperrt. Anders als bei ähnlichen Veranstaltungen in Deutschland, waren hier nahezu alle Bereiche frei zugänglich. So kam man leicht ins Gespräch mit den Piloten, Konstrukteuren und anderen Besuchern. Nur an der Haupt-Start- und Landebahn, der 18/36, befanden sich niedrige Absperrbänder in ausreichendem Sicherheitsabstand. Viele freiwillige Helfer, *Herz und Seele* des *AirVenture* genannt, kontrollierten hin und wieder die Absperrbänder und wiesen die Zuschauer freundlich und unaufgeregt darauf hin, die Absperrung nicht zu übertreten.

Die Ausstellung der Barnstormer-Flugzeuge begeisterte Justus sehr. Barnstormer -Scheunenstürmer-nannte man seinerzeit die Piloten, die aus dem ersten Weltkrieg nach Hause, zurück in die USA kamen und weiterhin fliegen wollten. Auch, weil sie keine besseren Jobs fanden. Fliegen war das einzige, was sie gelernt hatten. Sie kauften sich alte Doppeldecker aus Armeebeständen, flogen quer durch die Staaten und landeten auf längeren Wiesen, jeweils in der Nähe von Ansiedlungen. Sie führten gegen Entlohnung immer waghalsigere Kunststücke vor und boten auch Ausbildungsflüge an. Weil es bei diesen Kunstflugvorführungen viele Unfälle gab, führte die amerikanische Luftfahrtbehörde ab 1936 strenge Regeln ein. Dadurch und später durch den Eintritt der Amerikaner in den zweiten Weltkrieg starb die Barnstormerbewegung nahezu aus. Aber viele ihrer Flugzeuge überlebten und wurden durch Privatleute, auch durch EAA-Mitglieder, liebevoll grundüberholt und in Oshkosh präsentiert. Man musste sehr genau hinschauen, um feststellen zu können, ob das jeweils ausgestellte Flugzeug ein überholtes Original oder ein Nachbau war. Justus war fasziniert von den blank geputzten Flugzeugen. An den Motoren war kein einziger Öltropfen zu finden und die Zylinderdeckel glänzten. Die meisten Piloten trugen die typisch amerikanische Pilotenkleidung aus den zwanziger Jahren, das

rundete die Szenerie ab und versetzte die Besucher in die fliegerische Vergangenheit der USA zurück.

Gegen Mittag gönnte sich Justus meistens *Brat* und ein kaltes Wasser, das ihm half, die Hitze besser zu ertragen. *Brat* ist eine der
deutschen Bratwurst nachempfundene Wurst, die mit Weißbrot
serviert wird. Etwas gewöhnungsbedürftig, aber lecker. Auch
beim Essen war der deutsche Einfluss in Wisconsin spürbar.

Auf der Homebuild Area, der Ausstellungsfläche für die vielen
hier ausgestellten Eigenkonstruktionen, kam Justus mit verschiedenen Konstrukteuren, Mechanikern, Ingenieuren und
Piloten ins Gespräch. Eigenkonstruktionen und Nachbauten
wurden in den USA nach besonderen Vorschriften geprüft und
zugelassen. Die Flugzeuge mussten mit dem Aufkleber *Experimental* gekennzeichnet werden.

Vor einem schnittigen, einsitzigen Tiefdecker, der überwiegend
aus Aluminium gefertigt und statt einer Lackierung blank po-
liert war, traf Justus auf einen schwerfälligen, dicken Texaner,
der sich mit seinem Vornamen Jack vorstellte und Justus fest
die Hand schüttelte. Auf der linken Tragfläche seines Flugzeuges hatte Jack stolz größere Zeitungsausschnitte einer deutschen Fachzeitschrift aufgeklebt. Justus erkannte sofort, dass es
die Zeitschrift eines konkurrierenden Verlags war. Der Artikel
stammte aus einer Vorjahresausgabe.
»Gut, dass du hier bist«, Jack lachte. Justus hatte Mühe, den Texaner
zu verstehen.
»Wenn du Deutscher bist, kannst du mir den Artikel gleich einmal übersetzen. Wenn die geschrieben haben, Jack ist so dick,
dass er nicht mehr in sein eigenes Flugzeug hineinpasst, würde
ich das den Typen echt übelnehmen.«
Justus grinste und überflog den Artikel.

»It's all right, Jack«, sagte Justus. Es steht nur gutes darin. Wie lange hast du daran gebaut?«

»Ich habe mit Hilfe der EAA zwei Jahre konstruiert und drei Jahre gebaut. In der alten Scheune meiner Farm in Taylor, Texas. Das ist nicht weit weg von Austin. Beim Einfliegen merkte ich, dass das Flugzeug nach links abdriftete. Ich hatte eine Tragfläche leicht verzogen gebaut und musste die ganze Fläche nochmal neu bauen. Jetzt fliegt sie sauber geradeaus, wenn man den Steuerknüppel loslässt und sie schön austrimmt.«

»Bist du mit dem kleinen Ding etwa von Texas bis nach Oshkosh geflogen?«

»Nein«, sagte Jack mit einem wehmütigen Blick auf sein Flugzeug. »Als sie fertig war, bekam ich gesundheitliche Probleme und durfte nicht mehr fliegen. Ich habe sie auf dem Anhänger transportiert. Das *AirVenture* lasse ich mir nicht nehmen.«

»Würde ich auch so machen«, sagte Justus.

»Ich bin übrigens deutscher Abstammung«, sagte Jack. »Meine Vorfahren sind irgendwann um 1850 nach Texas eingewandert. Was muss ich tun, um herauszufinden, wo sie herkamen?«

»In dem Artikel habe ich gelesen, dass du Mueller heißt«, sagte Justus mit einem fragenden Blick.

»Ja, richtig. Mein Name ist Jack Mueller.«

Justus lachte laut und antwortete: »Müller heißt ungefähr jeder zweite Deutsche. Das wird sehr schwer. Frage einmal bei den Mormonen nach. Vielleicht sind deine Vorfahren damals mit dem Texasverein ausgewandert. Austin ist nicht weit von New Braunfels entfernt, richtig?«

»Ja, stimmt. Scheint aber viel Aufwand zu sein, eine Spur in die Vergangenheit zu finden. Dafür habe ich kaum Zeit. Ist mir auch nicht so wichtig.«

Sie verabschiedeten sich freundlich.

In der Warbird-Area, dem Bereich, in dem Kriegsflugzeuge

aus dem zweiten Weltkrieg ausgestellt waren, hielt Justus sich besonders lange auf. Hier standen nicht nur amerikanische Jagdflugzeuge und Bomber, sondern auch eine Spitfire und ein Lancaster Bomber aus England. Vor einer B-17G kam Justus ins Gespräch mit einem Kriegsveteranen, der an einem Stock ging und den Justus auf etwa Neunzig Jahre schätzte. Der alte Mann trug ein T-Shirt mit dem Aufdruck *I like the smell of Aircraft-Fuel in the Morning* – ich liebe den Geruch von Flugzeugbenzin am Morgen. Seine Fliegerlederjacke war ihm zu klein und passte ihm kaum noch, aber er trug sie stolz, um seine vielen Orden zu zeigen, die an der Jacke befestigt waren. Justus ahnte, dass er hier einen hochdekorierten Veteranen vor sich hatte, der im zweiten Weltkrieg Pilot gewesen sein musste.

»Mein Name ist Justus Sessenroth. Ich bin ein deutscher Journalist. Darf ich sie interviewen?«, fragte Justus neugierig.

»Yes, sure«, antwortete der Veteran freundlich. »Mein Name ist Bob Smits. Nennen sie mich einfach Bob. Ich habe eine B-17G im Krieg geflogen«, sagte er stolz und deutete auf den großen Bomber hinter ihnen. Justus hörte dem alten Mann aufmerksam zu und schaltete sein Diktafon ein.

»Wir haben viele Einsätze über Deutschland geflogen, erfolgreich!« Bob machte eine Pause, dann schaute er Justus ernst an und erklärte weiter: »Anfang März 1945 haben uns deine Landsleute abgeschossen. Wir bekamen mehrere böse Flak-Treffer, wodurch der linke äußere Motor herausgerissen wurde und der Heckschütze starb. Alle anderen konnten mit dem Fallschirm aussteigen. Wir landeten in der Nähe der Stadt Westerburg.«

»Was? Das ist ja ein Ding«, sagte Justus aufgeregt. »Westerburg im Westerwald?«

»Ja«, sagte der Veteran. »Das war über dem Westerwald. Wir sammelten uns am Rand eines kleinen Dorfes in einem Wäldchen und überlegten, in welche Richtung wir fliehen sollten. Aber das war sinnlos. Wir wussten, dass wir der Gefangenschaft nicht entgehen konnten und hatten große Angst davor. Einige Dorfbewohner in Zivil entdeckten uns auch bald und führten uns in ein Gemeindehaus. Einer von denen hatte eine Waffe, die er vorsichtshalber entsicherte. Die anderen Leute waren sehr nett zu uns, obwohl wir doch eigentlich Feinde waren.«

»Und dann?«

»Wir bekamen etwas Kaffee und etwas Kuchen. Dann kamen bewaffnete Soldaten der Luftwaffe. Ich glaube, die gehörten einer Flak-Einheit an – junge Kerle. Die haben uns weniger gut behandelt. Sie verhörten uns und einer schlug mir ins Gesicht, weil ich keine Details über unseren Einsatz preisgab, sondern nur meine Erkennungsmarke zeigte, meinen Dienstgrad, meinen Namen und unsere Einheit nannte. Schließlich brachten sie uns mit einem Lastwagen nach Gießen in ein Gefangenenlager. Wir hatten unterwegs große Angst vor Tieffliegerangriffen. Woher hätten unsere Piloten mit ihren P-38 Lightnings und P-47 Thunderbolts auch wissen sollen, dass der Lastwagen Amerikaner transportiert. Zu dieser Zeit machten unsere Jungs Jagd auf alles, was sich am Erdboden bewegte. Gott sei Dank kamen wir heil im Lager an. Die Kriegsgefangenschaft dauerte nicht lange, weil das Lager bald nach unserer Ankunft befreit wurde.«

»Denkwürdige Geschichte. Du solltest einmal nach Deutschland kommen. Würdest du die Absturzstelle wiederfinden, wenn ich dir das Gebiet aus der Luft zeige?« Justus dachte bereits an einen Artikel, den er zu diesem Thema schreiben könnte.

»Danke für das Angebot«, sagte Bob. »Dafür bin ich jetzt zu alt. Aber ich war nach dem Krieg noch mehrmals in Deutschland. Als ich aus der Gefangenschaft befreit wurde, kamen die Überlebenden meiner Besatzung und ich zurück nach England zu unserer Einheit und wurden erst einmal ausführlich befragt. Wir flogen drei weitere Einsätze, dann war der Krieg für uns zu Ende.«

»Wann warst du wieder in Deutschland?«

»Das ist eine lange Geschichte, die dich sicher sehr interessieren wird?« Bob blickte Justus geheimnisvoll an.

»Warum?«

»Dein Name ist Sessenroad?« Bob sprach den Namen amerikanisch aus. Die Silbe *roth* klang dabei wie *road*, das amerikanische Wort für Straße.

»Ja, genau. Sessenroth«, sagte Justus. Aufgeregt schaute er Bob an und half ihm, auf einem Campingstuhl Platz zu nehmen.

»Was hat mein Name mit deiner Geschichte zu tun?«

Bob zog wortlos das Bild einer zweimotorigen C-47 Dakota, der Army-Version der legendären DC-3, aus seiner Brieftasche und zeigte es Justus.

»Im Mai 1948 wurde ich in der Nähe von Boston auf dieses Flugzeug umgeschult und war ab Ende Juni 1948 einer der vielen Piloten, die zur Versorgung der Stadt Berlin im Rahmen der Luftbrücke eingesetzt wurden. Ein großes Abenteuer, das im Mai 1949 endete. Ich werde es nie vergessen.«

Justus blickte Bob fragend an.

Bob gestikulierte und beschrieb mit seinen beiden flach ausgestreckten Händen lässig zwei startende Flugzeuge. Er erklärte weiter: »Einer meiner Fliegerkameraden flog ebenfalls eine C-47 während der Luftbrücke. Später flogen wir die viermotorige C-54 Skymaster. Besser bekannt ist sie als zivile Version, als DC-4.«

»Natürlich kenne ich die DC-4. Aber was hat das alles mit meinem Nachnamen zu tun?«

Der Name eines meiner Fliegerkameraden, der sie flog, war Jacob Sessenroth!«

Bob machte eine Pause und zeigte grinsend auf das Pin-up-Girl, das an der Bugsektion der B-17G aufgemalt war, vor der sie immer noch standen. Eine aufrechtstehende, nackte, sehr junge Blondine mit langen, verschränkten Beinen. Ihr linker Arm war ausgestreckt, der Zeigefinger ihrer linken Hand deutete nach oben, während sie mit ihrem rechten Unterarm geschickt ihre großen Brüste verdeckte.

»Jacob stammte hier aus Wisconsin, sagte Bob, immer noch grinsend. »Unsere Einsatzorte in Deutschland waren die Flughäfen Wiesbaden-Erbenheim und Frankfurt. Kennst du die Geschichte der Luftbrücke und wie sie organisiert war?«

»Ja, ein wenig«, sagte Justus unsicher.

»Von Wiesbaden aus flogen wir durch den südlichen Korridor in fünf Ebenen mit einem Höhenabstand von nur fünfhundert Fuß nach Berlin-Tempelhof. Es gab drei dieser Korridore und die Luft war voller Flugzeuge. Alle drei Minuten landete ein Flugzeug. Auf dem Flughafen Berlin-Tempelhof wurden unsere Flugzeuge entladen. Manche von uns hatten Mitleid mit der deutschen Bevölkerung. Wir verschenkten oft Schokolade und Zigaretten. Wir nannten unsere Flugzeuge Candy-Bomber, die Berliner nannten sie Rosinenbomber. Wir flogen über den mittleren Korridor zurück nach Hannover und von dort meistens wieder nach Wiesbaden oder Frankfurt, um neue Ladung aufzunehmen. Rund um die Uhr. Wenn wir Pausen hatten, was sehr selten vorkam, flirtete Jacob heftig mit einem deutschen Fräulein. Dass er verheiratet war machte ihm offensichtlich nichts aus.« Bob zeigte nochmals grinsend auf das Pin-up-Girl.

Justus war aufgeregt. Er hätte sich zur Beruhigung seiner Nerven gerne eine Zigarette angezündet, aber das war im Bereich der ausgestellten Warbirds verständlicherweise verboten.

»Weißt du mehr über meinen Namensvetter?«, fragte er Bob.

»Ich lernte ihn erst während der Luftbrücke kennen. Er erzählte mir, dass er im Krieg ebenfalls Pilot einer B-17 war, allerdings flog er in einer anderen Einheit. Offensichtlich hatte er deutsche Vorfahren, aber er blockte jedes Gespräch darüber ab. Während wir Luftbrücke flogen, bekam er oft Briefe aus Wisconsin mit Bildern seiner Frau und des Babys. Kurz nach dem Krieg verpasste man ihm den Rang eines Captains.«

»Wurde seine B-17 auch abgeschossen? War er auch in deutscher Gefangenschaft?«

»Das weiß ich nicht«, sagte Bob schwerfällig. »Über den Krieg haben wir sehr selten geredet. Ich hatte immer das Gefühl, dass er schlimmes durchgemacht oder etwas zu verbergen hatte. Er gab sich oft sehr nachdenklich und verschlossen. Vielleicht wollte er aber auch einfach nur seine Kriegserlebnisse verdrängen. Viele von uns wollten diese schrecklichen Geschehnisse einfach vergessen.«

»Was ist aus Jacob geworden?«

»Wir haben uns noch eine Zeitlang geschrieben, dann brach der Kontakt ab. Wir verloren uns einfach aus den Augen. Ich schied 1950 aus dem aktiven Dienst aus und übernahm einen Job in Seattle, Washington. Das ist weit entfernt von Wisconsin. Vor zehn Jahren bekam ich eine Einladung eines deutschen Historikers. Er bat mich, nach Deutschland zu kommen, er wollte mir die Absturzstelle meiner B-17 zeigen. Der Historiker erforschte die Schicksale amerikanischer, englischer und deutscher Besatzungen, die es über seiner Heimat erwischt hat. Ich berichtete Jacob davon in einen Brief, bekam aber nie eine Antwort. Wenn ich anrief, nahm seine Frau den Telefonhörer ab und blockte das Gespräch ab. Ich fürchte, sie wollte verhindern, dass er nochmal nach Deutschland reiste.«

»Hast du seine Adresse?«, fragte Justus aufgeregt.

»Nicht auswendig. Wenn er noch lebt, findest du seine Adresse vielleicht im Internet. Der Ort heißt Richfield und befindet sich nicht weit weg von Milwaukee.«

Justus grübelte. Hatte Annie ihm nicht geschrieben, ihre Vorfahren hätten sich in Richfield bei Milwaukee niedergelassen? War Jacob Sessenroth mit Annie verwandt? Was war im Krieg mit ihm passiert? Er würde Annie unbedingt dazu befragen müssen.

»Danke für deine Zeit, Bob.« Justus wollte sich gerade verabschieden, doch Bob hielt ihn gestikulierend zurück. »Die Story geht noch weiter. Und außerdem solltest du die Gelegenheit nutzen, dir die B-17 einmal von innen anzuschauen.«

»Ok, gerne«, sagte Justus. Er blickte auf seine Uhr.

»Ich folgte der Einladung des Historikers«, erzählte Bob. »Ich reiste vor zehn Jahren noch einmal nach Deutschland. Zwei meiner Crewmitglieder, der Navigator und einer der Bordschützen und natürlich unsere Frauen, begleiteten mich. Der Historiker wusste alles über unseren Flug und den Abschuss, wollte aber mehr über unsere persönlichen Schicksale erfahren. Er dokumentierte solche Geschichten sehr detailliert. Außerdem schien es ihm ein Anliegen zu sein, mit ehemaligen Feinden Freundschaft zu schließen.«

»Ist euch das gelungen?«

»Und ob. Wir haben uns mit deinen Landsleuten auf Anhieb gut verstanden und uns angefreundet. Sie bewirteten uns zuvorkommend und zeigten uns das Land. Nicht nur die Stellen, wo das Wrack unserer B-17 lag und wo wir mit den Fallschirmen landeten. Wir machten eine Tour entlang des Rheins bis Köln und bewunderten den Dom. Und wir waren in Dillenburg und schauten uns den Wilhelmsturm und das Gestüt an. Das war wichtig für mich, denn meine Vorfahren stammten aus den Niederlanden.«

»Wilhelm von Oranien, der Befreier der Niederlande, kam dort 1533 zur Welt«, sagte Justus.

»Deshalb wollte ich Dillenburg sehen«, sagte Bob. »Die Deutschen haben mir erklärt, das Dillenburger Schloss sei 1760 zerstört und die oberirdischen Anlagen 1768 geschleift worden. Als Pferdenarr hat mich besonders die Geschichte des Landesgestüts berührt, das aus den Trümmersteinen des Schlosses aufgebaut wurde.«

»Ich kenne die Geschichte Dillenburgs ganz gut«, schwärmte Justus. Er erinnerte sich an seine Schulzeit in Dillenburg. »Die Geschichte der Stadt wurde in meiner Schule oft angesprochen. Nicht nur das Gestüt in der Wilhelmstraße, sondern fast alle Häuser der Wilhelmstraße wurden aus den Steinen des Schlosses erbaut. Das Wahrzeichen der Stadt, der Wilhelmsturm, wurde zu Ehren des Wilhelm von Oranien erst zwischen 1872 und 1875 erbaut. Genau an der Stelle, an der sich einst das Schloss befand. Und um wieder auf die Fliegerei zurückzukommen – Dillenburg war im zweiten Weltkrieg ab 1944 sehr oft das Ziel alliierter Bomber. Der Rangierbahnhof wurde sehr stark beschädigt. Es gab viele Tote.«

»Ich könnte mich stundenlang über solche Geschichten mit dir unterhalten«, sagte Bob. Justus sah dem alten Piloten an, dass er müde wurde. »Die Deutschen haben uns auch die schöne Stadt Herborn gezeigt. Die historischen Fachwerkhäuser in der Altstadt dort haben uns sehr gefallen. In Herborn gibt es ein Museum...«

Justus unterbrach ihn: »Das Museum in der Hohen Schule zu Herborn?«

»Ja«, sagte Bob. Dort ist ein völlig verbogener Propeller unserer B-17 ausgestellt. Das Museum stellt auch kleine Teile von anderen Flugzeugen aus, die in deiner Heimat abgeschossen wurden. Wir waren nicht die einzige Besatzung, die es über dem Westerwald erwischt hat. Sogar ein deutsches Brautkleid aus amerikanischer Fallschirmseide ist im Museum in Herborn zu sehen. Es war nicht die Seide von einem unserer Fallschirme. Dennoch musste ich heulen, als ich mir das anschaute.«

Justus sah, dass Bobs Augen sich mit Tränen füllten.

»Kannst du mir den Namen und die Adresse des deutschen Historikers geben? Mich würde seine Dokumentation sehr interessieren.« Justus zückte sein Notizbuch.

»Der gute Mann heißt Frank Georg und lebt in einer Stadt namens Montabaur.«

»Habt ihr euch bei eurer Tour durch Deutschland auch die Stadt Berlin angeschaut?«

»Nein. Wir waren noch in Wiesbaden, aber dann wurde meine Frau krank und wir kehrten früher als geplant in die USA zurück.«

»Take Care«, sagte Justus zum Abschied.

»Good bye«, sagte Bob. Er erhob sich schwerfällig aus dem Campingstuhl und klopfte Justus auf die Schulter. »Schreibe einen guten Artikel. Es ist wichtig, dass das alles nicht in Vergessenheit gerät.«

Ein jüngerer Pilot zeigte Justus anschließend die B-17G von innen. Justus nahm auf dem Pilotensitz Platz und ließ die Szenerie auf sich wirken. Er stellte sich vor, wie schwierig es gewesen sein musste, dieses schwerfällige Flugzeug zu starten und zu landen. Es musste grausam gewesen sein, eine B-17 im Krieg unter Beschuss zu fliegen oder aus einer völlig beschädigten B-17 mit dem Fallschirm aussteigen zu müssen. Zurück in Deutschland würde er dem Historiker in Montabaur und dem Museum in der Heimat unbedingt einen Besuch abstatten.

In einer SMS an Annie erwähnte Justus das Treffen mit Bob:
Kennst du einen Bomberpiloten namens Jacob Sessenroth? schrieb er.
Ja, schrieb sie umgehend zurück. *Das war vermutlich mein Opa. Ich wusste aber bisher nur, dass er bei der Luftbrücke eingesetzt war. Meine Granny wird uns das alles erzählen. Bis bald. Annie.*

Die täglichen Flugvorführungen waren die absoluten Highlights des *AirVentures.* Airshows gab es in Deutschland selbstverständlich auch, allerdings mit sehr strengen Sicherheitsvorschriften seit dem schlimmen Unglück beim Formationskunstflug einer Jet-Staffel über dem amerikanischen Militärflugplatz Ramstein im August 1988.

Justus hatte schon viel gesehen, aber die Flugvorführungen hier in Oshkosh waren aus seiner Sicht nicht zu überbieten. Die Shows wurden nachmittags jeweils durch Fallschirmspringer eröffnet, die aus einer zweimotorigen DC 3 absprangen. Während die Springer an ihren Fallschirmen hingen, hörte man am Boden die US-amerikanische Nationalhymne aus den Lautsprechern. Der

Fallschirmspringer, der als letzter aus dem Flugzeug absprang, hatte eine riesige Fahne am rechten Fuß befestigt, die Nationalflagge der USA. Für Justus ein erster beeindruckender Moment, für die Amerikaner offensichtlich die tägliche Gehirnwäsche.

»9/11, der Angriff auf das World Trade Center in New York am 11. September 2000, hat unsere amerikanischen Seelen zutiefst verwundet«, sagte ein amerikanischer Zuschauer, der an einem der Tage neben Justus stand und offensichtlich Justus' Gedanken erraten hatte. Der Amerikaner trug ein T-Shirt der EAA, seine rechte Hand befand sich zur Nationalhymne über seinem Herz, während er an den Himmel schaute.

»Bei uns spielt der Patriotismus eine große Rolle«, sagte er mit einem Seitenblick zu Justus. »Selbst die weniger Betuchten hissen bei jeder Gelegenheit das Sternenbanner.«

Justus nickte nur, antwortete aber nicht. Für einen Deutschen war der allgegenwärtige Patriotismus gewöhnungsbedürftig.

Weitere Höhepunkte der Flugshow waren waghalsige Kunstflugvorführungen mit modernen, einmotorigen Kunstflugzeugen in niedriger Höhe, Formationskunstflüge mit Oldtimern und Kriegsflugzeugen und Vorführungen von älteren und modernen Kampfjets. Nach der Landung wurden die Kunstflugasse den Zuschauern stolz präsentiert. In einem Cabrio fuhren sie Sonnenbrillen tragend entlang des Absperrbands an der Flightline, grüßten lässig und holten sich ihren Beifall ab.

»Ganz großes Kino«, murmelte Justus vor sich hin.

Ein freiwilliger Helfer der EAA, der rechts neben Justus stand und sich die Vorführungen ebenfalls mit Begeisterung anschaute, sprach offensichtlich Deutsch. Seine Stimme wurde durch den ohrenbetäubenden Motorenlärm einer gerade startenden P-51 Mustang nahezu übertönt. Er erklärte laut redend mit starkem Akzent: »Wir präsentieren unsere Kriegsflugzeuge nicht aus Lust an kriegerischen Auseinandersetzungen. Ja, wir sind Patrioten. Wir sind stolz auf unser Land und wir zeigen hier, zu welchen technologischen Entwicklungen wir fähig waren, um den zweiten Weltkrieg zu gewinnen und um uns in weiteren Kriegen verteidigen zu können. Die meisten Besucher hier sind einfach interessiert an der Technik, an der Historie der Flugzeuge und natürlich am Können der Piloten.«

»Die Instandhaltung und Wartung solcher Jagdflugzeuge wie einer P-51 Mustang muss doch wahnsinnig teuer und aufwändig sein«, antwortete Justus. Es war ein besonderes Erlebnis für ihn, die vielen Flugzeugtypen aus dem zweiten Weltkrieg am Boden und in der Luft bewundern zu dürfen. Der Sound der Motoren ging ihm durch Mark und Bein.

»Wer sich solche Flugzeuge leisten kann, muss Millionen in der Tasche haben, oder er ist auf gute Sponsoren angewiesen.« Der EAA-Helfer schaute mit schützender Hand angestrengt in die Luft, um sich die Vorführung der Mustang anzuschauen, die gerade im Tiefflug über den Flugplatz donnerte, eine Rolle flog und dann steil nach oben zog. »Es gibt ein paar mittelständige Spezialfirmen, die nicht nur Wartung und Instandsetzungsarbeiten durchführen. Sie haben sich darauf spezialisiert, weltweit nicht mehr flugfähige Warbirds, halbe Wracks, aufzutreiben, die sie in jahrelanger, liebevoller Detailarbeit restaurieren. Auch zur Überholung der Kolbentriebwerke haben wir gute Firmen in den USA. Das Geschäft brummt«, fügte er stolz hinzu.

»Einige Mustangs und Spitfires sieht man auch in Europa bei Airshows. Und gute Werften für solche Oldtimer haben wir auch«, antwortete Justus gelassen. Auch er schaute in die Luft. Er beneidete die Piloten, die eine P-51 Mustang fliegen durften. »Wenn ich das Geld und die Gelegenheit dazu hätte, würde ich das auch bringen. Alles eine Frage der Übung«, dachte er und lächelte.

Der Helfer plauderte weiter: »Die P-51 Mustang, die hier gerade vorgeflogen wird, ist nicht irgendeine P-51. Sie war total heruntergekommen. Die Restauration des Flugzeuges dauerte knapp drei Jahre. Jetzt sieht sie wieder aus wie neu. Sie wurde schon im Juni 1944 beim D-Day über der Normandie eingesetzt. Das erkennt man gut an der Lackierung. Die schwarzweißen Streifen auf dem Rumpf und auf den Tragflächen waren damals vor der Landung in der Normandie als Erkennungszeichen auflackiert worden.«

Bei der anschließenden Vorführung eines modernen Kampfjets empfand Justus ein mulmiges Gefühl. »Ich möchte keinen Ernstfall in Europa oder sonst wo erleben müssen«, dachte er.

Ein besonderer Höhepunkt der Shows war die Kunstflugvorführung einer älteren amerikanischen Pilotin mit einer einmotorigen Maschine. Ihr Funk wurde über die Lautsprecher am Boden übertragen. Sie teilte den Zuschauern mit, dass sie ihre Show den amerikanischen Piloten und Soldaten widmen würde, die die freiheitsliebenden USA in der ganzen Welt verteidigten. Als sie den ersten Looping flog, schoss man ihr vom Boden aus ein kleines Feuerwerk in den Farben der amerikanischen Flagge entgegen. Die Lautsprecher übertrugen die Musik eines populären amerikanischen Sängers, der mit patriotischen Liedern seit dem Angriff auf das World Trade Center in New York sehr viel Geld verdiente. Bei einem dieser Songs brachen manche Zuschauer sogar in Tränen aus, andere grüßten militärisch.

Das absolute Highlight des *AirVentures* waren die rasante Flugvorführung und die Landung des größten Passagierjets der Welt, eines Airbus A 380. Die Pilotencrew des in Europa entwickelten und hergestellten Airbus musste das riesige Flugzeug bei starkem Seitenwind auf einer für das Flugzeug sehr kurzen Landebahn landen. Eine Herausforderung, welche die Piloten mit Bravour meisterten. Es war die erste Landung eines A 380 auf dem Wittman-Regional-Airport.

Auch das ehemals größte Transportflugzeug der Welt, eine vierstrahlige Lockheed C-5 Galaxy, wurde vorgeführt. Später konnte man das riesige Flugzeug der US-Air-Force am Boden bewundern. Justus war es schon in Deutschland einmal gelungen, eine Galaxy zu fotografieren, die tief unter ihm fliegend zum Landeanflug auf einen amerikanischen Militärflugplatz in der Eifel ansetzte.

Die Airshows waren gut organisiert und wurden nach einem hohen Sicherheitsstandard durchgeführt. Trotzdem sah man Vorführungen, die man in Deutschland so nicht zu sehen bekommen würde. Bei einem sehr tiefen Überflug verschiedener Kunstflugzeuge im Verband ließ man am Boden krachend eine Feuerwalze explodieren. Schwarzer Rauch zog über den Flughafen. Eine Szenerie wie im Krieg. Diese Show beobachtete Justus eher skeptisch.

Ein weiterer Höhepunkt, den Justus in einem seiner Blogs beschrieb, war die Vorführung der White Knight Two, ein vierstrahliges Doppelrumpf-Flugzeug, das später als Träger für das Space Ship Two eingesetzt werden sollte. Justus hielt nichts von dem Weltraum-Tourismus, den das Space Ship Two ermöglichen sollte.

An einem der Abende besuchte Justus im *Theater in the Wood* am Flughafen ein stimmungsvolles Rockkonzert einer bekannten amerikanischen Band, das ihn emotional sehr mitnahm. Der Open-Air-Pavillon bot Platz für etwa dreitausendfünfhundert Menschen und wurde nicht nur für Konzerte genutzt. Justus schnitt mit seiner Kamera eine Szene für Carola mit und schrieb ihr eine SMS: *Du fehlst mir hier!* Aufgrund der Zeitverschiebung erhielt er keine sofortige Antwort von Carola.

8. Kapitel

Milwaukee, Wisconsin, USA, 3. August 2009

Die Tage in Oshkosh waren buchstäblich wie im Flug vergangen, zumal Justus an den Abenden regelmäßig seine Blogs schreiben und an seinem mehrteiligen Artikel arbeiten musste. Umso mehr nahm er sich vor, jetzt ein paar Tage Freizeit zu genießen, bevor er den Rückflug nach Deutschland antreten musste. Er freute sich auf das erste Treffen mit Annie. Noch vor dem Frühstück schrieb er eine SMS an Carola. Sie antwortete nur wenige Minuten später:

Es ist sehr einsam hier ohne dich. Mach dir ein paar schöne Tage. Ich freue mich auf dich und auf unsere gemeinsame Zukunft. Ich liebe dich. Carola.

Justus rief dem netten Hotelportier ein freundliches Auf Wiedersehen zu und stieg in den Mietwagen. Am späten Nachmittag würde er sich mit Annie am Flughafen von Milwaukee treffen und dort auch den Mustang abgeben. Annie hatte sich ein paar Tage freigenommen. Ihr letzter, dienstlicher Flug vor ihrem Kurzurlaub endete auf dem General Mitchell Airport in Milwaukee. Justus beabsichtigte, die Zeit vor dem Treffen für eine kleine Tour durch das Land zu nutzen. Er vermied die Autobahnen und nutzte die gut ausgebauten Landstraßen. Zunächst fuhr er ziellos nach Westen und genoss die Landschaft mit ihren vielen kleinen Seen. Unterwegs entdeckte Justus einen Schrottplatz mit vielen alten Autos und einem kleinen, baufällig aussehenden Holzgebäude. Über dem Eingang zum Schrottplatz, links neben dem Haus, befand sich ein auf zwei Holzpfähle aufgenageltes Kunststoffbanner mit dem Aufdruck *Jim's Scrapyard*. Vor dem Haus, auf einer ungepflegten Rasenfläche, saß ein älterer Mann in einem vergammelten Ledersessel unter einem Sonnenschirm. Er trug einen Hut mit breiter Krempe und schien das schöne Wetter zu genießen. Dabei rauchte er gemütlich eine Zigarre und blies dabei den Rauch in die Luft. Als Justus im Vorbeifahren eine alte Flugzeugtragfläche und daneben den stark demolierten Rumpf einer Piper PA-24 Comanche, einem viersitzigen Reiseflugzeug aus den sechziger Jahren, entdeckte, hielt er belustigt und neugierig an. Der alte Mann winkte lässig zur Begrüßung und deutete Justus an, dass der Schrottplatz für immer geschlossen sei. Aber er schien nichts dagegen zu haben, dass Justus sich auf dem Schrottplatz die Beine vertrat und ein paar Fotos schoss. Neben dem völlig ausgeschlachteten Flugzeug fand Justus eine notdürftig abgedeckte Holzpalette mit allerlei Kleinteilen, darunter die rostige Kurbelwelle und weitere Teile aus dem Motor des einst elegant aussehenden und schnellen Reiseflugzeugs. Unter den Teilen fand Justus zufällig ein angerostetes Metallschild, das offensichtlich viele Jahre an irgendeinem Flugplatz-Zaun gehangen hatte. Es trug die Aufschrift:

WARNING – FEDERAL OFFENCE
DAMAGING OR DISABLING AIRCRAFT, LOCATED ON
THIS AIRPORT, BY STEALING RADIOS, NAVIGATION
EQUIPMENT, AUTOPILOTS, ENGINES, PROPELLERS,
FUEL OR ANY OTHER PARTS, IS A FEDERAL OFFENCE,
PUNISHABLE BY UP TO $ 10.000 FINE, 20 YEARS
IMPRISONMENT, OR EVEN DEATH, IF SUCH THEFT
CAUSES AN ACCIDENT RESULTING IN LOSS OF LIFE.
THE FEDERAL BUREAU OF INVESTIGATION WILL BE
NOTIFIED.

Justus lachte lauthals, als er die Aufschrift übersetzte:

Warnung – Verletzung eines Bundesgesetzes
Das Beschädigen oder Unbrauchbarmachen von Flugzeugen auf diesem Flugplatz, durch das Stehlen von Funkgeräten, Navigationsinstrumenten, Autopiloten, Motoren, Propeller, Kraftstoff oder andere Teile,

ist die Verletzung eines Bundesgesetzes, die mit Bußgeld bis zu 10.000 Dollar, mit 20 Jahren Haft oder sogar mit der Todesstrafe geahndet wird, wenn die Tat einen Unfall mit Todesfolge verursacht. Das FBI wird benachrichtigt.

Der Ladeninhaber verkaufte Justus das Schild für fünf Dollar und erklärte grinsend: »Das Schild gehörte einem Farmer, der hier in der Nähe eine kleine Graspiste für seine Cessna 172 hatte. Das schöne Flugzeug ist mehrmals aufgebrochen worden und man hat ihm Funkgeräte, Instrumente und sogar den Pilotensitz geklaut.«

Er bot Justus freundlich einen Kaffee an, aber als Justus die verschmutzte Tasse sah, lehnte er höflich ab und verabschiedete sich. Er stellte sein Navigationssystem auf das Ziel General-Mitchell-Airport in Milwaukee ein, fuhr gemütlich weiter und nahm das Neue in sich auf. Er fuhr durch ein kleines Dorf, das nur aus einer Straße mit typisch amerikanischen zwei- und dreistöckigen Holzhäusern bestand. Einige dieser Häuser an der breiten Hauptstraße hatten eine kleine Veranda und an fast jedem Haus hing eine amerikanische Flagge an einem Fahnenmast.

»Mittelstand«, dachte Justus. »Fast wie in einem alten amerikanischen Film.«

Überall in dem Dorf standen Masten für die Strom- und Telekommunikationsversorgung der Häuser. Die Kabel verliefen kreuz und quer über die Straße und durch den Ort. Am Ortsausgang stand eine große Kirche, die ebenfalls komplett aus Holz erbaut war. Offensichtlich hatte man erst kürzlich ihren weißen Anstrich erneuert.

Justus setzte seine Fahrt fort. Ein Hungergefühl machte sich breit. Am Ortsausgang einer weiteren Ortschaft entdeckte er eine Bäckerei. Über dem Eingang des kleinen Ladens hing ein Schild mit der Aufschrift *Bakery and Cafe*. Er hielt an und als er eintrat, begrüßte ihn ein freundliches, etwa zwanzig Jahre altes Mädchen. Sie trug ein dunkelblaues Kleid, darüber eine weiße Schürze und auf dem Kopf ein weißes Häubchen. Justus erkannte sofort, dass es sich um ein Amish-Mädchen handeln musste. Er sprach sie in Englisch an, aber sie erkannte seinen deutschen Akzent und antwortete ihm auf Deutsch. »Verstehst Du mich?«, fragte sie neugierig mit einem freundlichen Blick.

»Ja, sagte Justus erstaunt. «Ihre Sprache klingt etwas nach Schweizer-Deutsch.«

»Stimmt«, sagte das Mädchen. »Die Gründer unserer Gemeinde hier stammten aus der Schweiz. Wir sprechen heute noch diesen Dialekt, deshalb klinge ich wohl ein bisschen wie eine Schweizerin.«

Sie machte eine Pause und fügte hinzu: »Im 18. Jahrhundert wanderten aber auch deutsche Amish aus der Pfalz in Pennsylvania ein, die sprechen das so genannte Pennsylvania-Dutch.«

»Die Pennsylvania-Amish sprechen Dutch?«, fragte Justus.

»Ja, das ist ein deutscher Dialekt. Der Begriff ist irreführend, darf man nicht mit Holland verwechseln.«

Justus aß ein leckeres Käsebrot und trank einen Kaffee dazu. Als er sich verabschiedete, fragte er das Mädchen, ob er sie fotografieren dürfe.

»Nein, bitte nicht«, antwortete sie. »Wir leben nach sehr strengen Regeln, die uns unser Glaube auferlegt. Fotografieren ist nicht erlaubt.«

Justus setzte seine Fahrt fort. Als er feststellte, dass er zu früh in Milwaukee ankommen würde, hielt er an einem der vielen kleinen Seen, dem Fries-Lake, an, setzte sich für eine Stunde auf eine Bank und trank eine Cola. Er kramte den Laptop aus seinem Koffer und machte sich weitere Notizen für seinen mehrteiligen Artikel, den er kurz seiner Ankunft in Deutschland abliefern musste.

Am späten Nachmittag trafen sich Justus und Annie. Annie hielt sich wie vereinbart am Mietwagen-Counter des General-Mitchell-Airports auf und hielt ein kleines Schild mit der Aufschrift *SESSENROTH FAMILY* in der Hand.

Sie fielen sich in die Arme und begrüßten sich wie alte Bekannte, die sich lange nicht gesehen hatten.

Annie war noch hübscher als auf dem Bild, das sie Justus geschickt hatte. Sie war etwas schlanker und ein paar Zentimeter größer als Carola. Ihre hellblonden, leicht welligen Haare fielen bis zu ihrer Schulter herab und waren zu einer hübschen Longbob-Frisur gestylt. Ihr gleichförmiges Gesicht und ihre Frisur erinnerten Justus sehr an Frauke. Annies blaue Augen, ihr Lächeln und ihr wohlgeformter Körper faszinierten Justus auf Anhieb. Ihre zarte Stimme, die Justus heute zum ersten Mal hörte, klang sinnlich und erotisch. Sie war eine atemberaubende Erscheinung. Schon als Justus während der Umarmung ihr Parfüm einatmete, konnte er kaum mehr einen klaren Gedanken fassen.

»Willkommen in Wisconsin, in Amerikas Dairyland.« Annie lächelte als sie die Umarmung lösten.

»Dairyland?«, fragte Justus.

»Ja, in Wisconsin gibt es viele Farmen, die Käse und Milchprodukte erzeugen. Deshalb Molkereiland«, erklärte Annie.

»Ich bin sehr glücklich, dass wir uns endlich kennenlernen «, sagte Justus. Er blickte ihr tief in die Augen und empfand dabei ein schlechtes Gewissen gegenüber Carola.

Annie erwidert den Blick.

»Ich freue mich auch sehr auf unsere gemeinsamen Tage hier in Wisconsin. Lass uns etwas Essen gehen«, sagte sie. »Ich habe uns in einem Restaurant am Milwaukee River für den Abend einen Tisch reserviert. Magst du Meeresfrüchte?«

»Kommt drauf an«, sagte Justus skeptisch.

»Wenn nicht, da gibt's auch Fisch. Und notfalls auch Hamburger.«

Annie nahm Justus lässig an die Hand, so als seien sie ein Liebespaar. Justus folgte ihr wortlos und etwas müde zu ihrem Auto.

In einem Restaurant in Milwaukee mit Blick auf den Milwaukee River, der nur wenige hundert Meter weiter gemeinsam mit dem Menomonee River und dem Kinnickinnic River in den Lake Michigan mündete, tranken sie ein Bier einer Brauerei aus Milwaukee zum Essen. Das Restaurant war gut besucht. Ein Pianist spielte Barmusik auf einem schwarzen Flügel und eine Klimaanlage sorgte für kühle Temperaturen. So kühl, dass Justus seine Lederjacke anzog, um nicht frieren zu müssen.

Das Bier passte zwar nicht unbedingt zu dem Fisch, den Justus aß, aber Annie bestand darauf, dass Justus das Bier einer großen Brauerei aus Milwaukee probierte. Frisch gezapft wurde es – für Justus' Empfinden ungewöhnlich – in einer Glaskanne am Tisch serviert, aus der man es dann in ein Bierglas umfüllte. Anders als bei deutschen Bieren bildete sich kaum Schaum. Wenigstens war es ausreichend kühl.

»Milwaukee hat etwa fünfhundertneunzigtausend Einwohner«, sagte Annie, um eine Unterhaltung zu beginnen. »Vierzig Prozent davon sind Schwarze. Im Großraum Milwaukee leben fast 1,7 Millionen Menschen.«

»Riesige Stadt, habe ich schon im Landeanflug gesehen, als ich mit dem Linienflugzeug hier landete.«

»Hier leben immer noch sehr viele Menschen deutscher Abstammung«, schwärmte Annie. »Das größte Fest im Sommer ist deshalb unser *German-Fest*. Manche reisen sogar aus Deutschland an, um das zu erleben. Es wird vermutet, dass der Name der Stadt auf den indianischen Begriff für *Versammlungsort am Wasser* zurückgeht.«

»Ich habe gelesen, dass es in Milwaukee sehr viele Bierbrauereien gab und immer noch gibt.« Justus prostete Annie zu.

»Genau. Milwaukee nennt man auch die Bierhauptstadt Amerikas. Deswegen habe ich dir ja auch das Bier bestellt, das du gerade trinkst«, sagte Annie lachend. Sie erhob ebenfalls ihr Glas und schaute Justus an, während sie trank. »Wir produzieren hier aber nicht nur Bier.« Annie schmunzelte als sie merkte, dass Justus das dünne Bier nicht schmeckte. »Wir haben hier viele große Unternehmen und eine Universität. Für unser Freizeitvergnügen ist auch bestens gesorgt. Es gibt mehrere Theater, Museen und sehr viele kulturelle Veranstaltungen. Es werden viele Konzerte veranstaltet, die man oft sogar kostenlos besuchen kann. Das schönste Konzert, das ich nie verpasse, ist *Jazz in the Park*. Das Konzert findet immer im Sommer im Cathedral Square Park unter freiem Himmel statt. Jeder bringt sich ein Picknick mit und macht es sich bei guter Musik gemütlich.«

Justus hörte aufmerksam zu. Annie schwärmte weiter: »Es gibt auch sportliche Großereignisse. Wir haben hier eine berühmte Baseball-Mannschaft, eine berühmte Basketball-Mannschaft und auch ein erfolgreiches Eishockey-Team. Morgen machen wir eine Tour durch die Stadt. Wenn wir es zeitlich schaffen, werde ich dir auch den Miller Park zeigen. Das ist unser Baseballstadion. Es hat ein schließbares Dach, das zwölf Tonnen wiegt.«

»Ist Milwaukee eine sichere Stadt?«

»Naja, wir sind eine Großstadt, da gibt es immer einmal Probleme«, sagte Annie. Zum ersten Mal sah Justus, dass Annie auch ernst dreinschauen konnte, aber selbst dieser Gesichtsausdruck faszinierte ihn.

»Wie in anderen Städten auch, gibt es Gegenden, in denen man sich nachts nicht unbedingt aufhalten sollte«, erklärte Annie. »Ich wohne in der Lower East Side, da hält sich die Kriminalität noch in Grenzen. Außerdem ist die Polizei in der ganzen Stadt überall präsent. Und gerade in der Lower East Side passen sie besonders auf.«

»Warum?«

»Die schöne Gegend so nahe am See ist sehr belebt und beliebt. Es gibt dort viele Bars, Restaurants, Musikclubs und eine berühmte kleine Brauerei, die noch Bier nach alter deutscher Tradition braut. Da können wir gerne einmal ein Bier trinken. Danach können wir zur Ausnüchterung noch einen Spaziergang am See machen.« Annie war glücklich, mit Justus einen verlässlichen Menschen gefunden zu haben, der ihr helfen würde, Licht in das Dunkel ihrer und vielleicht auch in Justus' Familiengeschichte zu bringen.

»Wie finden wir heraus, woher deine Vorfahren stammten und ob wir gemeinsame Vorfahren haben?«, fragte Justus plötzlich. Er hatte ihre Gedanken erraten. »Wenn wir entfernte Verwandte wären, würde mich das sehr glücklich und stolz machen.«

Annie bemerkte, wie er sie ansah. Sie bekam eine Gänsehaut und fragte sich, ob es die kühle Luft des Restaurants war oder eher Justus' verliebte Blicke.

»Wir haben morgen Abend ein Treffen mit meiner Granny«, sagte sie. »Meine Großmutter ist eine sehr liebe Frau und mit siebenundachtzig geistig noch sehr fit. Körperlich geht es ihr leider nicht so gut, deswegen lebt sie in einem Heim in einer Vorstadt von Milwaukee, in Brookfield. Sie hat dort zwei Zimmer für sich und wird rund um die Uhr betreut.

»Wir könnten einen DNA-Test machen«, schlug Justus vor.

»Daran habe ich auch schon gedacht«, antwortete sie. Und wieder lächelte sie Justus an.

»Das ist aber nicht so einfach. Frauen haben kein Y-Chromosom. Deshalb könnten wir eine weit zurückliegende Verbindung zwischen dir und mir nur über väterliche Linien feststellen. Dazu müsste ich aber meinen Vater zu einem DNA-Test überreden.«

»Klingt gut. Dann hätten wir wenigstens Gewissheit.«

»Mein Vater, David, ist ein alter Grantler«, sagte Annie traurig. »Er würde das nicht mitmachen. Er wurde 1947 geboren und als er vier Jahre alt war, hat mein Großvater die Familie verlassen. Mein Vater will deshalb von seinen deutschen Vorfahren nichts wissen. Es interessiert ihn einfach nicht. Er wuchs ohne Vater auf und erst als er vierzehn Jahre alt war, heiratete meine Granny erneut.«

»Schade«, sagte Justus nachdenklich. »Meinst du, ich könnte ihn umstimmen?«

»Nein, das glaube ich nicht. Er weiß, dass du mich hier besuchst, er möchte aber keinen Kontakt.«

»Und deine Mutter?«

»Meine Mutter, Cloe, hat irische Vorfahren. Darüber weiß sie alles, aber über die Vorfahren meines Vaters weiß sie nichts. Natürlich habe ich sie schon danach gefragt.«

Annie wohnte im zehnten Stock eines Apartmenthauses in einer gemütlich und modern eingerichteten Wohnung. Von einem kleinen Balkon aus konnte man einen Blick nach Osten auf den Lake Michigan werfen und bei guter Sicht im Süden auch das imposante Gebäude des Milwaukee-Art-Museums erkennen. Auf dem Balkon des Apartments standen zwei Gartenstühle und ein kleiner Bistrotisch. Obwohl es bereits dunkel wurde, blieben Annie und Justus auf dem Balkon sitzen und tranken Wein. Ein kräftiger Wind sorgte für eine willkommene Abkühlung von der Hitze des Sommertages.

»Ich arbeite dort oft in meiner freien Zeit«, erklärte Annie. Sie deutete auf das Milwaukee-Art-Museum.

»Ich dachte, du bist Stewardess?«, fragte Justus.

»Das ist mein Hauptberuf. Aber als Stewardess verdiene ich leider nicht mehr genug. Wie viele meiner Landsleute muss ich mehrere Jobs machen, um mir mein Leben leisten zu können. Hin und wieder, wenn das Geld nicht reicht und ich noch etwas Zeit aufbringen kann, arbeite ich auch noch als Model in meiner Altersklasse. Für eine kleine Agentur in Milwaukee.«

»Du bist für deine Altersklasse ein sehr hübsches Model«, sagte Justus offen. »Aber mehrere Jobs – das stelle ich mir hart vor.« Er schaute Annie bewundernd an.

»Man gewöhnt sich daran. Bis *9/11* verdiente ich bei meiner

Airline ganz gut«, erklärte Annie. »Doch nach *9/11* ging es den Fluggesellschaften schlecht, weil das Passagieraufkommen massiv zurück ging. Das veranlasste die Manager, uns die Gehälter stark zu kürzen und die Pensionsansprüche ganz zu streichen.«
»Ihr macht den gleichen Job für weniger Geld?«
»Ja, leider. Und das gilt nicht nur für die Flugbegleiter, sondern auch für die Piloten und für die anderen Angestellten.«
»Unglaublich. Das wäre in Deutschland undenkbar.«
»Was sollten wir machen?«, antwortete Annie. »Wir mussten uns damit abfinden und nach Alternativen Ausschau halten.«
»Und was machst du als Stewardess in einem Kunstmuseum?«
»Bevor ich Stewardess wurde, studierte ich Kunst. So konnte ich im Milwaukee-Art-Museum schnell einen Nebenjob finden. Wenn ich nicht fliege, veranstalte ich Führungen durch das Museum. Oft auch an Wochenenden. Das Museum ist ein Muss für alle Kunstliebhaber. Der 2001 fertig gestellte Neubau neben den älteren Gebäuden ist ein Glaspavillon. Sein Dach hat zwei Sonnensegel, die an die Flügel eines riesigen Vogels erinnern und sich mehrmals am Tag öffnen oder schließen. Bei schlechtem Wetter bleiben sie geschlossen.«

Milwaukee und Brookfield, Wisconsin, USA, 4. August 2009
Bevor sie Annies Großmutter besuchen würden, beabsichtigte Annie, Justus einige Sehenswürdigkeiten von Milwaukee und der näheren Umgebung der Stadt zu zeigen. Justus freute sich so sehr darauf, dass er vergaß, Carola eine SMS zu schreiben.
Am frühen Morgen begab er sich nur mit Shorts bekleidet in Annies Badezimmer, um sich zu rasieren und zu duschen. Er ahnte nicht, dass Annie bereits im Bad war und vergessen hatte, die Tür zu schließen. Durch die halb geöffnete Badezimmertür sah er sie. Annie stand nackt vor dem Spiegel und trocknete ihre nassen Haare mit einem Handtuch. Justus verschlug es den Atem. Annies nackter Körper und ihr liebreizendes Lächeln wirkten eine starke

Anziehungskraft auf ihn aus, der er sich nicht entziehen konnte.

Annie drehte sich zu ihm um. »Ich weiß, was du fühlst«, sagte sie. »Geht es dir etwa auch so?«

»Ja«, sagte Annie leise. »Aber wir müssen vernünftig bleiben. Eine transatlantische Beziehung würde niemals funktionieren und vielleicht sind wir doch auch verwandt.«

»Das mit der Verwandtschaft kriegen wir noch raus – irgendwie, aber das wäre nicht das Problem. Wenn wir gemeinsame Vorfahren haben, dann hat sich unser Blut über die vielen Jahre stark vermischt.«

»Trotzdem, für schnellen Sex sollen wir uns zu schade sein. Ich weiß noch nicht viel von dir. Bist du etwa verheiratet?«

»Geschieden, zwei Töchter«, antwortete Justus wahrheitsgemäß. »Und seit kurzem in einer neuen, lockeren Beziehung.«

»Liebst du sie?«

»Es ist nur eine Affäre.« Justus vermied es, Annie in die Augen zu schauen. »Für dich würde ich sie sofort verlassen.«

»Kommt nicht in Frage!«

Wankelmütig umarmte Annie Justus und küsste ihn auf den Mund. Doch dann schob sie ihn energisch und selbstbewusst zurück und schloss die Badezimmertür.

Justus musste Annie Recht geben. Zwar schien sie für ihn etwas zu empfinden, aber eine Beziehung über eine solche Entfernung konnte nicht gutgehen. Entweder müsste Annie irgendwann zu ihm nach Deutschland ziehen, oder Justus müsste in die USA übersiedeln. Das wäre mit großen Schwierigkeiten und bürokratischen Hürden verbunden. Und wie sollte er seinen Lebensunterhalt in einem fremden Land verdienen? Wie sollte er den Lebensweg seiner Kinder begleiten können, wenn er so weit von ihnen entfernt leben müsste? Außerdem würde Annie niemals viel Zeit für ihn haben. Als Stewardess war sie oft unterwegs und durch ihre beiden anderen Jobs blieb ihr nur wenig Freizeit. Justus empfand einen Druck in der Magengegend. Sein Leben schien aus den Fugen zu geraten. Sein Verhältnis zu Carola hatte gerade erst begonnen. Er konnte sie nicht einfach so abschieben. Er war sich sicher, dass sie daran zerbrechen würde. Das Thema ließ ihm keine Ruhe. Seine Gefühle fuhren Achterbahn. Sah er in Annie vielleicht einen Teil seiner Vergangenheit? Seine Liebe zu Frauke, die er nie ganz vergessen konnte? Nein. Es war tatsächlich Liebe auf den ersten Blick. Innerhalb weniger Stunden hatte er kaum gekannte Gefühle für Annie entwickelt. Aber Annie und er würden keine gemeinsame Zukunft haben können. Er passte nicht in ihr Leben, sie passte nicht in sein Leben. Und doch, konnte man Liebe so einfach unterdrücken? Konnte er dann Carola weiterhin in die Augen schauen und weiterhin mit ihr zusammenbleiben, als ob nichts geschehen wäre? Liebte er Carola so wie Annie? Konnte er gleichzeitig zwei Frauen lieben? Was empfand er noch gegenüber Frauke? Er fand keine Antwort darauf. Aus dem Fenster des Gästezimmers von Annies Apartment heraus schaute er auf den großen See. »Süßwasser«, dachte er. Beim Anblick des Lake Michigan und beim Einatmen der frischen Morgenluft am offenen Fenster fehlte ihm der Salzgeruch, den er von den Nordseestränden in Holland und Deutschland kannte und liebte. Aus einem Impuls heraus startete er noch vor dem Frühstück den Laptop und schrieb Carola eine E-Mail. Er versprach, ihr mit einer späteren E-Mail Bilder von der Tour durch Milwaukee zu schicken.

»Ich bin sicher, ich kenne deine nächste Frage«, sagte Annie beim Frühstück, als sie Justus' zärtlich fragenden Blick sah. »Ich war ein paar Jahre mit einem Piloten zusammen, aber wir trennten uns vor einem Jahr, weil wir nie richtig zusammenfanden. Wir waren zu verschieden und hatten kaum Zeit füreinander.«
»Warum müssen Stewardessen auch immer auf Piloten reinfallen«, sagte Justus grinsend. »Ich bin auch Pilot, fliege aber nur privat.«

»Ich weiß«, sagte Annie. »Kann schon deswegen nichts werden mit uns.« Beide lachten.

Das große Gebäude des Milwaukee-Art-Museums lag direkt am Lake Michigan. Direkt nördlich schlossen sich das alte Kunstmuseum und das War Memorial Center, eine Kriegsgedenkstätte, an. Eine Fußgängerbrücke westlich des Museums führte über den Lincoln Memorial Drive zu einem kleinen Park und in die Stadt. Gespannt beobachteten Annie und Justus die Öffnung der Sonnensegel, die mit einem Durchmesser von 66 Metern die Ausmaße eines Jets aufwiesen. Es hätte Wochen gedauert, um alle Ausstellungsstücke anzuschauen. Mit Begin im Jahr 1888 war die Sammlung des Museums inzwischen auf fünfundzwanzigtausend Objekte angestiegen. Gezeigt wurden Gemälde, Zeichnungen, Skulpturen, Grafiken, Videokunst, Installationen und Textilien amerikanischer und internationaler Künstler. Besonders bewunderte Justus eine Sonderausstellung zu moderner Glaskunst.

Am Miller-Park, dem großen Stadion, fuhren sie nur vorbei, weil hier gerade ein Motorradtreffen stattfand. Viele Motorradfahrer reisten gerade erst an. Ihre Kultmotorräder ließen sie mit blubbernden Motoren lässig rollen, kaum einer trug einen Helm.

Absichtlich fuhr Annie kleinere Umwege durch die Stadt, damit Justus einen Eindruck von ihrer Heimat bekam. Milwaukee gefiel Justus. Breite Straßen, viel Wasser, Parks, große Kirchen, keine wirklich bedeutende Skyline, aber dennoch viele moderne Hochhäuser neben gut renovierten Gebäuden aus der Gründerzeit der Stadt, wie das große Gebäude einer Versicherung im Classic-Revival-Style. Auch das große Milwaukee-County-Courthouse, das Gerichtsgebäude, war sehr beeindruckend. Natürlich gab es auch weniger schöne Gegenden, aber die zeigte Annie Justus nicht.

Das nächste Ziel war der Washington Park, in dem sich ein Schiller- und Goethe-Monument befand, das 1908 von einem deutschen Künstler errichtet worden war und dem Denkmal der beiden berühmten deutschen Dichter auf dem Theaterplatz in Weimar exakt glich. Goethe und Schiller standen als Bronze-Skulpturen auf einem Granitsockel. Schiller stand rechts neben Goethe und hielt in seiner linken Hand eine Schriftrolle, während seine rechte Hand nach einem Lorbeerkranz griff, den Goethe hielt. Justus staunte nicht schlecht. Er kannte das Denkmal in Weimar. In der Mitte des Sockels fand sich die Inschrift:

GOETHE
SCHILLER

Auf einem Metallschild an der unteren, linken Seite des Sockels stand geschrieben:

Was du ererbt von deinen
Vätern hast, erwirb es,
um es zu besitzen.
Johann Wolfgang von Goethe
1749–1832
Weltbürger

Gegenüber, auf einem weiteren Metallschild am unteren rechten Teil des Sockels, stand geschrieben:

Wer nichts waget,
der darf nichts hoffen.
Friedrich von Schiller
1759–1805

»Das ist genau der Punkt, an dem ich gerade stehe in meinem

Leben«, dachte Justus. »Was haben deine Väter dir vererbt? Finde es endlich heraus. Darfst du auf eine Zukunft mit Annie hoffen, wenn du es wagst, ihr deine Liebe zu gestehen und dein Leben komplett umzukrempeln?« Wieder fand er keine Antwort.

Nach einem Spaziergang durch den weitläufigen Park rund um eine kleine Lagune und an einer Konzertmuschel für Open-Air-Musikveranstaltungen vorbei fuhren sie weiter zur *Pabst-Mansion* in der West-Wisconsin-Avenue.

»Diese Villa hier hat Friedrich Pabst im flämischen Renaissance Stil erbauen lassen«, erklärte Annie. Zur Auffrischung ihres eigenen Wissens hatte sie einen Tablet-PC dabei. »Das Gebäude ist 1892 fertiggestellt worden. Friedrich Pabst stammte aus Sachsen und kam 1848 als 12-jähriger mit seinen Eltern in die USA. Als 14-jähriger heuerte er als Schiffsjunge auf einem Dampfschiff an, das die großen Seen befuhr. Er brachte es bis zum Captain.«

»Ich dachte, er gründete eine Brauerei in Milwaukee«, sagte Justus mit fragendem Blick.

»Er heiratete die Tochter eines deutschen Brauerei-Inhabers und stieg in das Unternehmen ein. Später wurde er der Präsident dieser Firma in Milwaukee.«

Annie und Justus nahmen an einer Führung durch die große Villa teil. Das Haus hatte siebenunddreißig Zimmer und zwölf Bäder. Die Einrichtung erinnere sehr an deutsche Villen, erklärte eine ältere Dame, die die Besuchergruppe durch das Haus führte. »Das Ehepaar hatte zehn Kinder. Nach dem Tod der Eltern verkauften die Erben 1908 das Haus an die Erzdiözese in Milwaukee. Seit 1975 ist das Haus ein Museum.«

In einem der großen Zimmer sah Justus einen Flügel stehen. Er konnte ein wenig Klavier spielen und aus einer Laune heraus fragte er, ob er ein Stück spielen dürfe.

»Gerne«, war die Antwort.

Mit ernstem Gesichtsausdruck setzte sich Justus an das Klavier, öffnete vorsichtig den Deckel über der Klaviatur und spielte konzentriert das Andante Grazioso aus der A-Dur-Klaviersonate von Mozart. Das einzige Stück, das er auswendig spielen konnte und das ihn an seine Jugend in Thalfeld erinnerte. Annie klatschte Beifall und küsste ihn auf die Wange als er sich wieder in die Reihen der Besuchergruppe begab.

Auf dem Weg nach Brookfield zu Annies Großmutter schaltete Annie das Autoradio ein. Ein lokaler Radiosender spielte die Musik eines amerikanischen Jazz- Soul- und Rhythm-and-Blues-Musikers.

»Der Musiker stammt hier aus Milwaukee«, bemerkte Annie stolz und sang einen der Songs laut und textsicher mit. Justus schaute sie dabei verträumt an. Annie blickte beim Singen nach vorne und konzentrierte sich auf den Straßenverkehr. An einer Ampel musste sie anhalten.

»Schau mich bitte nicht so an«, sagte sie leise mit einem Seitenblick über ihre rechte Schulter.

Justus antwortete nicht darauf. Um abzulenken antwortete er: »Ich mag die Musik dieses talentierten Ausnahmekünstlers auch sehr. Ein kreativer Kopf und ein guter Musiker.«

Das Heim in Brookfield, in dem Annies Großmutter lebte, lag nicht weit entfernt von einem kleinen Park, in dem sich ein Denkmal für gefallene Soldaten, im Dienst verstorbener Polizeibeamten und Feuerwehrleuten aus Brookfield befand. Das Denkmal bestand aus drei rechteckigen, schwarzen Steinsäulen, die vor einem halbrunden Springbrunnen standen. Die mittlere Säule war etwas höher als die anderen beiden Säulen. Oberhalb einer Inschrift auf der mittleren Säule war das Sternenbanner eingraviert. Darunter befanden sich fünf Embleme von militärischen Einheiten. Auf der linken Säule befanden sich zwei Embleme der Polizei, während die rechte Säule das Emblem der Feuerwehr von Brookfield trug. Die Inschrift auf der mittleren Säule lautete:

We honor the dead by serving the living

»Wir ehren die Toten, indem wir die Lebenden unterstützen. Wieder eine sehr patriotische Aussage«, dachte Justus. Er las und übersetzte noch die Inschriften auf den beiden anderen Säulen. Links stand geschrieben: *Sie werden uns nicht für die Art ihres Sterbens in Erinnerung bleiben, aber für die Art und Weise wie sie gelebt haben.* Rechts: *Bereit, ihr Leben zu geben, damit andere leben können.*

Annie sah Justus' nachdenklichen Gesichtsausdruck.

»Bis jetzt habe ich den zweiten Weltkrieg immer aus deutscher Perspektive gesehen.«, sagte Justus. »Wir haben zwar auch solche Denkmäler, aber da stehen meist nur die Namen der Gefallenen drauf. Patriotismus hat man uns schon in der Schule ausgetrieben.«

»Als mein Vater mir dieses Denkmal zeigte, war ich ein junges Mädchen und habe ihm keine Fragen gestellt«, sagte Annie. »Er hat mir nie erzählt, dass mein Großvater, Jacob Sessenroth, als Pilot an der Berliner Luftbrücke teilgenommen hat.«

»Lebt dein Großvater noch?«

»Nein. Aber ich hoffe, dass meine geliebte Granny uns gleich mehr über ihn erzählen kann.«

Annies Großmutter, Susan, war eine schlanke, zierliche Frau mit sehr faltiger Haut. Die 87-jährige saß in einem Rollstuhl vor einem Fernsehgerät und begrüßte Justus mit einem herzlichen Händedruck. Justus stellte sie sich als junge Frau vor. Sie musste einmal sehr gut ausgesehen haben. Jetzt waren ihre Haare ausgedünnt und stark ergraut.

»Wie schön, Besuch aus Deutschland zu bekommen. Ich war leider noch nie in Europa«, sagte sie. Ihre Stimme klang schwächlich, aber ihr lebendiges Lächeln glich dem Lächeln ihrer Enkelin.

»Ich habe Jacob, meinen ersten Mann, sehr geliebt«, sagte Susan.

Ihre Augen wurden feucht.

»Was ist damals geschehen, Granny, warum habt ihr euch getrennt?«, fragte Annie. Sie sah ihre Großmutter sanft an.

»Das ist eine sehr lange Geschichte. Jacob arbeitete Ende der dreißiger Jahre auf der Farm meiner Eltern. Dort lernten wir uns kennen.« Susan stockte kurz. Dann sagte sie leise: »Wir verliebten uns sofort ineinander und trafen uns heimlich.«

Annie und Justus' Blicke trafen sich kurz, während Susan weitersprach: »Jacob war mit seinem Job auf der Farm unzufrieden. Die harte und eintönige Arbeit füllte ihn nicht aus. Er sparte jeden Cent, um in seiner freien Zeit auf einem kleinen Flugplatz in Wisconsin das Fliegen zu lernen. Als er hörte, dass die Air-Force Piloten suchte, bewarb er sich. Das war die Zeit nach Pearl Harbor. Ab Januar 1942 durchlief er eine harte militärische und fliegerische Ausbildung in Texas. Er war damals einundzwanzig Jahre alt. Nach der Ausbildung wollte man ihn gleich zum Fluglehrer machen. Das gefiel ihm gar nicht. Er intervenierte und hatte Erfolg. Die Air-Force versetzte ihn auf einen Flugplatz in Oklahoma. Dort wurde er schließlich auf die B-17 umgeschult. Wir haben uns kaum noch gesehen.«

Susans Gesicht war blass. Annie reichte ihr ein Glas Wasser.

»Im August 1944 bekam er den Einsatzbefehl nach England«, sagte Susan. »Wir hatten nur fünf Tage, um uns zu verabschieden. Bevor er in den Krieg zog, heirateten wir noch. Er tröstete mich. Er sagte, dass er Berufspilot werden würde, wenn der Krieg zu Ende sei und er nach Hause käme.«

Annie sah, dass ihre Großmutter weinte. Sie sorgte dafür, dass Susan sich auf ihr Bett legte, umarmte sie und wischte ihr die Tränen ab.

»Dieser verdammte Krieg. Kurz vor Kriegsende, am 9. März 1945 wurde er über Deutschland abgeschossen.«

»Wissen sie, wo?« Justus wurde immer neugieriger.

»Irgendwo bei Frankfurt, glaube ich. Ich kenne mich mit deutscher Geografie nicht aus. Meine Vorfahren kamen aus Irland.«

»Kam er in Gefangenschaft?«

»Ja, allerdings kam er vorher für fünf Tage in ein Hospital. Er hatte sich bei der Bruchlandung Verletzungen zugezogen. Noch im Hospital schrieb er mir einen Brief, den ich allerdings erst zwei Monate später erhielt.«

Susan kramte umständlich einen vergilbten Briefumschlag aus der Schublade eines Sideboards heraus, das neben ihrem Bett stand. Der Inhalt des Briefes enthielt liebe Worte für Susan, aber keine für Justus und Annie verwertbaren Informationen zur Familiengeschichte. Manche Zeilen waren, offensichtlich durch den Geheimdienst, geschwärzt worden. Der Poststempel war verblasst und Justus wollte Susan den Brief schon zurückgeben, doch dann schaute er sich den Poststempel nochmal genau an: *Stadt Herborn* stand darauf.

»Ich kann es kaum fassen«, sagte er aufgeregt.

»Was ist los«, fragten Annie und Susan nahezu gleichzeitig.

»Er war in Herborn im Lazarett.«

»Was ist mit dieser Stadt?«, fragte Annie. Justus' Aufregung hatte sie angesteckt, obwohl sie den Grund für Justus' merkwürdigen Gesichtsausdruck noch nicht kannte.

»Schon wieder so ein unerklärlicher Zufall«, sagte Justus. Er lieh sich Annies Tablett-PC aus und rief ein Internet-Kartensystem auf. Dann deutete er auf Herborn. »Schaut selbst, die Stadt Herborn liegt nur ein paar Kilometer, pardon, Meilen, von meinem Heimatort Thalfeld entfernt. Ihr erster Mann«, er schaute Susan mit ernstem Gesichtsausdruck an, »ihr erster Mann trug den deutschen Namen Sessenroth und landete ausgerechnet in einem Gebiet in Deutschland, in dem es eine starke Anhäufung dieses Nachnamens gibt. In meiner Heimat.«

»Oh my God! Hat er das jemals erwähnt, Granny?«

»Nein. Ich erhielt nur noch einen weiteren Brief aus Deutschland von ihm. Er war nach dem Aufenthalt im Hospital kurzzeitig noch in ein Kriegsgefangenenlager in einer anderen Stadt gekommen.«

Susan gab Justus einen weiteren Brief. Als Absenderadresse hatte Jacob Sessenroth *Kriegsgefangenenlager Wiesbaden* angegeben.

»Den nächsten Brief von ihm erhielt ich wieder aus England, sagte Susan. »Er schrieb, dass unsere Truppen das Gefangenenlager am 28. März 1945 befreit hätten und dass er kurz darauf mit einem Transportflugzeug nach England zurückgehrt sei und wieder Einsätze fliegen müsse. Ich machte mir große Sorgen, denn diesen Brief bekam ich erst Mitte Mai 1945. Er klang irgendwie komisch. Er schrieb sehr förmlich, so als sei er nicht mein geliebter Mann, sondern nur ein guter Freund.«

»Vielleicht durfte er nicht über seine Erlebnisse berichten«, sagte Justus.

»Das dachte ich damals auch«, antwortete Susan.

»Warum hast du mir das alles nicht früher erzählt?« Annie schaute ihre Großmutter sanft an.

»Du hast nie gefragt, mein Kind.«

»Ich habe meinen Großvater ja auch nie richtig kennengelernt. Wann kam er nach Hause?«

»Als der Krieg am 8. Mai 1945 in Europa endete, wunderte ich mich, warum er nicht direkt nach Hause kommen konnte. Er flog freiwillig weiter. Er schrieb, seine Einheit würde Transportflüge nach Wiesbaden durchführen, um unsere Truppen dort zu versorgen. Auf dem Rückweg brachte er Verwundete und befreite Kriegsgefangene zurück nach England.«

»Das war ihm sicher sehr wichtig«, sagte Justus. »Vielleicht hatte er schlimmes erlebt und war froh, jetzt dem Frieden dienen zu können. Was trieb ihn denn in den Krieg? Er war doch deutscher Abstammung?«

»Er wollte nicht nur fliegen. Er wollte seinem Land dienen und beweisen, dass er ein guter Amerikaner ist. Auch bei uns gab es Propaganda«, sagte Susan. »Er bekam für seine Leistungen im Krieg zwei Orden. Das *Distinguished-Flying-Cross* und die *Air-Medal*.

Annie bemerkte, dass es Susan nicht gut ging.

«Wann kam er zurück zu dir?«, fragte Annie nochmals.

»Zu Weihnachten 1946«, sagte Susan. »Ich hatte mich sehr auf ihn gefreut, aber er war ein anderer Mensch geworden. Vor dem Krieg war er ein optimistischer und liebevoller Mann. Wir haben viel miteinander gelacht, wir kannten uns ja schon lange. Als er nach Hause kam, war er verbittert. Er sprach kaum noch mit mir und zog sich sehr zurück. Ich dachte, es läge an mir. Ich machte mir Vorwürfe und versuchte weiterhin, ihm eine gute und liebe Ehefrau zu sein. Im Oktober 1947 bekam ich ein Kind

-deinen Vater«, sagte Susan und schaute Annie traurig an.

»Was war der Grund für eure Trennung?«

»Dein Großvater wollte unbedingt weiterfliegen. Er wollte zurück nach Deutschland. Ich wusste die wahren Gründe nicht und konnte ihn nicht bewegen, hier bei mir zu bleiben. Im Juni 1948 begann die

Berliner-Luftbrücke. Sie nannten das Unternehmen *Berlin-Airlift*. Jacob hat bei seinen Vorgesetzten darum gekämpft, dabei sein zu dürfen. Weil er ein guter, erfahrener Pilot war und weil großer Bedarf bestand, versetzte man ihn nach Deutschland – nach Wiesbaden, ausgerechnet nach Wiesbaden. Er schrieb mir, er müsse ständig nach Berlin fliegen. Zum Flughafen Tempelhof.«

»Die Luftbrücke hielt Berlin am Leben«, sagte Justus. »Die meisten Deutschen wissen das zu schätzen. In Fliegerkreisen konnte man deshalb überhaupt nicht verstehen, warum der Flughafen Tempelhof im letzten Jahr geschlossen wurde. Stellt euch vor, in New York würde man die Freiheitsstatue abreißen.« Justus musste seine Wutgefühle unterdrücken.

»Ich erzähle euch noch kurz den Rest der Geschichte«, sagte Susan. »Dann lasst mich bitte allein. Immer wenn ich darüber rede, wird alles wieder lebendig, so als sei es gestern erst geschehen.«

Susan wurde von einem weiteren Weinkrampf geschüttelt. Annie beschloss, das Gespräch so schnell wie möglich zu beenden. »Die Luftbrücke endete im Mai 1948. Einen Monat später kam Jacob zu mir zurück.«

»Hat er während seiner Zeit in Deutschland versucht, seine Familienhistorie zur erforschen? Hat er jemals darüber geredet?«, fragte Justus.

»Ich weiß es nicht«, antwortete Susan. »Vermutlich hatte er keine Zeit dazu. Und so wie ich ihn kannte, hatte er auch kein großes Interesse daran. Als er nach Hause kam, quittierte er den aktiven Dienst und wir übernahmen die Farm seines Vaters bei Richfield. Die Farm hatte Annies Urgroßvater einst gegründet. Er hatte schon mit achtundvierzig Jahren einen schlimmen Bandscheibenvorfall und konnte die harte körperliche Arbeit auf der Farm nicht mehr allein leisten, deshalb übergab er die Farm an Jacob. Nebenbei arbeitete Jacob als Fluglehrer. Wir versuchten beide, eine vernünftige Ehe zu führen, aber es war nicht möglich. Jacob war nicht mehr der Mann, den ich einst geliebt und geheiratet hatte. Im Januar 1951 eröffnete er mir, dass er sich von mir trennen würde.«

»Was war der Grund?« Annie machte sich Notizen und schaute Justus an, der sich ebenfalls Notizen machte.

»Wie aus dem Nichts tauchte 1951 eine geheimnisvolle Frau auf. Eine gutaussehende, deutsche Frau. Ich denke, er hat sich in Deutschland in sie verliebt. Anfangs gab es Schwierigkeiten mit der Scheidung, aber das hat ihn nicht gestört. Er ließ mich mit dem Kind sitzen und heiratete 1953 diese deutsche Frau. Für mich brach eine Welt zusammen. Es war sehr schwer für mich, im Amerika der fünfziger Jahre als alleinstehende Frau zu überleben.«

»Du hast es trotzdem geschafft. Ich bin sehr stolz auf dich, Granny!«

Annie nahm ihre Großmutter nochmals kräftig in die Arme und

drückte ihr zärtlich einen Kuss auf die Wange.

»Ja, mein Kind. Jacob zahlte mir Unterhalt. Ich glaube, er hatte ein sehr schlechtes Gewissen.«

»Kann ich nachvollziehen«, dachte Justus. Susan tat ihm leid.

»Ich schuftete in einem Schnellrestaurant. Irgendwann lernte ich meinen zweiten Mann kennen.«

»Was macht ihr erster Mann heute, wo lebt er?«, fragte Justus.

»Er starb 2005 an einem Herzinfarkt«, sagte Annie.

»Haben ihre Schwiegereltern jemals über ihre Auswanderung berichtet? Haben sie ihnen oder Jacob nie erzählt, woher sie kamen?«, fragte Justus.

»Die beiden haben immer nur von ihrer anstrengenden Reise berichtet und immer erzählt, dass es sehr schwer war, in Wisconsin Fuß zu fassen. Wenn sie jemals ihren Herkunftsort in Deutschland erwähnt haben, kann ich mich daran nicht erinnern. Auch über vielleicht noch lebende deutsche Verwandte wurde nie gesprochen. Das schien mir irgendwie seltsam. Vielleicht hatte es mit dem Krieg zu tun. Ich habe meine Schwiegereltern trotz allem sehr gemocht und bewundert. Sie hielten zu mir und waren mit Jacobs Scheidungsabsichten absolut nicht einverstanden.«

»Gibt es irgendwo noch Unterlagen oder Familien-Dokumente, die wir einsehen könnten? Vielleicht auf der Farm?«, fragte Annie.

»Wenn ihr mehr über die Vergangenheit der Familie herausfinden möchtet, müsst ihr euch an Jacobs zweite Frau wenden. Seine Tagebücher sollten sich in ihrem Besitz befinden.«

»Danke, Susan. Sie haben uns heute genug Informationen gegeben«, sagte Justus.

Susan erhob sich und umarmte Justus. »Sie sind ein sehr netter Mann«, sagte sie lächelnd. »Annie sollte sie nicht wieder nach Deutschland fliegen lassen.«

Annie umarmte ihre Großmutter ebenfalls, überging aber Susans Bemerkung. Stattdessen sagte sie: »Die zweite Frau meines

Großvaters wird uns nicht empfangen, ich habe schon vergeblich versucht, Kontakt mit ihr aufzunehmen.«

»Ich werde in Deutschland weiterforschen«, sagte Justus. »Jetzt erst recht!«

Beim Abschied weinte Susan abermals. »Werde ich sie je wiedersehen, Justus?«

»Ich war bestimmt nicht zum letzten Mal in den USA«, antwortete Justus. Er schaute Annie verliebt an. Susan entging dieser Blick und Annies Reaktion darauf nicht.

Am späten Nachmittag fuhren Annie und Justus nach Richfield. Annie zeigte Justus eine Farm, die zwischen den Orten Richfield und Hubertus lag. Die Farm lag an einer breit ausgebauten Straße, die durch großflächige Mais- und Getreidefelder führte.

»Das ist die Farm, die meine Urgroßeltern gründeten, nachdem sie ihr erstes Geld verdient hatten. Das Wohnhaus besteht rein aus Holz und ist im Kern noch so, wie mein Urgroßvater es gebaut hat. Im Laufe der Jahre wurde es mehrfach erweitert«, sagte Annie.

»Warum sind die Scheunen rot gestrichen?«, fragte Justus. »Mit ihren weißen Fenstern sehen sie auf den ersten Blick aus wie schwedische Scheunen. Auch die Mansardendächer sind nicht typisch für Scheunen aus meiner Heimat.«

»Die meisten Farmen hier in der Gegend wurden von deutschen und anderen europäischen Einwanderern gegründet. Warum die Scheunen rot gestrichen sind und Mansardendächer haben, weiß ich nicht genau.« Annie zuckte mit den Schultern. »Vielleicht war die rosthaltige rote Farbe einfach billig und leicht zu beschaffen. Viele alte Scheunen hier sehen so aus, nicht nur im mittleren Westen. Man nennt sie die *Red Barns*. Bei Renovierungsarbeiten werden sie immer rot gestrichen. Das ist Tradition. Kaum ein Farmer würde auf die Idee kommen, eine andere Farbe zu verwenden.«

»Wer bewirtschaftet die Farm?«

»Die zweite Frau meines Großvaters«, antwortete Annie. »Sie ist mit siebenundachtzig inzwischen zu alt, um selbst noch zu arbeiten, aber sie hat Angestellte. Auf der Farm werden Rinder für die Fleischproduktion gezüchtet.«

»Meinst du, du kannst die Frau deines Großvaters irgendwann überreden, dir die Tagebücher deines Großvaters zu übergeben?«

»Bislang wusste ich nichts von den Tagebüchern. Ich werde es versuchen. Bislang hat sie mich nicht empfangen wollen. Vielleicht fürchtet sie, von ihrer eigenen Vergangenheit eingeholt zu werden.«

Annie und Justus setzen ihre Fahrt fort. Unterwegs zur neuromanischen Holy-Hill-Basilika, die Annie Justus unbedingt zeigen wollte, aßen sie in einem Schnellrestaurant eilig einen Hamburger und tranken eine kalte Cola.

»Diese Kirche, die katholische *Basilica and National Shrine of Mary Help of Christians,* gilt als Nationalheiligtum«, beschrieb Annie die Kirche als sie Justus' staunende Blicke sah, nachdem sie das Auto auf einem Parkplatz verlassen hatten. »Die Kirche wird von den Karmelitern betreut und ist eine Wallfahrtstätte. Deswegen gibt es hier auch Gästehäuser und Begegnungsstätten. Früher stand hier eine ältere Kirche. Diese neuromanische Kirche hier wurde erst 1931 fertiggestellt. Aber schon 1858 errichteten deutsche Siedler hier ein Kreuz mit der Inschrift: *Ich bin das Leben. Wer an mich glaubt, wird selig.*

Die Kirche und alle Nebengebäude befanden sich auf einer vierhundertzehn Meter hohen Anhöhe. Von einem Aussichtsturm aus hatte man einen schönen Blick über das weite Land. Bei guter Sicht konnte man sogar die etwa fünfzig Kilometer entfernten Hochhäuser der Stadt Milwaukee sehen.

Justus genoss es, mit Annie die Kirche zu betreten und gemeinsam mit ihr leise ein Vater Unser zu beten. Jeder betete das Vater Unser in seiner Muttersprache. Justus stellte sich vor wie es wäre, mit Annie in Wisconsin zu leben.

»Gehen wir heute Abend Essen, oder soll ich uns eine Kleinigkeit kochen?«, fragte Annie während der Rückfahrt nach Milwaukee.

»Ich möchte dich gerne zum Essen einladen«, antwortete Justus spontan.

»Das kannst du auch morgen Mittag erledigen, wenn wir in Chicago sind.«

»Okay, dann bin ich gespannt auf deine Kochkünste heute Abend.«

Nach einem Spaziergang in der Nähe des Milwaukee-Art-Museums am Strand des Lake Michigan bereitete Annie ein einfaches aber sehr leckeres Spaghetti-Gericht in ihrer Küche zu. Sie tranken dazu einen Rotwein aus Kalifornien und plauderten über die Fliegerei.

»Vielleicht sind wir schon deshalb verwandt, weil es Piloten in beiden Familien gab und gibt«, scherzte Annie. »Warum bist du nicht Berufspilot geworden? Du könntest doch längst als Captain im Pilotensitz eines Jets sitzen.«

»Ich war ein Spätentwickler. Aber nicht nur das. Die Ausbildung zum Linienpiloten hätte ich mir nicht leisten können. Ich fand auch keinen Sponsor. Ich habe oft darüber nachgedacht, war auch enttäuscht von mir selbst. Aber heute bin ich froh, dass ich nicht Berufspilot geworden bin. Man ist nie Zuhause, man hat keine geregelten Arbeitszeiten, dafür aber mehrmals im Jahr die Chance, den Job zu verlieren. Sowohl beim Check im Simulator als auch beim Fliegerarzt. Und heutige Berufspiloten werden auch in Deutschland nicht besonders gut bezahlt.«

»Warum bist du Journalist geworden?«, fragte Annie.

»Ganz einfach, weil ich ein neugieriger Zeitgenosse bin und gerne schreibe. Und inzwischen kann ich Beruf und Leidenschaft ein wenig miteinander verbinden. So bleibt das Fliegen eine Leidenschaft und wird nicht zum Muss.«

»Mir gefällt das berufliche Fliegen«, antwortete Annie. Ich lebe ein unabhängiges Leben und liebe es, viel unterwegs zu sein und etwas von unserem großen Land und der Welt zu sehen.«

»Was hast du bis jetzt von Deutschland gesehen?«

»Noch nicht viel«, sagte Annie lachend. »Ich kenne den Frankfurter Flughafen und ein paar Hotels in der näheren Umgebung. Auch in Berlin war ich einmal für ein paar Stunden. Eine großartige Stadt.«

»Ja«, sagte Justus. »Ich mag Berlin auch sehr. Eine Stadt mit einer sehr bewegten Geschichte, der man ihre Wunden an vielen Stellen noch ansieht, wenn man genau hinschaut.«

»Vielleicht kannst du mir dein Heimatland und das Land meiner Vorfahren ja einmal zeigen.« Annie lächelte herausfordernd.

»Gerne«, antwortete Justus. »Du bist herzlich eingeladen, deinen nächsten Urlaub in Deutschland zu verbringen.« Er überlegte insgeheim, wie er Carola das beichten und sie dabei integrieren könnte. Würde ihre Eifersucht Annies Besuch schon im Vorfeld gefährden?

Justus konnte nicht einschlafen. Er war nach dem Essen früh zu Bett gegangen. Annie und er beabsichtigten, am anderen Tag eine Tour nach Chicago zu machen. Sie mussten bereits um sechs Uhr aufstehen und früh zurück sein, denn Justus musste seinen Rückflug nach Deutschland antreten.

Gegen Mitternacht hielt Justus es nicht mehr aus. Wiederum nur mit Shorts bekleidet ging er leise und ohne das Licht einzuschalten in Annies Schlafzimmer. Annie lag auf der Seite und tat so, als schliefe sie. Justus kuschelte sich zu ihr, schob ihr langsam das T-Shirt hoch und streichelte sie sanft. »Ich mag nicht mehr vernünftig sein«, flüsterte er ihr ins Ohr.

»Ich auch nicht«, antwortete Annie leise. Zögerlich drehte sie sich zu Justus um. Dann erwiderte sie leidenschaftlich seine Zärtlichkeiten.

»Wir haben nur diese eine Nacht«, sagte sie leise.

»Darüber möchte ich gar nicht erst nachdenken«, antwortete Justus.

Chicago, Illinois, USA, 5. August 2009
Noch vor dem Frühstück kam die Reue, auf beiden Seiten.
»Wir dürfen das nicht wiederholen.« Annie schaute Justus ernst an. »Wirst du es deiner *Affäre* beichten?«
»Noch nicht«, antwortete Justus ehrlich. »Ich liebe dich. Ich begehre dich und ich würde gerne für immer mit dir zusammenbleiben.« Im Rausch der Gefühle wurde er von der Vorstellung heimgesucht, dass er vielleicht doch mit Annie zusammenkommen könnte. Auf welche Weise auch immer.
»Zu kompliziert«, meinte Annie. »Lass uns lieber realistisch denken und handeln. Und lass uns Freunde bleiben.«

Die Fahrt nach Chicago dauerte etwa zweieinhalb Stunden. Annie sah toll aus. Sie hatte ein enganliegendes, rotes Jersey Kleid angezogen, das oberhalb ihrer Knie endete. Justus konnte sich kaum satt sehen. Während der Fahrt schaute er Annie immer wieder verstohlen von der Seite an. Ihre hübschen Beine raubten ihm die Sinne. Annie genoss seine Blicke, tat aber so, als bemerke sie nichts. Die große Stadt mit ihrer Skyline zog Justus sofort in ihren Bann. Auch wenn sie wenig Zeit für eine Stadtbesichtigung hatten, so konnte Justus später wenigstens für sich verbuchen, einmal in Chicago gewesen zu sein, wenn auch nur für wenige Stunden. Im Hancock Tower, einem über dreihundertvierzig Meter hohen Wolkenkratzer in der North Michigan Avenue aßen sie in einem Restaurant im oberen Stockwerk zu Mittag. Das Gebäude bestand aus einhundert Stockwerken. Mit zwei großen Antennen auf dem Dach maß der Hancock Tower sogar über vierhundertfünfzig Meter. Aus den Fenstern des Restaurants überblickte man die ganze Stadt. Nach Osten hatte man einen guten Blick über den Lake Michigan und im Norden sah man Evanston, eine große Vorstadt.

Nach den Essen stand Annie neben Justus am Fenster und zeigte ihm die Wahrzeichen der Stadt. Sie deutete dabei auch auf eine langgezogene Insel im Lake Michigan am südlichen Stadtrand, die mit einer engen Straße an das Stadtzentrum angebunden war.

»Diese Insel dort nennt man Northerly Island«, erklärte Annie. »Sie wurde künstlich angelegt und bei der Weltausstellung 1933 genutzt. Es gibt dort seit 1930 auch ein Planetarium.«

»War das nicht einmal ein Flugplatz?«

»Ja, das war Meigs-Field mit einer 1200 Meter langen Piste. Es gab viele Diskussionen um den Betrieb des Flugplatzes. 1948 ging er erfolgreich in Betrieb. 1996 schloss man ihn, doch 1997 eröffnete man ihn erneut.«

»Ich kann dort aber keinen Flugplatz erkennen«, sagte Justus fragend.

»Der Flugplatz existiert nicht mehr. In einer Nacht- und Nebel-Aktion ließ der damalige Bürgermeister von Chicago die Landebahn im März 2003 unbrauchbar machen. Große Bagger demolierten die Piste, indem sie drei große X in den Asphalt gruben. Ein Skandal, denn die Luftfahrtbehörden hatte man nicht rechtzeitig in Kenntnis gesetzt und die Leute, die ihre Flugzeuge hier stationiert hatten, mussten sich einen neuen Flugplatz suchen. Es dauerte lange, bis man ihnen erlaubte, auf dem ehemaligen Rollweg zu starten.«

»Und was passiert jetzt mit dem Gelände?

»Es entsteht dort nach und nach ein Parkgelände. Gegenüber der Halbinsel liegt übrigens das Soldier Field, das berühmte American-Football-Stadion von Chicago. Wenn du weiter nach Westen schaust, siehst du den Sears-Tower. Das ist der höchste Wolkenkratzer der Stadt. Seit wenigen Tagen heißt das Gebäude Willis-Tower. Inklusive der Antennen auf dem Dach misst der Tower fünfhundertsiebenundzwanzig Meter.«

Bei einem Einkaufsbummel auf der Magnificent-Mile, der Prachtstraße Chicagos, tranken sie in einer Bar eine kalte Limo. Gleich nebenan befand sich eine riesige Music-Mall, ein Musikgeschäft, in dem sich Justus mehrere CDs einer amerikanischen Lieblingsband kaufte. Justus mochte die Mischung aus Jazz und Rockmusik dieser erfolgreichen Band, die den Namen der Stadt trug, schon seit seiner Jugend. Er sang einen der Songs laut vor und schaute Annie dabei verliebt an. »Passt zu dir«, kommentierte Annie lächelnd. »Aber singen kannst du nicht.« Justus konnte ihrem Lächeln nicht widerstehen und küsste sie spontan.

In einem benachbarten Jeans-Shop kaufte Justus noch zwei Marken-Jeans und eine hübsche Bluse für Carola.
»Hat sie sich ausdrücklich gewünscht«, sagte Justus. Annie beriet Justus bei diesem Einkauf. Sie ließ es sich nicht anmerken, dass sie eifersüchtig auf diese deutsche Frau war, zu der Justus bald zurückkehren würde.
»Wenn du das nächste Mal in die USA reist und mich besuchst, machen wir eine Boots-Tour auf dem Chicago-River«, schwärmte Annie. »Der Fluss war im neunzehnten Jahrhundert der Abfalleimer der Stadt und dadurch wurde auch der Lake Michigan stark verunreinigt. Nach der großen Cholera-Epidemie begann man 1871, die Flussrichtung umzukehren. Über einen Kanal fließt der Fluss jetzt über den Illinois- und Michigan-Kanal in das Wassersystem in Richtung Mississippi-River ab.«
»Ich würde so gerne noch bleiben und mehr über euer Land erfahren«, sagte Justus traurig, als sie sich auf den Rückweg nach Milwaukee machten.

Rückflug nach Deutschland, 5. August 2009
Die Verabschiedung am General Mitchel-Airport am Abend fiel beiden sehr schwer. Sie umarmten und küssten sich innig. »Es war sehr schön mit dir. Werde ich dich wiedersehen?«, fragte

Annie leise. »Ganz sicher«, sagte Justus. Er schaute Annie tief in die Augen und hielt ihre Hände. »Und sobald ich neue Informationen über deine Vorfahren habe, melde ich mich. Ich werde auch versuchen, herauszufinden, wo genau dein Großvater damals in meiner Heimat mit seiner B-17 notlanden musste.

»Pass auf dich auf«, sagte Annie

»Du auf dich auch«, entgegnete Justus. »Und wenn du einmal nach Frankfurt fliegst und eine längere Pause hast, ruf mich bitte unbedingt an.«

»Ich mag solche Abschiedsszenen überhaupt nicht«, sagte Annie plötzlich. Sie küsste Justus ein letztes Mal, dann drehte sie sich wortlos um und ging mit schnellen Schritten in Richtung Ausgang. Justus schaute ihr wehmütig nach. Sie winkte lässig, ohne nochmals zurückzublicken. Justus konnte nicht sehen, dass sie Tränen in den Augen hatte.

Während des Fluges von Milwaukee nach Detroit grübelte Justus angestrengt. Er befand sich in einer verfahrenen Situation. Er hatte sich Hals über Kopf in Annie verliebt. Das ließ sich nicht mehr leugnen. Aber auf irgendeine Weise liebte er aber auch Carola. Er wusste, dass sie alles tun würde, um ihn glücklich zu machen. Er wusste auch, dass das eine schwere Aufgabe für Carola werden würde.

In Detroit hätte Justus fast seinen Anschlussflug verpasst. Er war einer der letzten Passagiere, die den großen Passagier-Jet nach Deutschland betraten. Als das Flugzeug in Detroit startete, war es bereits dunkel. Unterwegs über dem Atlantik brach im Osten schon ein neuer Tag an.

»Wie schnell sich die Erde dreht«, dachte Justus.

Bei Island flogen sie über eine geschlossene Wolkendecke, hier tobte sich gerade ein Tiefdruckgebiet aus. Justus dachte darüber nach, wie es früher in den fünfziger Jahren gewesen sein musste, als Pilot ein viermotoriges Passagierflugzeug über den

Atlantik fliegen zu müssen. Die Flugzeuge waren damals noch mit Kolbentriebwerken ausgerüstet. Ihre Reisegeschwindigkeit betrug je nach Flugzeugmuster weniger als 500 Stundenkilometer, die erreichbaren Flughöhen lagen bei nur 7.000 Metern. Man war viel abhängiger vom Wetter als heute. Keine Displays, kein elektronisches Flight-Management-System und keine Steuerhydraulik unterstützten die Crew. Alles war pure Handarbeit. Aufgrund der Anfälligkeit der Motoren gab es viele Zwischenfälle. Aber Piloten waren damals noch hoch angesehen und wurden gut bezahlt.

9. Kapitel

Koblenz, 6. August 2009

Als das Flugzeug gegen fünfzehn Uhr in Frankfurt landete, war es in Milwaukee acht Uhr am Morgen. Justus spürte einen sehr starken Jetlag. Während des langen Fluges von Detroit nach Frankfurt hatte er nicht schlafen können. Trotz seiner Müdigkeit war er voller Adrenalin und eine innere Unruhe raubte ihm die Konzentrationsfähigkeit. Carola konnte ihn nicht am Flughafen abholen, sie musste arbeiten. Sie würde aber am Koblenzer Bahnhof auf ihn warten.

Nach elf Tagen in den USA fühlte sich Justus in Deutschland eingeengt. Auf dem Weg zum Bahnhof wurde er auf einer Rolltreppe von einem älteren Mann angerempelt. »Wissen sie nicht, dass man auf deutschen Rollteppen rechts steht und links geht? Machen sie gefälligst Platz«, meckerte der Mann lauthals und schaute Justus grimmig an.

»Danke für den netten Empfang«, konterte Justus bissig. »Jetzt weiß ich endlich, dass ich wieder in Deutschland bin.«

Carola fiel Justus erleichtert in die Arme, als er in Koblenz aus dem Zug stieg. Sie küssten sich und sahen sich eine Weile in die Augen. Carola bemerkte sofort, dass Justus sich verändert hatte.

»Ich habe dich so vermisst. Wie war es in den USA?«

»Ganz toll. Ein weites Land, aber längst nicht mehr das Land der unbegrenzten Möglichkeiten. Oshkosh war ein Erlebnis.«

»Du riechst nach einer fremden Frau«, antwortete Carola eifersüchtig.

»Kann gut sein«, antwortete Justus gespielt lässig. »Im Flugzeug saß eine ältere Frau neben mir, sie hatte ein starkes Parfüm aufgetragen.«

»Lüg mich bitte nicht an.« Carola wurde unsicher. »Ich fürchte, du riechst eher nach einer jungen Frau, nach dieser Annie.«

»Da war nichts«, log Justus. »Annie ist ein prima Mädchen, so wie du. Wir haben uns nur gut verstanden.«

»Wie geht es jetzt mit uns weiter?« Wir haben gerade erst begonnen. Eine lockere Beziehung reicht mir nicht aus. Und wenn du fremdgehst, beenden wir unser Verhältnis besser sofort.«

Justus versuchte immer noch, sich gelassen zu geben. Es gelang ihm nicht.

»Ich will dich nicht verlieren«, sagte Justus. »Wir haben uns doch gerade erst gefunden.«

»Du bist also doch mit Annie ins Bett gegangen.«

Carola stampfte wütend mit den Füßen auf den Boden und sah Justus vorwurfsvoll an.

»Nein. Und jetzt bring mich bitte nach Hause. Ich muss schlafen.«

»Zu dir oder zu mir?«

»Am liebsten zu mir«, sagte Justus.

Carola war erleichtert. Die bedrohliche Situation schien beendet. Als Carola aus dem Badezimmer kam, um sich zu Justus ins Bett zu legen, war Justus bereits eingeschlafen. Sie hörte sein Handy klingeln und las eine SMS von Annie:

Bist du gut nach Hause gekommen? LOVE, Annie.

»Also doch«, dachte Carola. Sie setzte sich an Justus' Schreibtisch, nahm ein leeres Blatt Papier und schrieb eine Notiz. Dann verließ sie wütend die Wohnung. Sie fuhr ziellos durch die Stadt und dachte enttäuscht darüber nach, ob sie ihr Verhältnis zu Justus beenden sollte. Bevor sie nach Hause fuhr, klingelte sie verzweifelt an Fraukes Tür. Die beiden kannten sich, denn Frauke sang seit ein paar Wochen in einem Chor, dem auch Carola angehörte.

Justus' 46-jährige Ex-Frau bat Carola überrascht in das Haus, das sie seit der Trennung von ihrem Mann mit den gemeinsamen Töchtern bewohnte. Frauke sah immer noch gut aus. Durch viel Sport und eine strenge Diät hielt sie ihre Figur diszipliniert in Form. Sie war stolz darauf, immer noch Kleidergröße achtunddreißig tragen zu können und sie fand Gefallen daran, wenn jüngere Männer ihr verstohlen nachsahen. Ihre blonden Haare trug sie inzwischen sehr lang, viel länger als zur Zeit ihrer Ehe mit Justus.

»Wie soll gerade ich dir Tipps geben?«, fragte Frauke mit leichter Schadenfreude in der Stimme. Während sie Carola in ihr Wohnzimmer geleitete, band sie ihre Haare zu einem Zopf.

»Du kennst ihn besser als jede andere.«

»Ich habe dich vor ihm gewarnt«, sagte Frauke Sessenroth. »Er ist ein Egoist. Seine Fliegerei bedeutet ihm alles. Danach kommen seine Töchter und erst dann kommst du.«

»Ich glaube, er hat mich in den USA betrogen«, sagte Carola weinend. Sie verbarg ihr Gesicht mit ihren Händen, als Biene und Andrea mit neugierigen Blicken ins Wohnzimmer eintraten.

»Ihr beide geht besser gleich wieder nach nebenan«, kommandierte Frauke streng. »Und schließt die Tür!«

Frauke setzte sich neben Carola auf ihr Sofa und legte ihren rechten Arm über Carolas Schulter.

»Was sagst du da, er ist dir fremdgegangen, bist du ganz sicher? Ein Fremdgänger ist Justus eher nicht.«

»Sie hat ihm eine SMS geschrieben. *LOVE, Annie* stand darunter.«

»Das muss nichts zu bedeuten haben. Wenn die Amis jemanden sehr mögen, schreiben sie entweder *Warm Greetings* oder auch schon einmal *Love* unter einen Brief oder in einer SMS. Love kann in solchen Fällen auch die Kurzform von *Liebe Grüße* sein.«

»Was soll ich jetzt machen?«, fragte Carola unsicher.

»Konfrontiere ihn damit, von Angesicht zu Angesicht! Er soll dir in die Augen sehen und dir die Wahrheit sagen, wenn ihm etwas an dir liegt. Er ist ohnehin ein sehr schlechter Lügner. Aber bei allem was du tust, erwecke nicht den Eindruck, dass du ihn kontrollierst, dann hast du verloren. Und Achtung, er ist nicht kritikfähig.

Immer wenn wir uns stritten und ihm die Argumente ausgingen, packte er seine Tasche und fuhr zum Flugplatz. Und ich saß hier und kochte vor Wut.«

»Ich liebe ihn. Ich möchte so gerne, dass er meine Liebe erwidert.«

»Du bist naiv«, sagte Frauke mit einem sarkastischen Unterton. »Wie soll er dir Liebe zeigen? Ich bin mir sicher, dass er dich sehr mag, aber Liebe? Ich glaube, er mag sich im Augenblick selbst nicht.«

Frauke reichte Carola ein Glas Sekt. Sie prosteten sich zu.

»Auf dein Glück«, sagte Frauke.

»Und du kannst damit umgehen, dass ich mit ihm zusammen bin?«

»Wir waren damals sehr jung und sehr verliebt ineinander. Das ist vorbei«, stellte Frauke energisch fest. Ihr Blick verriet, dass sie nicht wirklich an ihre eigenen Aussagen glauben konnte.

»Je länger wir zusammen waren, je älter die Kinder wurden, desto größer wurden die Probleme.« Frauke redete sich in Rage. »Wir lebten uns immer mehr auseinander. Bis es irgendwann nicht mehr ging. Ich wünsche dir viel Glück, Carola!«

Carola nickte. Ihre Entscheidung war bereits gefallen. Sie würde trotz der bitteren Umstände nicht einfach so aufgeben.

»Was hältst du von ihr«, fragte Andrea ihre jüngere Schwester. Beide hielten sich bei leicht geöffneter Tür in Bienes Zimmer auf und verfolgten heimlich das Gespräch zwischen ihrer Mutter und Carola.

»Sie scheint eine coole Frau zu sein, ich mag sie. Wenn sie mit Papa zusammen ist, müssen wir ihr eine Chance geben«, antwortete Biene.

»Spinnst du? Die soll ihn in Ruhe lassen! Mama liebt Papa immer noch, das merkt man doch. Wir müssen daran arbeiten, dass die beiden wieder zusammenkommen.«

»Und wie willst du das machen?«, fragte Biene.

»Wir brauchen eine Strategie.«

Biene schloss leise die Tür ihres Zimmers. Sie sah ihre große Schwester mit weit aufgerissenen Augen aufgeregt an.

»Eine Strategie! Was hast du vor?«

»Weiß ich noch nicht«, antwortete Andrea herablassend.

»Wenn das mit Carola in die Brüche geht, was ist dann mit dieser Amerikanerin?«

»Wir müssen ihn unbedingt wieder mit Mama verkuppeln.«

»Und wie willst du das machen?«

»Das gehört zu der Strategie, die ich mir noch überlegen muss«, sagte Andrea geheimnisvoll.

»Ich helfe dir dabei.«

»Mensch Biene! Daraus wird wohl nichts. Werde erst einmal erwachsen und sehe zu, dass du deinen Babyspeck verlierst.«

»Das ist kein Babyspeck. Ich sehe aus wie Papa und habe außerdem seinen Verstand geerbt. Darauf bin ich stolz.«

»Und ich habe nicht nur Mamas Köpfchen, sondern auch ihre Schönheit und ihre blonden Haare geerbt.«

Flugplatz Koblenz-Moselhöhe, 7. August 2009

Justus stand erst gegen elf Uhr auf. Er fand sein Handy auf dem Küchentisch mit einem Zettel von Carola. *Ich möchte, dass du ehrlich bist zu mir,* hatte sie geschrieben. *Wenn du dich in Annie verliebt und mit ihr geschlafen hast, macht unsere Beziehung keinen Sinn mehr. Weißt du, wie ich mich fühle? Ich bin sehr traurig. Ich liebe dich, ich gebe alles für dich und du schiebst mich einfach beiseite. Das ertrage ich nicht.*

Beunruhigt schrieb Justus eine SMS an Carola: *Es ist nichts passiert in den USA, das unsere Beziehung gefährden könnte. Lass uns darüber reden.*

Carola antwortete nicht.

Obwohl Justus noch zwei Tage Urlaub hatte, fuhr er in die Redaktion, um sich zurückzumelden. Sein Chef war hoch erfreut über die Blogs aus Oshkosh und über die vielen Bilder und Informationen, die Justus auf einem USB-Stick mitbrachte. Den Artikel für die Druckausgabe würde Justus in wenigen Tagen abliefern. Am Nachmittag tat Justus was er immer tat, wenn er Probleme hatte und nicht wusste, wie er sie lösen sollte. Er fuhr spontan zum Flugplatz. Seit fast zwei Wochen hatte er nicht mehr in einem Flugzeug hinter einem Steuerknüppel gesessen. Er konnte keines der Vereinsflugzeuge fliegen, diese waren alle bereits gebucht, wie er schnell feststellen musste. Deshalb ging er zu einem anderen Hangar, öffnete ihn mit einem Spezialschlüssel und zog eine viersitzige Maschine heraus. Der schnelle Tiefdecker war mit einem kräftigen 180 PS Propeller-Triebwerk ausgerüstet und gehörte dem Verlag. Justus durfte das Flugzeug privat nutzen, aber er flog das Flugzeug eher selten, denn es verbrauchte fünfzig Liter Flugzeugbenzin pro Flugstunde – ein teurer Spaß.

Nach den obligatorischen Checks und dem Warmlaufenlassen des Motors war Justus abflugbereit.

Er erledigte den Funkverkehr, ließ das Flugzeug auf die Startbahn rollen und gab Vollgas. Der Motor kam auf Drehzahl, das Flugzeug beschleunigte und Justus fühlte, wie sein Körper leicht in den Sitz gepresst wurde. Das Flugzeug rollte über die Piste bis es schließlich sanft abhob und sein Schatten am Boden sich vom Flugzeug immer weiter entfernte. Justus flog ohne Ziel. In 5000 Fuß über dem Westerwald befanden sich einige Wolken. Justus ließ das schnelle Flugzeug durch eine Wolkenlücke durchsteigen und genoss die gleißende Sonne über den Wolken. Dann wurde er übermütig. Zunächst flog er einige sehr enge Steilkreise und genoss die Beschleunigungskräfte, die seinen Körper in den Sitz pressten. Anschließend brachte er das Flugzeug in einen flachen Sturzflug, gab Vollgas und zog nach einer Weile den Steuerknüppel zunächst sanft, dann voll zurück. Aus dem Looping heraus ließ er das Flugzeug wieder einen Moment geradeaus fliegen. Dann gab er wieder Vollgas und flog eine Fassrolle. Es störte ihn nicht, dass er zwar eine Kunstflugberechtigung besaß, aber das Flugzeug, das er gerade flog, nur für einfache Kunstflugfiguren zugelassen war.

»Verdammt, das tut gut«, sagte er laut zu sich selbst. Er fühlte, wie seine Aggressionen langsam wieder erloschen. »Wofür braucht es die Frauen, wenn ich das hier haben kann?« Kaum hatte er diesen Gedanken laut ausgesprochen, verwarf er ihn wieder.

Nach einer Stunde Flugzeit landete er in Thalfeld, um dort einen Kaffee zu trinken.

Am Abend wartete er auf Carola. Als sie nicht kam und sich auch telefonisch nicht meldete, machte er sich auf den Weg zu ihrer Wohnung. Sie empfing ihn kühl und lehnte eine Umarmung ab.

»Ich möchte, dass du sagst, was geschehen ist. Hast du mit Annie geschlafen?«

Sie weinte und ließ es schließlich doch zu, dass Justus sie in seine Arme nahm.

»Es tut mir leid«, stammelte Justus. »Es ist einfach so passiert. Ich wollte dir nicht wehtun«

Verärgert schob Carola Justus zurück.

»Wir sind gerade einmal ein paar Wochen zusammen und du betrügst mich bei der ersten Gelegenheit. Das tut sehr weh. Wenn überhaupt, wird es sehr lange dauern, bis ich dir das verzeihen kann.«

»Ich bin nicht stolz darauf.« Justus befürchtete, dass Carola ihn für immer abweisen würde.

»Über unsere Zukunft muss ich erst einmal nachdenken«, sagte Carola immer noch weinend. »Liebst du sie?«

»Ich weiß es nicht genau«, antwortete Justus. Er wusste, dass er Carola und sich selbst mit dieser Aussage belog. »Ich möchte dich nicht einfach so aufgeben.«

»Das hättest du dir früher überlegen müssen«, schrie Carola ihn an. Sie setzte sich an ihren Küchentisch, wischte sich ihre Tränen ab und schaute Justus in die Augen. Nach einer Weile des Schweigens sagte sie ruhig: »Wie auch immer es mit uns weitergeht. Während du in den USA warst habe ich mir überlegt, meine fliegerische Ausbildung zu beenden. Ich eigne mich nicht dafür!« Sie beobachtete, wie sich sein Gesichtsausdruck veränderte.

»Du möchtest, dass ich ehrlich bin«, antwortete Justus. »Fliegen ist anspruchsvoll. Als dein Fluglehrer und dein Partner…«

Carola unterbrach ihn. »Partner! Was will mir das größte Fliegerass aller Zeiten jetzt noch über Partnerschaft erzählen?«

»Egal, ob wir zusammenbleiben oder nicht«, begann Justus erneut. »Ich glaube, du bekommst deine fliegerische Unsicherheit nicht in den Griff. Das sagt mir meine Erfahrung als Pilot und Fluglehrer. Es ist besser, du gibst die Fliegerei auf. Ich habe große Angst, dass dir irgendwann beim Landen ein Unfall passiert.«

»Und du? Du bist der Überflieger, der jetzt schon weißt, dass ich runterfalle?« Carola schlug wütend mit der rechten Hand auf den Küchentisch und tat so, als sei die flache Hand ein Flugzeug, das am Boden zerschellte.

»Ich bin nicht nur ein Mensch voller Flugsehnsucht«, antwortete Justus. Auch er war jetzt wütend. »Als Fluglehrer habe ich ein sicheres Gespür für Gefahren. Denk an den Unfall von Ellen, von dem ich dir erzählt habe. Ich möchte dich nicht verlieren.«

Carola war gerührt. »Verzeih mir, vermutlich hast du Recht. Die anderen beiden Fluglehrer denken ähnlich, das weiß ich inzwischen.«

»Du kannst jederzeit mit mir mitfliegen.«

Justus stand auf und griff zu seiner Jacke. »Ich fahre besser nach

Hause«, sagte er unbeholfen. »Wenn es doch noch eine Zukunft für uns gibt, ruf mich an.«

Carola hielt ihn zurück. »Bleib hier«, flüsterte sie und umklammerte ihn fest. »Aber geh mir nie wieder fremd.«

Montabaur/Westerwald, 8. August 2009

Justus Sessenroth hatte sich Frank Georg nach einem Telefonat mit ihm ganz anders und viel jünger vorgestellt. Ein älterer Mann öffnete Justus die Tür und stellte sich vor. Der Hobby-Historiker aus Montabaur war etwa fünfundachtzig Jahre alt. Frank Georg war klein und schlank, seine wenigen grauen Haare waren kurz geschnitten. Seine dunklen Augen sahen offensichtlich noch scharf, zumindest trug er keine Brille. Auf seiner Stirn befand sich eine tiefe Narbe. Frank Georg begrüßte Justus freundlich. »Schon ein Ding, dass sie Bob Smits in den USA getroffen haben.«

»Die Fliegerwelt ist wirklich klein«, antwortete Justus lachend. »Und in Oshkosh treffen sich die flugbegeisterten unter den Amis einmal im Jahr alle. Schönen Gruß von Bob.«

»Was kann ich konkret für sie tun?«, fragte Frank Georg.

»Ich bin auf der Suche nach Informationen über eine B-17, die am 9. März 1945 irgendwo bei Frankfurt notlanden musste. Besonders interessiert mich das Schicksal des Piloten. Er hieß Jacob Sessenroth, ein Namensvetter mit deutschen Vorfahren. Ich habe seine Enkelin kennengelernt. Wir versuchen gerade mehr über ihre Familiengeschichte herauszufinden.«

»Mal sehen, was ich habe.« Frank Georg griff zu einem Gehstock und führte Justus hinkend in das Dachgeschoss seines Hauses. »Das ist mein Arbeitszimmer und mein Archiv«, sagte er. »Hier lagere ich alles, was ich über den Luftkrieg, insbesondere bezüglich des Luftkriegs über dem Westerwald in offiziellen Archiven und durch Befragung von noch lebenden Zeitzeugen herausfinden und dokumentieren konnte. Sie glauben nicht, was hier los war«, sagte er ernst.

»Warum tun sie das, wenn ich fragen darf?« Justus schaute sich in dem kleinen, überfüllten Raum um und sah ein Seitenruder, das offensichtlich von einer Bf 109 stammte.

»Ich gehörte 1945 zum letzten Aufgebot«, sagte Georg. »Als Hitler-Junge lernte ich Segelfliegen, dann kam ich zur Luftwaffe. Man hat uns mit nur dreißig Ausbildungsstunden in die Bf 109 gesetzt. Friss oder stirb. Die meisten von uns verunglückten, weil sie mit dem Flugzeug überfordert waren. Der kräftige Motor und das schmale Fahrwerk waren nicht jedermanns Sache. Das Flugzeug erforderte schon beim Start Gegenseitenruder, um das starke Propellerdrehmoment auszugleichen. Wer das nicht beachtete, lag schon beim Start auf dem Rücken. 1945 war ich gerade einmal einundzwanzig. Wir mussten tagsüber gegen eine Übermacht englischer und amerikanischer Bomber und auch gegen deren Jagdflugzeuge kämpfen. Unser Einsatzhafen lag in der Nähe von Hanau. Ich wurde am 5. März 1945 beim Angriff auf einen Bomberpulk über der Eifel von einer P51-Mustang beschossen, konnte mich aber im Gleitflug mit stotterndem Motor bis in den Westerwald durchschlagen. Ich machte eine Bruchlandung hier ganz in der Nähe, verletzte mich am Kopf und lernte meine spätere Frau kennen. Sie war dabei, als mich die Zivilbevölkerung aus dem Wrack befreite.« Frank Georg zeigte mit einem wehmütigen Blick auf das vergilbte Schwarzweiß-Foto einer jungen Frau auf seinem Schreibtisch, während er weiterredete: »Ich kam noch am gleichen Tag wieder zurück zu meiner Einheit. Nachdem die Wunde am Kopf halbwegs verheilt war, flog ich noch bis Kriegsende mehrere Einsätze und überlebte den Krieg und die Gefangenschaft bei den Amerikanern nahezu unversehrt.«

Frank Georg zeigte Justus das Bild eines jungen Piloten in einer Bf 109 sitzend. Seine Rangabzeichen an der Fliegermontur deuteten darauf hin, dass er Unteroffizier gewesen sein musste.

»Ein lieber Kamerad von mir«, sagte Frank Georg. »Er stammte

wie ich aus Marburg und hatte nicht so viel Glück. Er wurde Ende
März 1945 beim Angriff auf einen Bomber von dessen Bordkano-
nen getroffen und stürzte mit seiner Bf 109 über dem Westerwald
ab. Er kam dabei ums Leben. Als ich Rentner wurde, begann ich
seinen Absturz zu erforschen und die Absturzstelle zu lokalisie-
ren. Und so fing alles an. Das Seitenruder dort stammt von seiner
Bf 109 G. Ein Zeitzeuge hat es damals abmontiert und mir inzwischen überlassen.«

Justus betrachtete einige Schwarzweiß-Fotos, die an einer Seiten-
wand des Zimmers hingen.

»Das sind Aufklärungsfotos. Die habe ich über gute Kontakte zur
Royal-Air-Force in London bekommen.« Frank Georg deutete
stolz auf ein größeres Foto. »Schauen sie hier einmal genau hin.
Dieses Bild zeigt den Flugplatz Thalfeld – ihren Heimatflugplatz.
Das Aufklärungsfoto hat eine Spitfire der Royal-Air-Force weni-
ge Tage nach einem Angriff auf den Flugplatz aufgenommen.«

»Das muss im März 1945 gewesen sein«, kommentierte Justus. Er
betrachtete intensiv das Foto.

»Das ist richtig. Und wenn sie sich die Bombentrichter anschau-
en, werden sie feststellen, dass der Flugplatz kaum etwas abbe-
kommen hat. Die meisten Bomben trafen die umliegenden beiden Ortschaften.«

»Das hat mir mein Onkel ebenfalls einmal erzählt. Er berichtete
mir auch von einer B-17, die neben dem Flugplatz an einem Hang
am Bartenstein notlanden musste. Als kleiner Junge ist er in diesem Wrack herumgeklettert. Und ich, als junger Segelflugschüler
habe ich später sogar noch helfen müssen, einige der Bombentrichter nachzufüllen. Was ist damals geschehen?«

»Der Reihe nach«, sagte Frank Georg und erklärte weiter:

»Bei dem Bombenangriff der Amerikaner am 11. März 1945 mit
B-26 Marauder-Bombern auf Thalfeld hat sich ein verhängnis-
voller Navigationsfehler ereignet. Die Bomber flogen aus nördli-
cher Richtung an. Die Pfadfindermaschine der ersten Welle war

mit einer damals ganz neuen Funknavigationsanlage ausgerüstet. Das System nannte man *Oboe*. Aber *Oboe* funktionierte nicht richtig. Deswegen verwendete der Navigator schließlich ein älteres Navigationssystem, *Gee*. Doch dieses wurde von deutschen Störsendern gestört.«

»Und dann?«

»Der Navigator navigierte einfach nach Koppelnavigation weiter. Die Bomber kamen gegen Mittag an. Aufgrund einer geschlossenen Wolkendecke bestand keine Bodensicht. Wegen einer kleinen Ungenauigkeit bei der Koppelnavigation trafen die Bomben der ersten Welle den Flugplatz nur am Rand. Die meisten Bomben fielen auf den östlichen Randbereich des Dorfes Thalfeld. Es gab Verletzte und Tote.«

»Koppelnavigation hat ihre Tücken, wenn man keine Bodensicht hat«, sagte Justus nachdenklich. »Wenn man über einer geschlossenen Wolkendecke fliegt und Windstärke und Windrichtung nicht genau kennt, kann man seinen Flugweg und die momentane Position nicht genau berechnen.«

»Ja, und die Thalfelder Bürger mussten dafür bezahlen. Und Minuten später geschah das nächste, noch größere Unglück. Jetzt kam die zweite Welle. *Oboe* funktionierte, allerdings waren die Signale etwas zu schwach. Die Sender für *Oboe* standen an zwei weit entfernten Standorten in England. Der Schnittpunkt der Signale markierte das Ziel. Der Bombenschütze zögerte wohl einen Moment zu lange, bevor er die Bomben auslöste. So trafen die Bomben der zweiten Welle einen Teil des Flugplatzes und ein Nachbardorf. Dort gab es viele Tote und Verletzte. Das Schicksal vieler Menschen in den beiden Dörfern war besiegelt. Scheiß Krieg!«

Justus studierte immer noch intensiv das Aufklärungsfoto, das aus etwa 6000 Metern Flughöhe aufgenommen worden war. Das Dorf Thalfeld war damals viel kleiner als heute. Wo sich einst Wiesen und Äcker befanden, wurden später Häuser gebaut.

Schließlich fand Justus sein Elternhaus. »Wenn die Bomber einen etwas anderen Kurs geflogen wären, würde ich heute vielleicht nicht existieren«, sagte er. »Aber was hat der Angriff der Marauder-Bomber mit der B-17 zu tun, die neben dem Flugplatz Thalfeld notgelandet ist?«, fragte Justus.

Wortlos schaltete der Historiker seinen PC ein.

»Mit dem Angriff auf Thalfeld hatte diese B-17, genauer gesagt eine B-17G nichts zu tun. Sie ist zwei Tage vorher bei einem Angriff auf einen Flugplatz bei Nürnberg schon auf dem Hinflug über dem Taunus von der Flak getroffen worden. Der Pilot musste umkehren und notlanden. Schauen sie sich das Aufklärungsfoto bitte nochmal genau an. Rechts unten an einem Waldrand sehen sie etwas, das einem weißen Kreuz ähnelt. Das ist die B-17G.«

Justus schaute angestrengt auf das Foto. Dann nahm er seine Kamera und fotografierte das Bild.

Inzwischen hatte der Historiker die Datei gefunden, die er suchte.

»Sie werden es nicht glauben, aber ich fürchte, diese B-17G der 973. Bombergruppe mit der Seriennummer 44-38068 ist offensichtlich genau die, die sie suchen. Glauben sie an Zufälle, Herr Sessenroth?«

»Das ist eine schwere Frage«, antwortete Justus. »Seit ich mich mit Annies Familiengeschichte befasse, glaube ich eher an das Schicksal. Vielleicht ist unser aller Schicksal vorbestimmt. Schon bei Annies Kontaktaufnahme mit mir, per Brief aus Wisconsin, fiel es mir schwer, an einen Zufall zu glauben.«

»Ich jedenfalls glaube nicht mehr an Zufälle, seit ich mich mit Kriegshistorie befasse«, sagte Frank Georg. »Nennen sie es Schicksal, oder Zufall. Wie auch immer. Der am Thalfelder Flugplatz notgelandete Bomber hieß *Midsummer Beauty*. Ich habe den Missing-Air-Crew-Report für die Bomber-Crew offiziell bei ei-

nem Veteranenverband in den USA beantragt und bekommen. Schauen sie sich die Liste der Besatzungsmitglieder an.«
Frank Georg drehte den Bildschirm seines PC so herum, dass Justus lesen konnte. Der Missing-Air-Crew-Report vom 9. März 1945 trug die Nummer MACR 1210947. Justus las das von Frank Georg bereits übersetzte Dokument.

Notlandung am 9. März 1945 bei Frankfurt. B-17G, Spitzname *Midsummer Beauty*. Vermisste Crew:

- 2nd Lt. Jacob Sessenroth, Pilot

- 2nd Lt. Michael (Mike) McSweeney, Copilot

- S/Sgt Quinn O'Neil, Bombenschütze

- 2nd Lt. Ezra Goldman, Navigator

- S/Sgt Brent Muller, Bordingenieur

- S/Sgt Chris Olsson, Funker

- Sgt Wayne Coleman, Kugelturmschütze,

- Sgt Nathaniel (Nat) Lowe, Rumpfschütze rechts

- Sgt Ed Foster, Rumpfschütze links

- Sgt Lloyd Hayes, Heckschütze

Justus erschrak, als er den Namen Jacob Sessenroth las. »Was ist bei der Notlandung passiert, was geschah mit der Crew?«

»Das wusste der verantwortliche Wing Commander, der den Missing-Air-Crew-Report bei seiner Rückkehr nach England erstellte, natürlich noch nicht. Er konnte es nicht wissen. Aber die Dokumente wurden später korrigiert.« Frank Georg zeigte auf eines der Dokumente.

»Schauen sie hier. Der Bomber wurde beim Aufprall in der Mitte auseinandergerissen. Zunächst versteckten sich die Überlebenden der Crew in einem nahegelegenen Wald. Aber die Wachsoldaten vom Flugplatz Thalfeld waren schnell zur Stelle und kümmerten sich um alles Weitere. Jacob Sessenroth, der Pilot, wurde leicht verletzt nach Herborn in das damalige Reserve-Lazarett gebracht. Er kam später in Gefangenschaft.«

»Das habe ich schon herausgefunden«, sagte Justus. »Seine erste Frau hat es mir erzählt. Was ist mit dem Rest der Crew passiert?«

»Lloyd Hayes, der Heckschütze, war durch den Flak-Beschuss am Kopf sehr schwer verletzt worden. Auch er kam nach Herborn ins Lazarett und starb dort drei Tage später. Wayne Coleman, der Kugelturmschütze, wurde ebenfalls in Herborn verarztet und später nach Wiesbaden in ein Gefangenenlager gebracht.«

»Gab es weitere Tote?«

»Ja. Der Funker Chris Olsson starb noch im Flugzeug, als ihn ein bei der Notlandung losgerissener Störsender am Kopf traf. Er muss sofort tot gewesen sein. Er wurde in Thalfeld begraben, aber die Amerikaner haben seine Leiche 1947 exhumiert und auf einem Kriegsfriedhof in Holland bestattet. Dort wurde später auch Lloyd Hayes begraben. Ich war vor wenigen Monaten noch dort.« Stolz zeigte Frank Georg Justus die Fotos der Grabsteine.

»Was ist aus dem Rest der Crew geworden?«

»Die kamen alle in Gefangenschaft und kehrten nach ihrer Befreiung unversehrt nach England zurück.«

»Wissen sie mehr über Jacob Sessenroth? Wissen sie etwas über seine deutsche Herkunft?«, fragte Justus aufgeregt.

»Leider nicht. Ich habe vor zehn Jahren die Adresse von Jacob

Sessenroth in Wisconsin herausgefunden und ihn und die Überlebenden seiner Crew nach Deutschland eingeladen. Er hat mir nie geantwortet.«

»Was passierte mit dem Wrack?«

»Zunächst wurden die Bomben entschärft und aus dem Wrack geborgen. Dann hat die Bevölkerung der umliegenden Dörfer den Bomber ausgeschlachtet, bevor die Wehrmacht die Reste abtransportierte. Die Reifen des Hauptfahrwerks fanden sich später als Reifen an einem Thalfelder Traktor wieder. Eines der Maschinengewehre aus dem Bug können sie im Museum in der Hohen Schule in Herborn bewundern. Es ist stark verbogen.«

»Das werde ich mir auf jeden Fall ansehen.«

»Das schönste Ausstellungsstück im Museum dort ist ein Brautkleid aus Fallschirmseide«, sagte Frank Georg. Justus wollte gerade antworten, dass Bob ihm in Oshkosh davon bereits erzählt hatte, aber Frank Georg freute sich sehr, sein Wissen teilen zu können und fiel Justus ins Wort. »Den Fallschirm hat ein Luftwaffen-Pilot vom Flugplatz Thalfeld erbeutet. Es muss der Schirm des Copiloten der *Midsummer Beauty* gewesen sein. Wer auch immer ein Brautkleid daraus gemacht hat, hat etwas von seinem Handwerk verstanden. Das Kleid sieht großartig aus.«

Noch am Abend erhielt Justus eine E-Mail von Frank Georg, der ihm alle Unterlagen über die *Midsummer Beauty* zur Verfügung stellte. Justus leitete die Unterlagen direkt an Annie weiter. Annie antwortete drei Tage später: *Ich treffe mich in Kürze mit der zweiten Frau meines Großvaters. Halte dich auf dem Laufenden. Love. Annie.*

10. Kapitel

Dillenburg, 9. August 2009

Justus bekam einen Schrecken, als er mit Carola gegen Mittag im Heim in Dillenburg eintraf. Seine Tante Barbara lag auf ihrem Bett und schaute fern. Verwirrt zog sie ihre Strickjacke zu und schaute Justus und Carola an. Mit ihrem aschfahlen Gesicht und ihren unfrisierten grauen Haaren glich sie einer Greisin, obwohl sie erst einundsiebzig Jahre alt war. Es dauerte einige Minuten, bis sie Justus erkannte.

»Schön, dass du mich einmal wieder besuchst«, sagte sie mit heiserer Stimme. Zu Carola gewandt bemerkte sie: »Du bist eine sehr hübsche, erwachsene Frau geworden, Andrea.«

Justus schob zwei Stühle für sich und Carola an das Bett und umarmte seine Tante herzlich, bevor er sich auf einen der Stühle setzte. Carola lächelte, als sie sich ebenfalls an das Bett setzte.

»Ich bin nicht Andrea, Justus' Tochter. Ich bin Carola, Justus' neue Lebensgefährtin.«

»Herzlich willkommen. Schön, sie kennenzulernen. Justus hat ihnen sicher schon von mir erzählt. Ich lebe seit ein paar Jahren in diesem Heim. Es ist schrecklich langweilig hier. Ich warte nur noch auf den Tod.«

»So drastisch würde ich das nicht formulieren«, antwortete Justus. »Du kannst und sollst noch viele Jahre leben. Aber du musst viel essen und trinken, damit du wieder zu Kräften kommst. Seit meinem letzten Besuch hast du mindestens fünf Kilo verloren. Das ist nicht gut.«

»Ich habe keine Lust mehr. Was erwartet mich noch? Was soll ich hier bei den Alten? Wenn es mir besser ginge, würde ich lieber in meinem Haus in Thalfeld leben und irgendwann dort sterben. Es tut mir immer sehr weh, wenn meine Tochter Judith mich für ein paar Stunden abholt und mich dann wieder zurück in dieses Heim bringen muss.«

»Das kann ich verstehen«, sagte Carola bestürzt.

»Hier hast du die Pflege und die ärztliche Versorgung, die du brauchst.« Der Zustand seiner Tante machte Justus große Sorgen. Dennoch begann er ohne Umschweife, seine drängenden Fragen zu stellen.

»Ich habe ein paar Fragen an dich, Tante. Gab es in unserer Familie Auswanderungen nach Amerika?«

Carola verzog das Gesicht. Es gefiel ihr nicht, dass Justus so direkt mit Fragen startete, die ihr völlig unwichtig erschienen und nur Annie weiterhelfen würden.

»Ich weiß nicht viel darüber und ich kann mich nicht mehr gut an das erinnern, was mir mein Vater, dein Großvater Karl, berichtet hat. Er hatte zwei Brüder. Ich glaube, der älteste ist ausgewandert.«

»Weißt du, wann er fortging?«

»Wann genau, weiß ich nicht. Dein Opa sagte, dass er damals noch sehr jung gewesen sei. Er bedauerte zeitlebens, dass sein großer Bruder die Familie für immer verlassen hätte.«

Justus bemerkte, dass seine Tante sehr müde war, fragte aber weiter:

»Kann das kurz nach dem ersten Weltkrieg gewesen sein? War der Name des älteren Bruders Johann Sessenroth?«

»Ich kann mich an den Namen nicht genau erinnern. Entweder Johann, Josef oder Jakob. Dein Opa hat nur sehr ungerne darüber geredet. Ich weiß nicht, wann sein Bruder gegangen ist und warum.«

»Aber was hat Opa dir erzählt? Mich interessiert jedes Detail. Bitte versuche dich zu erinnern. Ist sein Bruder allein ausgewandert oder war er verheiratet und hat seine Frau mitgenommen. Gibt es irgendwelche Dokumente?«

»Ach Justus.« Barbara seufzte. »Ich wüsste nicht, dass es mich jemals wirklich interessiert hätte. Die Gegenwart war schon schlimm genug. Nach dem Krieg war ich ein junges, naives

Mädchen. Das Leben im Dorf war hart. Ich musste bei der Landwirtschaft und im Haushalt helfen. Irgendwann, als ich älter wurde, stellte ich Fragen und bekam keine Antworten. Und dann.« Barbara stockte. »Dann nach dem schrecklichen Unfall deiner Eltern gab es wichtigere Probleme, um die ich mich kümmern musste.« Barbara begann zu weinen, als sie sich an die Vergangenheit erinnerte.

»Verzeih mir, Tante.«

»Schon in Ordnung, mein Junge.«

»Was geschah denn mit Opas jüngerem Bruder?«

»Das war mein Onkel Peter. Auch an ihn kann ich mich nicht erinnern. Er war als Soldat in Russland und ist dort verschollen. Dein Opa hat mir von Peters junger Geliebten berichtet – Heidemarie Hermann. Sie war Krankenschwester in Herborn und verschwand 1951 ebenfalls spurlos.«

»Unglaublich! Was ist damals passiert.«

»Ich weiß es nicht. Meine Mutter, deine Oma, konnte Heidemarie nicht leiden.«

»Warum?«

»Meine Mutter war eine Bäuerin, durch und durch. Heidemarie dagegen war eine vornehme junge Frau aus der Stadt. Stellt euch die jungen Frauen zur Zeit der Weimarer Republik Ende der zwanziger Jahre in Berlin vor. So gab sie sich. Immer adrett gekleidet, sehr kurze Haare, nicht mit ihren fraulichen Reizen geizend und bei jeder Gelegenheit eine Zigarette im Mund. Sie hatte wohlhabende Eltern und konnte sich sogar ein Auto leisten. Dein Großonkel liebte sie sehr, er war ihr verfallen.«

»Und du weißt nicht, wohin sie verschwand und warum?«

»Sie ging 1947 als Krankenschwester nach Wiesbaden. Irgendwann verlor sich dort ihre Spur. Dein Opa versuchte mehrfach, sie zu erreichen, weil er hoffte, sie hätte möglicherweise Nachrichten von seinem jüngeren Bruder aus Russland. Es war vergeblich. Wenn ich mich richtig erinnere, gelang es damals selbst ihren Eltern nicht, sie ausfindig zu machen.«

»Wenn wir herausfinden wollen, ob eine Verwandtschaft zu Annie besteht, müssen wir offensichtlich doch die Kirchenbücher von Thalfeld studieren«, stellte Justus fest. Er sah, dass Carola die Augen verdrehte.

»Wieso wir?«, fragte Carola. »Mir ist es egal, ob Annie mit dir verwandt ist, oder nicht.«

Justus reagierte nicht darauf. Stattdessen fragte er seine Tante: »Stammen unsere Vorfahren aus Thalfeld oder aus dem Ort Sessenroth bei Koblenz?«

»Diesen Ort kenne ich nicht«, antwortete Tante Barbara. »Ich kann mich so schlecht an all das erinnern, was mir meine Eltern über die Familiengeschichte berichtet haben. Es ist, als sei in meinem Kopf alles ausgelöscht. Manchmal verspüre ich ein Gewitter im Kopf und habe starke Kopfschmerzen. Es wird immer schlimmer.«

»Und mein Opa?«

»Er war auch im Krieg. Bei der Luftwaffe in Berlin als LKW-Fahrer. Er transportierte Munition für die Flak und fuhr zum Schluss einen Opel-Blitz mit Holzvergaser. Er hatte großes Glück und kam noch vor dem Zusammenbruch lebend aus Berlin heraus. Nach kurzer Gefangenschaft bei den Engländern im Westen, entließ man ihn nach Hause.«

»Hatte er Kontakt zu seinem älteren Bruder?«

»Glaube ich nicht. Das hätte er mir erzählt.«

Justus wollte weitere Fragen stellen, doch Carola fuhr dazwischen.

»Es ist genug«, sagte sie mit ärgerlicher Stimme.

»Wie heißt das Mädchen?«, fragte Tante Barbara.

»Mein Name ist Carola«.

»Passen sie gut auf ihn auf. Es gefällt mir nicht, dass er immer noch fliegt.«

»Ich verspreche, dass ich auf ihn aufpasse.« Carola lächelte und blickte Justus' Tante mitleidig an.

Tante Barbara erhob sich vom Bett. »Es ist besser, ihr geht jetzt. Ich fühle mich sehr schwach.«

Zu Justus gewandt sagte sie ernst: »Du musst mir etwas versprechen. Wenn ich einmal nicht mehr da bin, sorge bitte dafür, dass deine Bindung zu Thalfeld nicht abreißt. Du musst herkommen und mein Grab besuchen. Du musst Judith besuchen und mit ihr über die Felder und Wiesen laufen, wie einst in eurer Kindheit und wie es einst eure Vorfahren getan haben.«

»Ich werde dich noch oft besuchen hier im Heim«, versprach Justus. Emotionen trieben ihm Tränen in die Augen. Seine Tante tat ihm leid. Anfangs hatte er sie regelmäßig besucht in diesem Heim in Dillenburg. Doch in den letzten Monaten waren seine Besuche immer seltener geworden. Sein Job und natürlich die Fliegerei, ließen ihm wenig Zeit dafür. Außerdem ängstigte ihn ihre Krankheit. Er konnte nicht damit umgehen. Doch hätte er bei der Fliegerei Abstriche gemacht, wären ihm sicher häufigere Besuche möglich gewesen. Seine Tante hätte es ihm ganz bestimmt gedankt. Ohne ihre aufopfernde Fürsorge wäre er als Waisenkind in ein Heim gekommen. Warum hatte er sich nicht intensiver um seine Tante gekümmert? Jetzt litt er darunter. Er machte sich Vorwürfe, große Vorwürfe. Nie zuvor hatte er sich so schlecht gefühlt. Er nahm sich fest vor, seine Tante ab sofort häufiger zu besuchen. Carola schien seine Gedanken zu erraten als sie das Heim verließen und zum Parkplatz gingen.

»Du hast deine Tante nicht um ihretwillen besucht, sondern weil du Informationen brauchtest. Das hat sie nicht verdient«, sagte Carola vorwurfsvoll. »Statt Annies Familiengeschichte zu erforschen und bei jedem Wetter zu fliegen, solltest du deine Tante öfter besuchen. Ich begleite dich gerne. Ich mag sie.«

»Du hast Recht, ich muss sie öfter besuchen, bevor es zu spät ist. Aber Annies Familiengeschichte ist möglicherweise auch meine.«

»Warum ist dir das so wichtig? Was ändert sich für dich, wenn du herausfindest, ob ihr verwandt seid?«

»Ich fürchte, dass verstehst du nicht«, antwortete Justus hart.

»Ich will es auch nicht verstehen. Ich will dich«, sagte Carola energisch. »Und es wäre schön, wenn du endlich neue Prioritäten setzen würdest. Nicht nur ich möchte mehr Zeit mit dir verbringen. Auch deinen beiden süßen Töchtern solltest du mehr Aufmerksamkeit schenken. Die beiden sehen dich kaum noch. Sie leiden darunter.«

»Woher hast du diese Information?«, fragte Justus verärgert. »Steckt Frauke dahinter?«

»Du hast die ganze Zeit gewusst, dass ich Frauke kenne?« Carola verspürte eine aufkommende Angst vor einem weiteren Krach mit Justus.

»Gewusst nicht, aber geahnt«, antwortete Justus wahrheitsgemäß.

»Seit ein paar Wochen singt sie im gleichen Chor. Wir verstehen uns gut.«

»Auf welcher Seite stehst du?«

»Auf deiner natürlich.«

»Ich möchte, dass du dich aus meinen Familienangelegenheiten heraushältst. Frauke weiß, dass sie mich jederzeit anrufen kann, wenn sie mich braucht. Und um meine Töchter kümmere ich mich schon. Die Verhältnisse sind nicht einfacher geworden, seit wir zusammen sind.«

»Entschuldigung«, stammelte Carola. »Ich wollte dir keine Vorschriften machen.«

»Schon gut«, sagte Justus. »Ich bin dir nicht böse.« Er blieb stehen, nahm Carola in die Arme und streichelte ihr mit beiden Händen über ihren Kopf. »Lass uns Frieden schließen.«

»Das geht nur, wenn du Annie vergisst!«

Justus dachte angestrengt nach. Ihm wurde plötzlich klar, dass er Carola nicht so lieben konnte, wie sie es von ihm erwartete.

Flugplatz Koblenz-Moselhöhe, Flug nach Süddeutschland, 10. August 2009

Justus und Carola standen bereits um fünf Uhr dreißig auf an diesem Morgen. Justus musste beruflich nach Süddeutschland zu einem Pressetermin fliegen. Ein Segelflugzeug-Hersteller stellte auf einem Flugplatz am Bodensee einen neuen Prototyp vor und Justus hatte den Auftrag, einen Artikel darüber zu schreiben. Noch während des Frühstücks schaltete Justus seinen Laptop ein und plante den Flug gewissenhaft. Das GPS-Navigationssystem des Flugzeugs hatte er schon am Vorabend nach der Rückkehr von Dillenburg programmiert, außerdem hatte er das Flugzeug bereits getankt.

»Wie wird das Wetter?«, fragte Carola. Sie beabsichtigte, Justus zu begleiten.

»Ausreichend für Sichtflüge, aber heute Abend kommt eine Kaltfront aus Nordwest. Bis sie Koblenz erreicht, müssen wir zurück sein.«

Sie fuhren zum Flugplatz, schoben das Flugzeug aus dem Hangar und erledigten den Check. Nach dem Warmlaufenlassen des Motors stellte Justus beim Zündmagnetcheck fest, dass der Drehzahlabfall beim Umschalten auf den linken Zündkreis viel zu hoch war. Justus beobachtete konzentriert den Drehzahlmesser und wiederholte den Test. Er konnte keine Verbesserung feststellen.

»Mist! Mit diesem Flugzeug können wir heute auf keinen Fall fliegen«, stelle er schimpfend fest. »Das Flugzeug muss in die Werft. Vermutlich ist einer der Zündmagnete defekt. Das bedeutet, der Motor bringt nicht genügend Leistung.«

Wortlos stiegen sie aus, schoben das Flugzeug wieder zurück in den Hangar und hingen ein Schild mit der Aufschrift *UNKLAR* an den Propeller. Während Justus seinen Chef informierte, prüfte Carola, ob eines der Ultraleichtflugzeuge des Vereins verfügbar war.

Eilig schoben sie eines der Ultraleichtflugzeuge des Vereins vor den Hangar. Bevor sie starten konnten, musste Justus seine Flugplanung ändern. Das Ultraleichtflugzeug erreichte eine geringere Reisegeschwindigkeit als der Viersitzer. Auch die Berechnung des Spritverbrauchs für den Flug musste aktualisiert werden. Justus tankte das Flugzeug, er befüllte den Tank aus Gewichtsgründen aber nur zu dreiviertel. Sie würden vor dem Rückflug nochmals tanken müssen. Um sich die Navigation zu erleichtern, musste Justus schließlich noch die Navigationsdaten für den Flug in sein Handy-GPS eingeben, da das Ultraleichtflugzeug nicht mit einem Bord-Navigationssystem ausgerüstet war.

Sie starteten mit einer Verspätung von einer Stunde. Vom Fluginformationsdienst der Flugsicherung bekam Justus über Funk hin und wieder Informationen über Flugzeuge, die sich in der Nähe befanden, ansonsten verlief der Flug problemlos. Carola war in Gedanken vertieft und genoss den Flug. Justus redete kaum. Gelassen steuerte er das Ultraleichtflugzeug und hielt Kurs und Höhe. Ab und zu zeigte er Carola markante Punkte auf der Strecke, die sie dann auf der Karte suchte. Der Wind wehte mit fünfzehn Knoten aus Südwest, so dass ein leichter Seitenwind von vorne rechts die Flugdauer ein wenig verlängerte. Nach einer Stunde und zweiundfünfzig Minuten landeten sie auf dem Zielflugplatz. Als die Vorführung des neuen Segelflugzeuges am Nachmittag endete, überkam Justus ein ungutes Gefühl. Unruhig verließ er die Werksräume des Segelflugzeugherstellers und wanderte quer über den Flugplatz zum Kontrollturm.

»Kann ich bitte einmal ihren Computer benutzen und den aktuellen Wetterbericht abfragen?«, fragte Justus den diensthabenden Flugleiter.

Der Flugleiter sah Justus mitleidig an. »Den habe ich gerade frisch ausgedruckt. Sieht nicht gut aus. Die Kaltfront kommt schneller voran als ursprünglich von den Wetterfröschen vorhergesagt. Aber das kennt man ja. Außerdem werden sie starken

Gegenwind haben. Vierunddreißig Knoten in 5000 Fuß. Am besten, sie machen sich gleich auf den Heimweg.«

Justus studierte den Wetterbericht genau. Er befürchtete, dass es eng werden würde.

»Ok. Danke vielmals für den Service. Dann rolle ich sofort zur Tankstelle. Ich brauche mindestens noch vierzig Liter Sprit.«

»Schwierig«, antwortete der Flugleiter. »Die Pumpe unserer Tankstelle ist ausgefallen. Wir haben heute Morgen gleich eine offizielle Meldung herausgegeben.«

»Ich habe aber kein entsprechendes *NOTAM* gesehen.«

»Da waren sie vermutlich schon unterwegs. Fragen sie einmal drüben beim Segelflugzeughersteller. Vielleicht können die ihnen helfen.«

Justus eilte zurück und traf Carola, die sich angeregt mit dem Chef-Ingenieur der Firma unterhielt.

»Wir müssen zurückfliegen, das Wetter verschlechtert sich. Können sie uns weiterhelfen? Wir brauchen Sprit.«

»Ist die Tankstelle schon wieder defekt?« Der Ingenieur grinste. »Wir lagern hier keinen Sprit mehr. Sie wissen ja, die Brandschutzverordnungen. Aber ich leihe ihnen unseren Firmenwagen und zwei große Kanister. Damit fahren sie an die nächste Tankstelle. Zehn Minuten von hier. Ihr Flieger verträgt doch Autosuper, oder?«

»Na klar, das ist ein Ultraleichtflugzeug, der Motor ist für Autosuper zugelassen. Das verwenden wir zuhause auch.«

»Na dann los.«

Sie starteten um siebzehn Uhr dreißig. Aufgrund des Gegenwinds, der während des Flugs immer stärker wurde, verringerte sich die Geschwindigkeit des Flugzeugs über Grund, so dass sie eine entsprechend längere Flugzeit und eine spätere Ankunftszeit einplanen mussten. Die vom GPS entsprechend angezeigten Daten waren unbestechlich.

»Verdammt! Vor zwanzig Uhr werden wir nicht daheim sein«,

stellte Justus fest.

»Warum landen wir nicht einfach irgendwo unterwegs und warten den Durchzug der Kaltfront ab?« Carola machte sich Sorgen. Als Segelflugschülerin hatte sie noch nie einen Flug bei schlechtem Wetter erlebt.

»Mal sehen, wie weit wir kommen.«

»Lass uns bitte kein Risiko eingehen«, meinte Carola ängstlich.

»Noch sind Wolkenuntergrenze und Sicht ausreichend«, lamentierte Justus.

Etwa dreißig Kilometer vor Bingen am Rhein rief der Controller des Fluginformationsdienstes über Funk:

»Delta-Charlie-Charlie, ist ihr Ziel immer noch Flugplatz Koblenz-Moselhöhe?«

Justus antwortete: »Delta-Charlie-Charlie. Positiv!«

»Charlie-Charlie, wir haben mit der Flugleitung dort telefoniert«, funkte der Controller zurück. »Die Sicht ist bereits zurück auf etwa 1,8 Kilometer. Wolkenuntergrenze 2000 Fuß, sinkend, leichter Regen. Über dem Hunsrück und dem Westerwald ist die Wolkenuntergrenze inzwischen schon zu niedrig. Weiterflug nach Koblenz-Moselhöhe ist momentan aber noch oberhalb des Rheintals möglich.«

»Charlie-Charlie, verstanden«, antwortete Justus. »Wir versuchen es oberhalb des Rheintals und kehren notfalls um.«

»Warum machst du das?«, fragte Carola. Sie blickte auf die Karte. »Lass uns in Mainz landen und mit dem Zug nach Hause fahren oder in Mainz in einem Hotel schlafen.«

»Wir schaffen das schon. Bei solchen Wetterlagen kann man oberhalb des Rheintals immer eine Schlechtwetterstrecke fliegen. Vertrau mir.«

Es kam anders. Bei Oberwesel musste Justus das Flugzeug weiter sinken lassen, um frei von Wolken zu bleiben. Der Regen aus den grauen Kaltluftwolken klatschte gegen die Haube des Flugzeugs, die Sicht wurde immer schlechter und kräftige Böen schüttelten das Flugzeug durch. Justus hatte hin und wieder Mühe, die Böen auszugleichen und die Fluglage zu stabilisieren. Er schaltete auf die Funkfrequenz des Flugplatzes Moselhöhe um und setzte einen Funkspruch ab. Aber er erhielt aber keine Antwort. Auch eine Funkverbindung mit der Flugsicherung war nicht mehr möglich.

»Verdammt, wir sind zu tief, die hören uns nicht.«

»Dann lass uns umkehren und in Mainz landen. Wir haben auch nicht mehr die erforderliche Flugsicht von 1,5 Kilometern.«

»Keine Angst. Ich habe mein GPS so programmiert, dass es uns zunächst genau über die Stadtmitte von Koblenz lotst. Über Koblenz schaltet das GPS die zu fliegende Kurslinie automatisch um und zielt auf die Piste 28. Dann müssen wir nur noch eine Linkskurve fliegen, der neuen Kurslinie folgen und schon sind wir im verlängerten Endanflug zur Piste 28.«

»Du willst blind anfliegen ohne entsprechende Instrumentierung?«

»Nach Mainz können wir jetzt nicht mehr«, stellte Justus fest. Trotz der kritischen Situation blieb er ruhig. »Der Mainzer Flugplatz schließt in wenigen Minuten, das schaffen wir nicht mehr!« Über Koblenz konnte Justus schließlich den Funkkontakt mit dem Flugplatz Moselhöhe herstellen.

»Charlie-Charlie, wo kommt ihr denn jetzt noch her?«, fragte der erstaunte Flugleiter.

»Wir fliegen gleich in den verlängerten Endanflug ein. Bitte schalte die Landebahnbefeuerung ein, wir sehen den Flugplatz noch nicht.«

»Die Lampen brennen schon. Die Sicht ist runter auf nur noch 800 Meter, Wolkenuntergrenze 1100 Fuß«, antwortete der Flugleiter über Funk. Justus bemerkte, dass Carolas Hände zitterten. Er beruhigte sie: »Wir werden gleich landen können. Mein GPS führt uns genau in Richtung Landebahn und 800 Meter Sicht reichen mir. Das ist nicht der erste Landeanflug bei Dreckwetter,

den ich mache. Wir halten jetzt 1000 Fuß Höhe, bis wir die Landebahn sehen. Dann sind wir zwar etwas zu hoch im Endteil, aber
so kann uns nichts passieren«

»Das ist doch Krampf. Wieso sind wir überhaupt erst gestartet?
Wir hätten doch auch am Bodensee bleiben können? Als Fluglehrer hättest du es besser wissen und verantwortungsvoller handeln müssen.«

»Das können wir gerne nach der Landung diskutieren.«

»Da vorne, ist das die Beleuchtung der Landebahn?«

»Ja«, antwortete Justus ruhig. Gleichzeitig zog er den Gashebel
zurück und landete bei starkem Regen auf der Piste 28.

»Der Controller von der Flugsicherung hat vorhin angerufen«,
teilte der Flugleiter über Funk mit, nachdem Justus und Carola
mit dem Ultraleichtflugzeug von der Piste abgerollt waren. »Er
hat sich Sorgen um euch gemacht und wolle wissen, ob ihr heil
angekommen seid. Ich habe ihm schon gesagt, dass ihr gelandet
seid, aber ruft ihn bitte nochmal zurück. Wenn ihr das hier in der
Flugleitung erledigen wollt, koche ich Euch gerne einen starken
Kaffee.«

Carola übernahm die Antwort per Funk: »Oh toll, Kaffee ist genau das, was wir jetzt brauchen. Wir stellen nur noch das Flugzeug in der Halle ab und kommen dann zur Flugleitung.«

Nach dem Telefonat mit der Flugsicherung klingelte Justus' Handy. Durch den Motorenlärm und den anstrengenden Flug hatte
er nicht bemerkt, dass seine Cousine Judith schon während des
Fluges mehrmals versucht hatte, ihn zu erreichen. Sie informierte ihn weinend, dass seine Tante Barbara nicht mehr lebt.

Thalfeld/Westerwald, 14. August 2009
Die Beerdigung seiner Tante Barbara fand bei bestem Sommer-
wetter in Thalfeld statt. Aufgrund ihrer Beliebtheit waren viele
Menschen auf den Friedhof gekommen, um ihr die letzte Ehre zu
erweisen. Auch Justus' Onkel Andreas war anwesend. Der hagere,

großgewachsene Mann schien um Jahre gealtert. Schwarz geklei-
det und mit starren Gesichtszügen saß er neben seiner einzigen
Tochter, Justus' Kusine, in der vorderen rechten Stuhl-Reihe der
Friedhofskapelle. Seine zweite Frau hatte er nicht im Schlepptau.

»Wenigstens ist er taktvoll und tut ihr das nicht an«, flüsterte
Justus seiner Ex-Frau Frauke ins Ohr. Frauke trug ein enganliegendes, schwarzes Kleid und saß links neben ihm in der zweiten
Reihe. Rechts neben Justus saßen Andrea und Biene. Sie trugen
schwarze Hosenanzüge und weinten unentwegt. Carola schien
eifersüchtig auf Frauke zu sein. Sie saß rechts neben Biene und
ärgerte sich, dass Justus ihr gedankenlos nicht einen Platz an
seiner Seite reserviert hatte. Carola trug ebenfalls ein schwarzes
Kleid und eine schwarze Weste darüber. Ihr Kleid unterschied
sich von Fraukes Kleid nur dadurch, dass es einen Ausschnitt
hatte. Abgesehen von ihren unterschiedlichen Haarfarben und
den Frisuren sahen beide Frauen fast wie Schwestern aus. Justus
hatte dafür heute kein Auge.

Nach einer kurzen Feierstunde in der Friedhofskapelle begleiteten sie Tante Barbara auf ihrem letzten Weg. An der Grabstelle hakte sich Carola demonstrativ bei Justus ein. Sie verspürte
den Wunsch, dass Justus sie gerade jetzt brauchen würde. Justus
konnte sich kaum auf die Worte des Pfarrers, den er gut kannte,
konzentrieren. Durch einen Vorhang aus Tränen sah er über der
Tongrube am Dorfrand zwei Segelflugzeuge in niedriger Höhe
kreisen. Die Gedanken an die Fliegerei verdrängte er aber sofort
wieder. Er fühlte einen nie gekannten Hass gegen sich selbst. Er
schämte sich dafür, dass er seine Tante so selten im Heim besucht hatte. Die Einsamkeit dort hatte sie nicht verdient.

Als der Sarg in das Grab eingelassen wurde, beteten sie das Vater
Unser.

Und vergib uns unsere Schuld, wie auch wir vergeben…

An der Grabstelle standen Carola und Frauke direkt neben Justus. Andrea und Biene standen dahinter und kamen sich ver-

loren vor. Manche Leute tuschelten. Justus bekam davon nichts mit. Er wurde sich plötzlich darüber bewusst, dass er seinem Onkel Andreas nie verziehen hatte. Aber genau das musste er jetzt tun. Er, Justus, durfte seinem Onkel gegenüber nicht mehr auf einem hohen Ross sitzen. Seine eigene Ehe war letztendlich nicht zuletzt auch durch die Fliegerei gescheitert. Er betrachtete den hageren Mann, den er lange nicht gesehen hatte. Seine Haare waren komplett ergraut, ebenso seine schmalen Augenbrauen. Er war immer noch schlank und machte auf den ersten Blick einen sportlichen Eindruck. Wenn man allerdings näher hinschaute, sah man, dass er beim Gehen leicht hinkte. Er wurde durch Justus' Cousine und ihrem Mann gestützt. Fliegerisch war ihm sein Onkel immer ein Vorbild gewesen. Justus nahm sich vor, mit ihm einmal in Ruhe über alles zu reden. Durch den Tod seiner Tante waren Justus' Onkel und seine Cousine Judith jetzt seine einzigen noch lebenden Verwandten. Auch mit ihr würde er zukünftig engeren Kontakt halten wollen. Judith war siebenundvierzig und hatte eine große Ähnlichkeit mit ihrem Vater. Sie überragte Justus um Kopfhöhe und hatte den liebenswürdigen Charakter von Tante Barbara geerbt. Sie arbeitete als Sekretärin in einer metallverarbeitenden Firma im Dilltal und hatte keine Kinder. Justus' Töchter mochten sie sehr, auch weil sie bei jedem Besuch von ihr verwöhnt wurden.

Der Gottesdienst, der unmittelbar nach der Beisetzung stattfand, war gut besucht. In der Kirche war fast kein Platz mehr frei. Zum Eingang spielte der Organist eine freie Improvisation über den Choral *Wie schön leuchtet der Morgenstern*. Justus hatte seine Emotionen nicht mehr im Griff. Er ließ seinen Tränen freien Lauf. Es war ein ausdrücklicher Wunsch seiner Tante gewesen, dass diese Choralimprovisation zu ihrer Beerdigung gespielt würde. Sie wollte dem Morgenstern begegnen, wenn sie sich auf den Weg ins Jenseits machte. Der Pfarrer sprach über das Leben und den Tod. »Alles hat seine Zeit«, sagte er.

»Es gibt eine Zeit der Kindheit und der Jugend. Es gibt eine Zeit der Liebe und des Glücklichseins. Es gibt eine Zeit des Lebens, des unbeschwerten Lebens, aber auch eine Zeit des Verlierens und eine Zeit des Kämpfens. Und dann kommt irgendwann die Zeit, in der wir uns von einem geliebten Menschen verabschieden müssen...«

Nach dem obligatorischen Beerdigungskaffe zog Carola es vor, mit Frauke und ihren Töchtern nach Koblenz zurückzufahren. Sie demonstrierte damit gegen Justus' intensive Bemühungen, Annies Ahnen zu erforschen. Justus hatte derweil einen Termin mit dem Pfarrer.

»Meinst du, dass er sich in Annie verliebt hat?«, fragte Carola auf dem Weg zum Auto. »Er ist so anders, seit er aus den USA zurück ist.«

»Woher soll ich das wissen?«, antwortete Frauke belustigt.

»Was wird er jetzt unternehmen?«

»Auch das kann ich nicht vorhersagen. Justus ist ein Mensch, der meistens den Weg des geringsten Widerstands geht. Er wird sicher nicht auf die Idee kommen, in die USA zu gehen. Aber die Liebe ist eine Naturgewalt. Wenn er sich wirklich in Annie verliebt hat, wird er sich vor Sehnsucht nach ihr verzehren. Dann wird er alles tun, um sie nach Deutschland zu holen. Besser, du zwingst ihn zu einer Entscheidung.«

»Er hat mir alles gebeichtet und sich für mich entschieden«, sagte Carola leise.

»Ich glaube, er hält dich nur hin. Vielleicht wird er bei dir bleiben, weil es bequem für ihn ist. Aber denk doch einfach einmal realistisch. Eure Beziehung wird keine wirkliche Bedeutung für ihn haben. Nur wenn diese Amerikanerin ihn endgültig versetzt und er wieder zur Vernunft kommt, hast du vielleicht eine Chance.«

»Chance hin, Entscheidung her. Wir müssen ihn zu einer ganz anderen Entscheidung bringen«, flüsterte Andrea ihrer jüngeren Schwester ins Ohr.

Der Pfarrer von Thalfeld, Mark Fuchs, war ein ehemaliger Schulkamerad von Justus. Sie hatten seinerzeit gemeinsam das Gymnasium besucht. Das alte Pfarrhaus war Justus sehr vertraut. Als Schüler hatte er sich oft im Pfarrhaus aufgehalten, um mit dem gleichaltrigen Mark gemeinsam zu lernen oder einfach nur, um mit ihm zeitgenössische Musik zu hören. Mark war etwas kleiner als Justus und ein wenig dicker. Schon in seiner Jugend hatte er sich für den Weg seiner Vorfahren entschieden, Pfarrer zu werden. Inzwischen übte er diesen Beruf schon seit vielen Jahren aus. Er war ein Pfarrer mit Leib und Seele, der für seinen Glauben brannte und sich intensiv und aufopfernd um seine Gemeinde kümmerte. Seine Predigten rissen die Menschen immer noch mit und so waren seine Gottesdienste meist gut besucht. Justus und er waren Freunde gewesen, sie hatten sich in den letzten Jahren allerdings ein wenig aus den Augen verloren. Marks helle Augen strahlten den alten Schulfreund an, als er Justus die schwere Eichentür des Pfarrhauses öffnete.

»Schön, dich endlich einmal wieder hier empfangen zu dürfen, wenn auch der Anlass heute ein sehr trauriger ist«, sagte Mark und lächelte.

»Meine Tante«, stammelte Justus und versuchte, seine Emotionen zu unterdrücken. »Sie hatte es nicht verdient, so früh sterben zu müssen. Sie wird mir sehr fehlen.«

»Nicht nur dir. Sie riss schon eine Lücke, als sie ins Pflegeheim musste. Wir hatten große Schwierigkeiten, einen Ersatz für sie zu finden. Ihr kontinuierliches Engagement in der Kirchengemeinde war von unschätzbarem Wert.«

»Mir fällt es schwer, gerade heute über die Vergangenheit meiner Familie zu reden, aber es muss sein«, begann Justus.

»Ich glaube, ich habe gefunden, was du suchst. Schau einmal hier.« Mark Fuchs schob Justus mit geheimnisvollem Blick einige Unterlagen über den Tisch.

»Es hat mich etwas Mühe gekostet, aber dein Anruf weckte mein

Interesse. Die Unterlagen, die ich gefunden habe, ergeben jetzt ein vollständiges Bild.«

»Mach's nicht so spannend, Mark. Was hast du gefunden?«

»Ich habe die Kirchbücher der Gemeinde durchgesehen, die Tagebücher meines Urgroßvaters und einige seiner Predigten. Der Bruder deines Großvaters hieß Johann Sessenroth. Er wurde am 17. September 1900 hier in Thalfeld geboren.«

Justus betrachtete intensiv die Geburtsurkunde.

»Es fällt mir schwer, die Handschrift des damaligen Pfarrers, deines Urgroßvaters, in Sütterlin zu lesen.

Interessant ist, dass er Thalfeld am Ende mit *t* geschrieben hat.«

»Ja, offensichtlich wurde Thalfeld damals noch mit einem *t* am Ende geschrieben«, sagte Mark Fuchs ruhig.

»Die Geburtsdaten von Johann Sessenroth stimmen mit den Geburtsdaten von Annies Urgroßvater überein«, stellte Justus fest.

»Weißt du, ob er ausgewandert ist?«

»Ja. In den Kirchenbüchern ist vermerkt, dass er am 4. Januar 1919 seine Verlobte Anna-Maria geheiratet hat. Sie stammte aus einem Nachbardorf und wurde dort am 30. Juli 1902 geboren.«

»Dann bin ich definitiv mit Annie verwandt«, stellte Justus fest. »Die Suche hat ein Ende.«

»Ich habe noch mehr Informationen für dich und natürlich für Annie.«

»Hat dein Urgroßvater die Gründe für die Auswanderung notiert?«

»Ja. Er war ein leidenschaftlicher Pfarrer und predigte sogar darüber. Am 2. Februar 1919 fand in der Kirche ein Verabschiedungsgottesdienst statt.«

Mark zeigte Justus ein Heft, in das sein Urgroßvater seine Predigten handschriftlich notiert hatte.

»Johann, der älteste Bruder deines Großvaters Karl war Bergmann und musste hart im Thalfelder Braunkohlebergwerk schuften. Zusätzlich musste er, wie jeder in der Familie, noch in der Landwirtschaft helfen. Die Zeiten nach dem ersten Weltkrieg waren schlimm, sehr schlimm. Es herrschten Hunger und Armut, auch auf dem Land. Viele Männer waren im Krieg gefallen und die, die nach Hause kamen, waren an Körper und Seele verletzt. Verletzungen, die ihr Leben für immer veränderten. Johann hatte offensichtlich Kontakte nach Wisconsin, weil einer seiner Arbeitskollegen aus dem Braunkohlebergwerk ein paar Monate vor ihm ebenfalls ausgewandert war. Das muss ihn motiviert haben.«

»Wie konnte sich ein einfacher Thalfelder Bergmann die Auswanderung leisten?«, fragte Justus.

»Das war in der Tat teuer. Die beiden konnten auswandern, weil der Vater von Johanns Braut großzügig war und seiner Tochter Anna-Maria wohl eine bessere Zukunft wünschte. Er gab ihnen das Startkapital. Außerdem sammelte die Dorfgemeinschaft einen kleinen Geldbetrag. Das hob mein Urgroßvater in seiner Predigt besonders hervor. Mich würde noch interessieren, wie es den beiden gelang, in Wisconsin Fuß zu fassen.«

»Das kann Annie vielleicht herausfinden«, antwortete Justus während er überlegte, auf welche Weise er Annie über die neuen Erkenntnisse informieren sollte.

»Es ist schon interessant, wie Gottes Wege manchmal verlaufen und unser aller Schicksal beeinflussen«, sagte Mark und schaute dabei auf ein großes Kreuz, dass in seinem Arbeitszimmer an der Wand hing.

»Eine letzte Frage habe ich noch«, sagte Justus. Er trank seinen Kaffee aus und bemerkte dabei, dass er immer nervöser wurde. »Hast du bei deiner Suche in den Kirchenbüchern herausfinden können, ob meine Vorfahren aus dem Ort Sessenroth im Maifeld stammen?«

»Nein«, sagte Mark. »Darüber habe ich nichts gefunden.«

»Kann ich die Unterlagen kopieren?«

»Besser nicht, das schadet den Dokumenten. Aber du kannst sie gerne einzeln abfotografieren.«

Während Justus die Dokumente fotografierte, zog Mark Fuchs ein weiteres Dokument aus einem Ordner. »Bevor du gehst, habe ich noch eine weitere Information für dich. Ich habe eine Notiz meines Großvaters gefunden, der das Pfarramt von meinem Ur-großvater übernommen hat. Im März 1945 hat sich eine junge Frau nach Johann und Anna-Maria Sessenroth hier im Pfarramt erkundigt.«

»Eine junge Frau! Wer soll das gewesen sein?«

»Eine Krankenschwester aus Herborn. Ihr Name war Heidemarie Hermann.«

»Interessant! Bevor meine Tante starb, berichtete sie mir von dieser Heidemarie. Sie war die Verlobte des jüngeren Bruders meines Großvaters. Warum aber hat sie sich für Johann interessiert?«

»Darüber finde ich nichts in den Unterlagen.«

Auf dem Nachhauseweg hielt Justus am Flugplatz Thalfeld an.

»Ich muss Annie anrufen«, dachte er. »Und zwar dringend.«

Auch Judith, seine Cousine würde er informieren müssen. Aber mit aller Vorsicht und nicht gerade heute am Tag der Beerdigung ihrer Mutter.

Es war spät am Abend. Die Chance, Annie zu erreichen, war groß. Aufgeregt wählte Justus Annies Rufnummer. Sie meldete sich umgehend.

»Hi Darling, das Rätsel ist gelöst. Wir haben gemeinsame Vorfahren!«, sagte Justus aufgeregt.

»Ich habe es die ganze Zeit geahnt und gehofft«, antwortete Annie mit einem frohen Unterton in ihrer Stimme. »Ich bin auch einen Schritt weiter. Mein Großvater muss es zeitlebens gewusst haben, dass unsere Vorfahren aus deinem Heimatort stammen.«

»Wie kommst du darauf?«

»Seine zweite Frau, er nannte sie immer Heidi, aber ihr wirklicher Name ist Heidemarie. Als er damals nach der Notlandung in ein Lazarett kam, war sie dort Krankenschwester. Sie haben sich ineinander verliebt. Sie hat mir alles gestanden. Es galt damals aber noch das Fraternisierungsverbot,

deswegen konnten sie ihre Liebe nicht ausleben«, antwortete Annie. »Aber dann, als mein Großvater nach Deutschland zurückkehrte, um als Pilot an der Luftbrücke teilzunehmen.« Annie stockte. »Dann kamen sie zusammen. Heidemarie ging nach Wiesbaden und wurde dort als Krankenschwester tätig. Sie haben sich in jeder freien Minute getroffen. 1951 hielt Heidemarie es nicht mehr aus. Sie verwendete ihr Erspartes und reiste nach Wisconsin. Die beiden haben sich eine Menge Briefe geschrieben. Heidemarie hat mir alle diese Briefe gegeben.«

»Warum ist sie gerade jetzt einsichtig geworden?«

»Sie möchte, dass meine Familie endlich die ganze Wahrheit erfährt. Sie ist jetzt siebenundachtzig und wird bald sterben. Sie hat Krebs.«

»Hast du sonst noch Verwandte, die das alles wissen müssen?«

»Ja, mein Großvater hatte noch einen jüngeren Bruder. Zu dessen Nachfahren habe ich wenig Kontakt, aber ich werde sie informieren. Auch meine Granny muss das alles wissen, auch wenn es ihr sehr wehtun wird.«

»Du solltest jetzt bald einmal nach Deutschland kommen«, schlug Justus vor. »Ich möchte dir gerne das Land deiner Vorfahren zeigen und auch die Stelle, wo dein Großvater mit seiner B-17 notlanden musste. Wir sollten das feiern.«

»Das wird schwierig für mich«, antwortete Annie. Sie klang bedrückt.

»Warum! Kannst du nicht ein paar Tage Urlaub nehmen?«

»Darum geht es nicht.«

»Was ist dann das Problem?«

»Ich habe vor zwei Stunden eine SMS von deiner Lebensgefährtin Carola bekommen. Sie hat mich mit sehr direkten Worten darum gebeten, den Kontakt zu dir sofort abzubrechen.«

11. Kapitel

Flugplatz Koblenz-Moselhöhe, 15. Oktober 2009

Es war buchstäblich aus heiterem Himmel gekommen. In den letzten Wochen nach dem Verkauf seiner ASW 20 BL hatte sich Justus' körperliche und seelische Verfassung immer mehr verschlechtert. Justus bemerkte, dass etwas nicht stimmte, jedoch konnte er die Situation keineswegs einschätzen. Er konnte sich nicht erklären, warum er kaum noch Schlaf fand. Oft arbeitete er bis in den frühen Morgen wie ein Besessener. Wenn er nach einer schlaflosen Nacht keine Ruhe fand, fuhr er zum Flugplatz und ging in der frischen Luft spazieren. Manchmal glaubte er, er müsse sich ein Flugzeug aus dem Hangar ziehen und fliegen, um wieder zu sich selbst zu finden und um sich zu erholen. Es grenzte an ein Wunder, dass er weiterhin akkurat flog und saubere Landungen zustande brachte. Die Situation verschlechterte sich jedoch immer mehr. Er aß kaum noch und trank Unmengen Kaffee. Sein Körpergewicht verringerte sich rapide. Sein Job stresste ihn mehr als sonst, wobei er meistens selbst der Auslöser für den Stress war. Bald schrieb er seine Artikel nicht mehr objektiv. Er fällte kaum noch rationale Entscheidungen, machte seinem Chef aber gleichzeitig viele, sehr kreative Vorschläge zur Organisation des Verlags und zur Verbesserung der Zeitschrift. Er handelte mehr und mehr emotional und reagierte oft cholerisch. Seine Konzentrationsfähigkeit ließ stark nach. Als seine Flugschüler es ablehnten, mit ihm zu fliegen, empfahl man ihm dringend, eine fliegerische Pause einzulegen. Aber er akzeptierte seinen Zustand nicht und glaubte, er sei bloß überarbeitet und müsse sich nur einmal gründlich erholen. Carola stellte verängstigt fest, dass irgendetwas nicht stimmte und drängte Justus, einen Facharzt zu konsultieren. Doch er wies sie grob ab. Sie befürchtete, Justus leide an einem Burn-Out und schlug ihm alternativ einen Kurzurlaub an der Nordseeküste vor, aber auch hier besserte sich Justus' Zustand nicht. Im Gegenteil. Eine starke innere Unruhe ergriff ihn immer mehr und schließlich konnte er kaum noch klar denken. An den Abenden lag er erschöpft vor dem Fernsehgerät und regte sich unnötig auf, wenn er sich Nachrichtensendungen anschaute. Sein gesteigertes Verlangen nach körperlicher Nähe zu Carola erklärte sie sich anfangs damit, dass er trotz seines beängstigenden Zustands wieder zu ihr zurückfand. Er stand offensichtlich auch nicht mehr in Kontakt mit Annie. Zumindest hatte Carola seit Wochen keine E-Mail mehr von ihr auf Justus' Laptop und auch keine SMS auf seinem Handy entdeckt. Als Justus Carola im täglichen Umgang immer gleichgültiger behandelte und oft aus dem Nichts einen Streit mit ihr begann, wurde ihr deutlich bewusst, dass er professionelle Hilfe benötigte, die sie ihm nicht bieten konnte. Aus dem Kurzurlaub zurückgekehrt, konnten weder Frauke noch sein Chef Einfluss auf Justus nehmen. Doch der Verlagschef handelte: »Ich kann dich nicht zwingen, einen Arzt aufzusuchen, Justus, aber ich empfehle es dir dringend. Du leidest ganz sicher an einem schweren Burn-Out-Syndrom. Erkrankungen dieser Art sind auf dem Vormarsch. Du bist damit in bester Gesellschaft und du musst dich dafür nicht schämen. Aber du brauchst Hilfe. Ich werde dich jetzt für weitere zwei Wochen beurlauben. Geh endlich zum Arzt.«

Aber Justus ging nicht zum Arzt. Er begab sich in seine Wohnung und versuchte, etwas Schlaf zu finden. Es gelang ihm nicht. Als Carola nach Hause kam, hatte er bereits seine Tasche gepackt, um zum Flugplatz zu fahren.

»Was hast du vor?«, fragte Carola. Sie schaute ihn mit strenger Miene an. Justus war nicht mehr der Mann, in den sie sich Anfang des Jahres verliebt hatte. Früher war Justus ihr Fels in der Brandung, jetzt war er ein Wrack, das unterzugehen drohte. Als Justus ihr keine Antwort gab, fragte sie nochmals:

»Los jetzt, was hast du vor?«

»Ich möchte in Ruhe eine Runde spazieren gehen, dann komme ich zurück.«

»Versprich mir, dass du wirklich nur spazieren gehst!«

Justus antwortete ihr nicht. Stattdessen verließ er eilig die Wohnung.

Auf dem Flugplatz angekommen, öffnete er hastig das Hallentor und schob ein Motorflugzeug des Vereins auf das Vorfeld. Das schlechte Wetter beachtete er nicht. Er checkte das Flugzeug nachlässig und vergaß dabei, die Schutzhülle für das Staurohr abzunehmen. Diese Schutzhülle mit dem roten Anhänger *REMOVE BEFORE FLIGHT* sorgte dafür, dass kein Staub und keine Insekten in den empfindlichen Messfühler für den Staudruck eindrangen. Vergaß man, die Schutzhülle vom Staurohr abzunehmen, zeigte der Fahrtmesser die Geschwindigkeit nicht an, was zu gefährlichen Flugzuständen führen konnte. Justus kletterte gerade in das Cockpit hinein, als Carola mit ihrem Auto in rasanter Fahrt die Einfahrt zum Clubgelände nahm und mit quietschenden Reifen direkt vor dem Flugzeug stehen blieb.

»Sag mal, checkst du es noch?«, rief sie aufgeregt. »Du kannst doch bei diesem Dreckwetter nicht fliegen. Heute gehen sogar die Raben zu Fuß!«

Carola kletterte in den Copilotensitz, schaltete den Hauptschalter aus und zog den Flugzeugschlüssel ab.

»Gib mir sofort den Schlüssel zurück«, brüllte Justus sie an.

Carola versuchte, ihn zu besänftigen. In ruhigerem Ton sagte sie: »Schau doch bitte einmal raus. Die Wolken hängen so tief und die Sicht ist so miserabel, dass man heute nicht nach Sichtflugregeln fliegen kann.«

»Ich weiß, was ich tue!«

»Nein, das weißt du eben nicht!«

Ein weiteres Auto fuhr langsam vor das Flugzeug. Carola hatte Justus' Chef alarmiert.

»Bitte steige in mein Auto ein«, sagte Justus' Chef bestimmt.

Wir schieben jetzt das Flugzeug zurück in die Halle und dann bringen wir dich in eine Klinik. Wir haben dort bereits angerufen. Die warten auf uns.«

»Ist das eine Intrige?«, fragte Justus sichtlich erregt.

»Nein«, sagte Carola. »Wir handeln nur verantwortungsbewusst. Du kannst so nicht weitermachen.«

Justus gab sich geschlagen.

In der Klinik sagte der diensthabende Arzt, dass Justus dringend eine Therapie benötigen würde und dass er sich darauf einrichten müsse, mehrere Wochen, vielleicht sogar Monate zu bleiben. »Ich will das nicht«, schrie Justus. Wütend sprang er auf und ging wild gestikulierend auf und ab. »Wisst ihr, was das bedeutet, wenn man einen Flieger einsperrt und ihm die Flügel stutzt?« Mit sanfter Gewalt brachten sie ihn in ein Behandlungszimmer, wo der Arzt ihm eine Beruhigungsspritze setzte. Diese bewirkte, dass er umgehend einschlief.

Koblenz, 16. Oktober 2009 bis Weihnachten 2009

Als Justus erwachte, war er allein in seinem Krankenzimmer. Er blickte auf seine Fliegeruhr und bemerkte nicht, dass sie am vorigen Tag stehengeblieben war. Zur gleichen Uhrzeit, zu der Justus in die Klinik eingeliefert worden war. Er fand einen Koffer mit Kleidung, den Carola ihm offensichtlich gebracht hatte während er schlief. Auf dem Koffer lag ein Notizzettel. *Es ist besser so,* schrieb sie. *Erhole dich und werde wieder gesund, dann sehen wir weiter. HDL Carola.*

Die Medikamente, die man ihm gab, bewirkten, dass es ihm langsam besser ging. Es dauerte jedoch Wochen bis er sich selbst eingestehen konnte, dass er krank war. Nach und nach wurde er sich darüber bewusst, dass er nicht mehr fliegen durfte. Die Ärzte hatten ihm mitgeteilt, er würde ganz sicher wieder gesund, aber er müsse für sehr lange Zeit vorbeugend Medikamente schlucken, die ihn fluguntauglich machen würden. Kein Fliegerarzt würde ihm unter diesen Umständen ein Tauglichkeitszeugnis ausstellen können. Diese Erkenntnis traf Justus ins Mark und deprimierte ihn zutiefst. Die Fliegerei aufgeben müssen, das konnte er nicht. Fliegen war nicht einfach nur ein Hobby. Fliegen war für ihn ein Lebensgefühl. Mehr noch, Fliegen war sein Leben. Und noch etwas deprimierte ihn. Er hatte keine Idee, wie es beruflich weitergehen würde. Seinen Job in einem Verlag, der eine Fliegerzeitschrift herausgab, konnte er ohne gültige Pilotenlizenzen nur bedingt erledigen. Je klarer er wieder denken konnte, desto bewusster wurde ihm, dass die Krankheit sein ganzes Leben verändern würde. Angstgefühle überkamen ihn und schnürten ihm die Kehle zu. Er fühlte sich leer, ausgegrenzt und hilflos. Das Pflegepersonal war kompetent, hilfsbereit und nett. Es tröstete ihn etwas, dass er in der Klinik Menschen kennenlernte, denen es noch viel schlechter ging als ihm. Da war Peter, der 55-jährige Fahrer eines Müllfahrzeuges, dem ein 5-jähriges Mädchen plötzlich vor den Müll-LKW gelaufen war. Peter hatte nicht mehr bremsen können und das Mädchen war noch am Unfallort verstorben. Da war Maria, eine 35-jährige Frau, die von ihrem eigenen Mann mehrmals bestialisch vergewaltigt worden war. Wenn sie bemerkte, dass man sie anschaute, bekam sie Panik-Attacken und schrie laut um Hilfe. Da war Florian, der glaubte, er sei der wiedergeborene Christus und müsse die Welt bekehren. Da war Michael, ein Stabsunteroffizier der Bundeswehr, der in Afghanistan schlimmes erlebt hatte und an einer schweren posttraumatischen Belastungsstörung litt. Die Ärzte hatten alle Hände voll zu tun, die Klinik war überfüllt mit Patienten. Viele der Patienten litten wie Justus an einem Burn-Out-Syndrom. Die Menschen kamen aus allen Gesellschaftsschichten. Für jeden einzelnen Patienten blieb den Ärzten nicht viel Zeit für die Behandlung und für Gespräche.

Am Morgen des Heiligabends wurde Justus darüber informiert,

dass er Besuch habe. Er ging hinüber zum Besucherzimmer und staunte, als er Frauke und seine beiden Töchter sah, die sich angeregt mit einem Pfleger unterhielten.

»Was macht ihr denn hier?«, fragte er erfreut. Justus war stolz auf seine hübschen Töchter.

»Wir holen dich hier raus«, antwortete Andrea keck und küsste ihren Vater auf die Wange.

»Genau! Deswegen sind wir hier«, sagte Biene. Auch sie gab Justus einen Kuss.

Frauke konkretisierte die Aussage: »Wir holen dich hier raus, wenn du es möchtest. Du darfst über Weihnachten zwei Tage nach Hause.«

»Wo ist Carola?«

»Carola lässt dich grüßen. Sie wird dich vorerst nicht besuchen. Sie kommt mit deinem Verhalten nicht klar. Statt ihr übelzunehmen, dass sie dich hier untergebracht hat, solltest du ihr dankbar sein. Sie hat dir möglicherweise dein Leben gerettet.«

Justus nickte kleinlaut.

Frauke hatte sich verändert. Offensichtlich hatte sie etwas abgenommen. Justus bewunderte ihre immer noch tolle Figur und wollte ihr gerade ein Kompliment machen, als sie sich ihm näherte und ihn sanft auf den Mund küsste. »Die Kinder und ich, wir werden uns um dich kümmern. Die Kinder brauchen dich.«

Biene schaute Andrea verstohlen an.

Justus nahm abwechselnd seine Töchter in den Arm, dann wieder Frauke.

»Darüber bin ich sehr glücklich, das könnt ihr mir glauben. Aber erwartet bitte nicht zu viel. Ich bin ein kranker, empfindsamer Mensch, der erst einmal wieder gesund werden muss.«

Frauke nahm Justus beiseite und flüsterte ihm leise und zärtlich zu: »Ich liebe dich, noch immer! Wir kriegen das wieder hin, wenn du mit daran arbeitest.«

»Ich liebe dich auch«, sagte Justus erleichtert.

Koblenz, August 2010

Justus war im März aus der Klinik entlassen worden. Er hatte seine Wohnung geräumt und war wieder bei Frauke und den Kindern eingezogen. Der Verlagschef bestand darauf, dass Justus weiterhin für den Verlag arbeitete. Vorerst nicht mehr als Journalist für die Fliegerzeitschrift, aber als Projektleiter in der Marketingabteilung des Verlags. Er leistete überwiegend Innendienst und war nach einer achtwöchigen Wiedereingliederungsphase wieder in der Lage, die volle Wochenarbeitszeit zu arbeiten. Fliegen als verantwortlicher Pilot durfte er weiterhin nicht. Die Ärzte bestanden darauf, dass er seine Medikamente auf unbestimmte Zeit regelmäßig einnahm und weiterhin unter ärztlicher Kontrolle blieb. Sie hatten ihm erklärt, dass seine Erkrankung mehr war als ein Burn-Out und eine Verschlimmerung jederzeit wieder auftreten könne, wenn man nicht aufpasste. Diese Situation belastete Justus sehr. Alles um ihn herum hatte sich verändert. Er hatte das Gefühl, dass in seinem Leben kein Stein mehr auf dem anderen stand. Um ihn abzulenken hatte Frauke einen dreiwöchigen Urlaub gebucht. In einem komfortablen, gemütlichen Ferienhaus in Nordholland, gleich hinter den Dünen, verbrachten sie viel Zeit miteinander. Sie mieteten sich Fahrräder und radelten entlang der gut ausgebauten Fahrradwege, die durch ausgedehnte Felder, Dünen und Kiefernwälder führten. An den Abenden genossen sie in einer der vielen gemütlichen Strandbars die Sonnenuntergänge bei einem Glas Bier und dem holländischen Nationalgericht *Uitsmijter,* ein Brot mit Käse, Kochschinken und Spiegelei. Justus' Befinden besserte sich mehr und mehr, aber er konnte die Fliegerei nicht vergessen. Er schaffte es auch nicht, von Flugplätzen Abstand zu halten. Bei jedem Motorengeräusch blickte er in die Luft. Zurück aus dem Sommerurlaub verbrachte Justus weiterhin an mindestens zwei Samstagen im Monat ein paar Stunden auf dem Flugplatz Moselhöhe. Er brauchte den Kontakt zu den Fliegerkameraden, die inzwischen über sein Schicksal informiert waren. Bei einem seiner Besuche auf dem Flugplatz stellte er fest, dass Carolas Wohnwagen nicht mehr an seinem Platz stand. Hin und wieder flog Justus als Gast mit. Wenn sich die Gelegenheit bot, flog er mit einem Fluglehrer. So konnte er wenigstens ab und zu die Steuerung eines Flugzeugs übernehmen. Um über seine Situation nachzudenken, fuhr Justus manchmal auch zum Thalfelder Flugplatz, ging einsam seine Runde ab und genoss den Frieden in der rauen, aber schönen Landschaft. Dabei fand er auch die Stelle, an der einst die *Midsummer Beauty* notgelandet war. Seine Liebe zu Frauke blühte wieder auf und beide waren glücklich, sich wieder gefunden zu haben. Aber es war keine einfache Beziehung, weil beide sich verändert hatten. Doch sie gaben sich große Mühe, nicht wieder in alte Verhaltensmuster zu verfallen. Bei Wanderungen durch die Natur oder beim Radfahren empfand Justus jeweils ein Gefühl der Verbundenheit mit der Natur. Aber immer, wenn er an den Himmel blickte und eine Cumuluswolke erspähte, fühlte er einen tiefen Schmerz in seiner Brust. Die Faszination des Fliegens ließ ihn niemals los. Seine Flugsehnsucht war unstillbar. Er versuchte, sich zu trösten. Er war gegroundet, ein inaktiver Flieger, aber er konnte doch weiterhin mit einem Kollegen mitfliegen, auch wenn das nicht einem Flug gleichkam, in dem er selbst der verantwortliche Pilot sein konnte. Frauke erriet seine Gedanken »Im Leben kannst du entweder ein Passagier sein oder der Pilot – auch im übertragenen Sinn«, sagte sie. »Es liegt an dir. Aber ist es wirklich erstrebenswert, immer der Pilot zu sein?«

Epilog

Es war eine schlechte Landung. Nicht genügend auf den Seitenwind geachtet. Zu hoch und zu schnell angeflogen, im Abfangbogen nicht auf die zu hohe Fahrt geachtet, zu lange ausschweben müssen, insgesamt eine zu lange Landestrecke benötigt. Eine solch schlechte Landung mit einem doppelsitzigen Segelflugzeug hatte Justus zuletzt als junger Flugschüler gemacht. Er musste sich eingestehen, dass diese Landung seiner nicht würdig war. Er hatte zwar diesen Flugzeugtyp noch nie geflogen und er war vollkommen außer Übung. War seine fliegerische Zeit jetzt endgültig zu Ende? Sollte es ihm nicht einfach egal sein? Er war doch eh für immer und ewig gegroundet, zum Fußgänger verdammt. Es hatte ein schöner Tag sein sollen. Zu Besuch bei Fliegerfreunden in Nord-Holland, während eines Kurzurlaubs dort. Die schlechte Landung zehrte an seinem Selbstbewusstsein. Der Fluglehrer, der ihn begleitet hatte, beruhigte ihn. Er bestätigte Justus, dass solche Landungen nur ein Zeichen von Übungsmangel seien, das sollte er doch als Fluglehrer selbst am besten wissen. Er sagte, dass Justus das Flugzeug in der Luft, in der ruppigen Thermik, sehr sauber geflogen habe und die Landung gefahrlos abgelaufen und letztendlich doch noch tolerierbar gewesen sei. Aber Justus fand keinen Trost in dieser Aussage. Es dauerte Jahre, bis er sich damit abfinden konnte, nicht mehr als verantwortlicher Pilot fliegen zu dürfen. Er würde für alle Zeiten auf fremde Hilfe angewiesen sein, um in die Luft zu kommen. Es verging kaum ein Tag, an dem er nicht an die Fliegerei dachte. Er schaute immer noch an den Himmel, wenn er dort ein Flugzeug erspähte. Er fragte weiterhin täglich die Flugwetterberichte ab und las weiterhin Fachbücher und -Zeitschriften. Wenn er seine privaten Flugbücher öffnete, schien es, als blätterte er in einem Album schöner Erinnerungen. Oft empfand er dabei einen tiefen Schmerz.

Im September 2010 erhielt Justus einen Anruf von seiner Kusine Judith. Sie klang sehr aufgeregt. Sie sagte, sie habe im Nachlass ihrer Mutter einen Brief von einem ihr unbekannten Mann aus Richfield, Wisconsin, USA, gefunden. Johann Sessenroth hatte den Brief am 1. September 1939 in Wisconsin abgeschickt. In dem Brief hatte er seine beiden Brüder in Deutschland eindringlich gebeten, sich nicht vor den Karren der Nazis spannen zu lassen und den Kriegsdienst zu verweigern. Er schlug seinen Brüdern vor, mit ihren Familien schnellstmöglich nach Wisconsin zu emigrieren. Ob Karl und Peter Sessenroth diesen Brief jemals beantwortet haben und ob Justus' Tante Barbara davon wusste, blieb für immer ungeklärt.

An einem schönen Sonntagabend im Oktober 2013 erhielt Justus eine E-Mail von Annie. Sie schrieb ihm, ihre Granny sei friedlich eingeschlafen. Annie teilte ihm mit, sie sei endlich bereit, für eine Woche zu Besuch nach Deutschland zu kommen. Mehr noch, sie schrieb ihm, dass sie ihn immer noch liebe und sich vorstellen könne, mit ihm in Deutschland zu leben und dort bei irgendeiner Airline einen Job zu übernehmen. Justus erstarrte. Plötzlich war alles wieder da. Das Gefühl, zwischen den Stühlen zu sitzen. Die neue Situation, die Notwendigkeit, sich endlich zwischen den beiden Frauen, die er liebte, entscheiden zu müssen, versetzte ihn in einen Zustand innerer Zerrissenheit. Seine Gedanken kreisten um Annie, dann wieder um Frauke. Er kam zu keiner Entscheidung. Nach einer schlaflosen Nacht stand Justus noch vor Sonnenaufgang auf. Er vergewisserte sich, dass Frauke noch schlief und packte hastig einen Koffer sowie seine Fliegertasche, die seit Jahren unberührt in seinem Schrank lag. Er fuhr zum Flugplatz Moselhöhe und stellte erleichtert fest, dass noch niemand dort war. Mit einem Zweitschlüssel, den er noch immer besaß, öffnete er die Halle und zog energisch das Motorflugzeug des Verlags heraus. Die Tanks der schnellen Maschine waren voll. Nach einem ausführlichen Check stieg Justus ein, ließ den Motor warmlaufen und startete bei Sonnenaufgang in Richtung Nordsee. Er hatte gerade jetzt das dringende Bedürfnis, Fliegen zu müssen. Der Übungsmangel war ihm egal und die zu fliegende Strecke kannte er gut. Er war sich sicher, dass er alles richtig machen würde, auch die Landung. Dass er illegal flog und sich dabei strafbar machte, war ihm ebenfalls egal. Sein Leben schien schon wieder aus den Fugen zu geraten. Justus beabsichtigte, auf einem kleinen Flugplatz zu landen, in Schleswig-Holstein, ganz in der Nähe der Nordseeküste. Die frische Nordseeluft und die Einsamkeit in den weitläufigen Marschwiesen vor den Deichen und an den Stränden des Wattenmeers würden ihm helfen, Alternativen zu sortieren und vielleicht einen Ausweg aus einer Situation zu finden.

Nachwort

Es gab nie einen Flugplatz namens South-Newbridge in Norfolk/ England. Der fiktive Flugplatz RAF-Newbridge ähnelt ein wenig den vielen Kriegsflugplätzen, die in den 1940er Jahren an vielen Orten in England für die britische Royal Air-Force und die 8. Luftflotte, die 8. US-Air-Force der US-Army-Air-Force (USAAF) angelegt oder erweitert wurden. Gemeinsam mit vielen anderen amerikanischen Bombern startete am 9. März 1945 auf dem in der Grafschaft Suffolk gelegenen Flugplatz *Eye* eine B-17G *Fliegende Festung* mit dem Spitznamen *Magnificent Obsession* zu einem Einsatz nach Frankfurt. Der Bomber wurde von der Flak getroffen und musste in meiner Heimat im Westerwald, in der Nähe des damaligen Einsatz-Flugplatzes Breitscheid notlanden. Dabei kamen zwei der neun Besatzungsmitglieder um ihr Leben, weitere wurden verletzt. Zwei Mitglieder der Crew hatten deutsche Vorfahren. Die Geschichte der *Magnificent Obsession* sowie die Geschichte einer Familie aus dem kleinen Ort Rüber im Maifeld, die in den Jahren 1857 bis 1861 sukzessive in die USA, genauer gesagt, nach Wisconsin auswanderte, haben mich dazu inspiriert, diesen Roman zu verfassen. Auch den Flugplatz Thalfeld gibt es nicht. Er ähnelt dem Flugplatz Breitscheid, der in meiner Jugend meine fliegerische Heimat war und heute ein Verkehrslandeplatz ist. Der Flugplatz Moselhöhe ist ein Produkt meiner Fantasie. Der in der Nähe von Koblenz gelegene Flugplatz Koblenz-Winningen ist meine fliegerische Heimat seit 1981. Alle Personen in diesem Roman sind fiktiv.

Quellen und interessante Weblinks (Stand 2019)

- Unterlagen aus dem Privat-Archiv Ulrich Thielmann betreffend der Auswanderung einer Familie aus dem Ort Rüber / Rheinland-Pfalz nach Wisconsin, USA, im 19. Jahrhundert

- Der Luftkrieg im Dillgebiet, ISBN 3-00-016198-8, Geschichtsverein Herborn

- Die Geschichte des Breitscheider Flugplatzes, ISBN: 978-3-98113391-3-0, U. Thielmann, M. Isack, M. Thielmann

- Flughandbücher der Ultraleichtflugzeuge C 42, Roland Z 602 und anderer Ultraleichtflugzeuge

- Flughandbuch der ASW 20 BL

- Luftfahrtkarten Deutschland (ICAO-Karten, Stand 2009)

- Verschiedene Ausbildungsunterlagen zur Erlangung der Privatpilotenlizenz und der Lizenz für Luftsportgeräteführer

- Reisenotizen von Ulrich Thielmann über eine Reise nach Milwaukee, Oshkosh, Chicago, USA

- Straßenkarten von Wisconsin

- Stadtplan von Milwaukee

- Milwaukee Then and Now, ISBN 1-59223-203-5, Sandra Ackermann

- Germans in Wisconsin, ISBN-0-870020-324-X, Richard H. Zeitlin

- Airport Diagramme für die Flughäfen in Milwaukee, Oshkosh und Fond Du Lac in Wisconsin

- Gespräch mit Richard Strieder (verst. 2009) über seine Ausbildung zum Jagdflieger

- Die ersten und die Letzten, ISBN 3-453-00012-9, Adolf Galland

- Sully. Das Wunder vom Hudson, ISBN 978–3-328-1005-4-6, C.B. Sullenberger, J. Zaslow

- Die 109: Entwicklung eines legendären Flugzeugs, ISBN 978-3-615-02898-2, Heinz J. Nowarra

- Preußen. ISBN 978-3-641-12882-1, Christopher Clark

- *https://de.wikipedia.org/wiki/Boeing_B-17*
  Beschreibung der B-17G Flying Fortress

- *https://www.fold3.com/page/286483141-crash-of-b-17-43-38068-macr-12947/stories*
  Internet-Dokumentation zur Geschichte der B-17 Magnificent Obsession

- *https://de.wikipedia.org/wiki/Nose_art*
  Informationen zu Nose Art

- *https://de.wikipedia.org/wiki/Schleicher_ASW_20*
  Beschreibung der ASW 20 BL von Alexander Schleicher GmbH & Co. Segelflugzeugbau

- *https://de.wikipedia.org/wiki/Wettbewerbsklasse*
  Informationen zu den FAI-Wettbewerbsklassen für Segelflug-Wettbewerbe

- *www.eaa.org*
  Offizielle Website der der Experimental Aircraft Association INC, Oshkosh, WI, USA
  Informationen über die EAA
  Informationen zum AirVenture
  Offizielle An- und Abflugvorschriften (NOTAM-Booklet / Notice to Airmen)

- *https://de.wikipedia.org/wiki/Barnstorming*
  Informationen über die Barnstormer

- *https://de.wikipedia.org/wiki/Laacher_See*
  Informationen über den Laacher See

- *https://de.wikipedia.org/wiki/Rüber*
  Informationen zur Gemeinde Rüber / Rheinland-Pfalz

- *https://de.wikipedia.org/wiki/Mainzer_Adelsverein*
  Informationen zur Geschichte des Adelsvereins

- *https://de.wikipedia.org/wiki/Otfried_Hans_von_Meusebach*
  Informationen über Otfried-Hans von Meusebach

- *https://de.wikipedia.org/wiki/Sespenroth*
  Informationen zur Geschichte der Wüstung Sespenroth bei Montabaur

- *https://de.wikipedia.org/wiki/Airbus_A340*
  Daten des Airbus A 340

- *https://www.mitchellairport.com*
  Homepage des General Mitchell Airports, Milwaukee

- *https://en.wikipedia.org/wiki/*
  Milwaukee_Mitchell_International_Airport
  Informationen zum General Mitchell Airport, Milwaukee, Wisconsin

- *https://de.wikipedia.org/wiki/Jim_Lovell*
  Informationen über den Astronaut Jim Lovell

- *https://de.wikipedia.org/wiki/Wisconsin*
  Informationen über den US-amerikanischen Bundesstaat Wisconsin

- *https://en.wikipedia.org/wiki/Fond_du_Lac_County_Airport*
  Informationen über den Fond Du Lac Airport, Wisconsin

- *https://de.wikipedia.org/wiki/Oshkosh_(Wisconsin)*
  Informationen über die Stadt Oshkosh, Wisconsin

- *https://de.wikipedia.org/wiki/Dillenburg*
  Informationen zur Geschichte der Stadt Dillenburg

- *https://de.wikipedia.org/wiki/Berliner_Luftbrücke*
  Geschichte der Berliner Luftbrücke

- *https://de.wikipedia.org/wiki/Milwaukee*
  Informationen über die Stadt Milwaukee, Wisconsin

- *https://de.wikipedia.org/wiki/Milwaukee_Art_Museum*
  Informationen über das Milwaukee-Art-Museum

- *https://www.pabstmansion.com*
  Informationen über die Pabst Mansion Milwaukee, Wisconsin

- *https://en.wikipedia.org/wiki/Frederick_Pabst*
  Informationen über Friedrich Pabst

- *https://de.wikipedia.org/wiki/Fraternisierung_(Krieg)*
  Informationen über das Fraternisierungsverbot durch die Alliierten

- *https://de.wikipedia.org/wiki/*
  Nationalheiligtum_Basilika_Maria_Hilfe_der_Christen
  Informationen zur Basilika auf dem Holy Hill in Erin, Wisconsin, USA

- *https://en.wikipedia.org/wiki/Meigs_Field*
  Geschichte des Flugplatzes Meigs-Field in Chicago, Illinois, USA

https://en.wikipedia.org/wiki/Northerly_Island
Informationen über die Halbinsel Northerly Island in Chicago, Illinois, USA

- *https://de.wikipedia.org/wiki/Willis_Tower*
  Informationen zum Willis-Tower in Chicago, Illinois, USA

- *https://de.wikipedia.org/wiki/Chicago_River*
  Informationen zum Chicago-River

- *https://de.wikipedia.org/wiki/Flughafen_Berlin-Tempelhof*
  Informationen zur Geschichte des Flughafens Berlin-Tempelhof

- *http://www.bruecke-remagen.de*
  Internetauftritt des Friedensmuseums in Remagen

Danksagungen

Mein Dank gilt der Firma Alexander Schleicher GmbH & Co Segelflugzeugbau in Poppenhausen / Rhön für die freundliche Freigabe zur Beschreibung von Schleicher-Flugzeugtypen in diesem Roman. Danken möchte ich auch der Experimental Aircraft Association Inc. (EAA) in Oshkosh, Wisconsin, USA, für die Erlaubnis, das jährlich stattfindende *AirVenture* in meinem Roman erwähnen zu dürfen. Ein weiterer Dank geht an den Magistrat der Stadt Herborn für die Freigabe, das Museum in der Hohen Schule zu Herborn in diesen Roman einbauen zu dürfen. Auch meinem Bruder Holger möchte ich hiermit herzlichst danken, für die Weitergabe seiner Erfahrungen und für wertvolle Tipps rund um das Schreiben dieses Buches. Meinem Vater Horst danke ich herzlichst für fachliche Lektoratsdienste, für die Vermittlung von theoretischem Wissen rund um die Fliegerei sowie für viele wertvolle Tipps für die fliegerische Praxis. Ein weiteres herzliches Dankeschön geht an André Höller für die schöne Grafik einer ASW 20 und an meinen Sohn Martin Thielmann für den Satz dieses Buches. Last but not least danke ich meiner Frau Birgit für ihre verständnisvolle Unterstützung meines Projektes.

Der Autor

Ulrich Thielmann arbeitet hauptberuflich als Projekt- und Produktmanager für ein großes Telekommunikationsunternehmen. Bereits als vierzehnjähriger absolvierte er seinen ersten Alleinflug in einem Segelflugzeug. Als Sohn eines Berufspiloten wuchs er sozusagen auf einem Flugplatz im Westerwald auf, das Privatpilotenmilieu kennt er seit seiner Kindheit. Ulrich Thielmann schreibt nebenberuflich Artikel, Dokumentationen und Romane mit Bezug zur Fliegerei. Mit der deutschen Auswanderungs-Historie kam Ulrich Thielmann erstmals 2003 in Berührung, als er gemeinsam mit amerikanischen Namensvettern aus Wisconsin, USA, die Geschichte einer deutschen Auswanderer-Familie erforschte.